LUIS LEANTE

Paisaje con río
y Baracoa de fondo

punto de lectura

Luis Leante nació en Caravaca de la Cruz (Murcia) en 1963. Licenciado en Filología Clásica. Ha publicado libros de relatos y novelas entre las que destacan *Paisaje con río y Baracoa de fondo, El canto del zaigú, Academia Europa, El vuelo de las termitas* y *Mira si yo te querré* (Premio Alfaguara 2007). También es autor de las novelas juveniles *La puerta trasera del paraíso* (Alfaguara Infantil y Juvenil, 2007) y *Rebelión en Nueva Granada* (Alfaguara Infantil y Juvenil, 2008). Su obra está traducida a varios idiomas. Su última novela es *La Luna Roja* (2009).

www.luisleante.blogspot.com
LOS MURMULLOS DE LA TRIBU

LUIS LEANTE

Paisaje con río
y Baracoa de fondo

Título: Paisaje con río y Baracoa de fondo
© Luis Leante, 1997
© De esta edición:
2009, Santillana Ediciones Generales, S.L.
Torrelaguna, 60. 28043 Madrid (España)
Teléfono 91 744 90 60
www.puntodelectura.com

ISBN: 978-84-663-2263-8
Depósito legal: B-1.790-2009
Impreso en España – Printed in Spain

Portada: Pablo Celdrán «Taomí». *Paisaje con río y Baracoa de fondo*.
        Óleo sobre lienzo, 100x70 cms.

Primera edición: febrero 2009

Impreso por Litografía Rosés, S.A.

Paisaje con río y Baracoa de fondo

A Jaime Safitta y a Freddy,
soneros de Baracoa

A Baracoa me voy
aunque no haya carretera,
aunque no haya carretera
a Baracoa me voy.

ANTONIO MACHÍN

Después de tanto tiempo de andar hacia el oeste
terminó la niñez
y
se fueron las rosas.

MIGUEL SÁNCHEZ ROBLES

No había vuelto a pensar en este recodo del río en los últimos cuarenta años. Ésa es al menos la sensación que he tenido esta mañana cuando me he acercado caminando despacio al enorme recodo que hacen las aguas del Miel amansándose antes de ir a parar a la bahía. Hago memoria y no consigo encontrar un instante para el recuerdo de este recodo del río en los últimos cuarenta años. Y si lo he recordado en algún momento no tengo constancia del hecho. Me he acercado andando cuando más calor hacía y, aunque estaba seguro de que aquél sería el final de mi paseo, ni siquiera he pensado durante el trayecto en el trozo del río. Me he puesto mi sombrero de yarey, una guayabera limpia, he arrancado una hoja de guano al salir del pueblo para abanicarme y he caminado durante más de una hora entre las ceibas y las palmeras reales hasta llegar al recodo del río Miel. Y sin embargo no he pensado en ningún momento, a pesar de saber adónde encaminaba mis pasos, en ese trozo de selva sesgado por el agua. Hace diez o quince años un periodista me preguntó en París qué recuerdos tenía de mi infancia y de la juventud. Lo miré, me quedé pensando y le respondí:

—Los recuerdos de un río. Entonces todo ocurría alrededor del río. Lo que estaba más allá del río no existía, o no ocurría.

Y luego, cuando intenté acordarme del río, otro periodista me preguntó algo sobre mi esposa y ya no tuve tiempo de pensar en ese trozo del río. Y si he soñado con él en estos últimos cuarenta años no puedo recordarlo. Por eso, cuando llegué esta mañana hasta la orilla y me detuve en el recodo, tenía la sensación de no haberme ido nunca de aquí. No me ha parecido más pequeño, como me había ocurrido con el pueblo y el castillo, ni lo he visto más sucio, como me había ocurrido con la iglesia. Sentí que todo estaba igual, y sin embargo mis ojos no reconocían nada de lo que iban descubriendo. El agua sigue corriendo tan mansa como hace cuarenta años, pero las dos riberas están mucho más ocultas por la vegetación. Creo que es el olor de la selva el que me hace sentir que todo sigue igual, ese olor húmedo que se evapora en las horas centrales del día pero que resurge al atardecer y al amanecer para recordarte dónde te encuentras. Sí, es el olor. El olor es lo único que sigue igual. Si me acerco a la nariz este pañuelo impregnado de perfume italiano y me mantengo respirando este aroma, nada de lo que siento es semejante a lo que puedo recordar de aquellos años. Ha cambiado todo. Las aguas son mansas como entonces, pero las riberas están tan pobladas que resulta casi imposible acercarse al agua. No hay ni un solo embarcadero de los que invadían las dos orillas. Ya no se ven los peces voladores ni las redes extendidas en la ribera para repararlas. Parece que hubiera pasado un ciclón, o cientos de huracanes que arrasaron la vida del Miel. Sólo queda el olor que me engaña y me hace creer que nada ha cambiado. Me siento bien por no haber sido testigo de la decadencia de todos aquellos que vivieron aquí antes de mi partida. He paseado durante la mañana entre las ruinas del recuerdo, pues apenas queda otro tipo de ruinas. La vegetación se ha ido tragando los vestigios de los últimos cuarenta años, pero un mecanismo se ha disparado en mi mente y ha ido colocando cada cosa en su lugar: la destilería de ron, El Mambi, que era el local de la Nena Chica, la factoría de tabaco, el almacén del pescado, las chozas de los pescadores, la casa de mi mamá, los embarcaderos, la orilla de enfrente, la ceiba gigante detrás del lavadero, en la que solía dormir su borrachera el Gato, y el recuerdo de la dulce Marilín. El río sin sus embarcaderos parece como un árbol en otoño. Cuando volví la cabeza por última vez para ver el río hace cuarenta años, los embarcaderos parecían una fila de dientes blancos por el reflejo de la luna en el agua, alineados en la orilla. La Nena Tonta se pasaba las noches de calor sentada allí con los pies colgando sobre el agua, moviéndolos y riéndose con su boca de boba al verse reflejada en la superficie del río. Pobrecita la Nena Tonta, que se la tragó la corriente mucho antes de que se hundieran los embarcaderos por el abandono, o se los llevara definitivamente un ciclón. Todavía no he querido preguntar a nadie en el pueblo qué ha sido de aquellos seres que se amontonaban y sobrevivían hace cuarenta años en el recodo del río. Prefiero que piensen que soy un turista extravagante al que le gusta pasear solo por la selva y pasar horas sentado en el bar del hotel escribiendo cartas o postales a sus nietos de Europa, o a sus amigos, o a algún periódico. He buscado la choza de la Santera, pero no queda ni el surco en la tierra. En su lugar me he tropezado con un nido de auras hediondas que han alzado el vuelo tan pronto como me he acercado. Ni después de la muerte ha conseguido la Santera librarse de tan repugnantes aves. Finalmente han vencido estas gallinazas negras que aparecían en mis sueños presagiando lo que luego ocurría. Seguramente también habrán colocado sus nidos sobre la tumba de la Santera ocultándola definitivamente como han hecho con su vivienda. Es la choza que mejor recuerdo, aunque no haya pensado en ella durante los últimos cuarenta años. Me viene al mismo tiempo el recuerdo de la choza y el de Deudora con el pelo mojado, sentada al sol en la puerta, guardando el hogar en ausencia de la Santera. Deudora corrió durante muchos años detrás de la Santera como si necesitara venderle su alma. Ya corría detrás de ella antes de que llegara Jean Philippe, mucho antes. Pero luego la cosa se hizo más obsesiva. Deudora llegó a convertirse en la sombra de la Santera, y tardó mucho tiempo en desengañarse de que la vieja no iba a poder ayudarla. Luego corrió detrás del Gato como quien corre detrás de Lucifer, asustada pero sin parar de correr. Y a veces me tomaba aparte y me contaba que si esto y que si lo otro, hasta que yo la paraba y le decía:

—Mira, hermana, ya tú estás enferma otra vez. Tú no necesitas a la Santera, ni al Gato, ni a mí. Tú lo que tienes que hacer hoy mismo es acercarte a Baracoa, buscar al médico y contarle lo que te pasa.

Y ella me miraba con sus ojos de mulata y me decía:

—¿A don Antolín? Mira, Robertico, tú eres muy joven y no entiendes las cosas. El médico es peor que el

Gato y la Santera juntos. Si fueras mujer ya te contaría, hermano.

En realidad Deudora y yo no éramos hermanos; más bien hermanastros. Tampoco era mulata, sino mora. Luego miraba a todas partes y echaba a correr y se perdía entre las casitas de los pescadores para olvidar las penas entre tantos hombres. Y miraba a todos lados por si estaba cerca la Nena Chica o alguna de sus ocho hijas, que eran todas como una piña, aunque Marilín fuera diferente a las demás. La Nena Chica era negra y grandota. Tenía una altura superior a la de cualquier hombre del recodo del río. Era fuerte y hombruna. La Nena Chica defendía su local y el pan de sus hijas como quien defiende su propia vida. «No me gutan la sssinjerencia», decía a menudo, y daba un puñetazo en el mostrador del bar. Para la Nena Chica, mi hermana Deudora era la peor de la sssinjerencia. Le quitaba la clientela y además no cobraba. Por eso Deudora siempre miraba a un lado y a otro mientras se perdía con sigilo entre las casitas de los pescadores para olvidar sus penas. El año del Ciclón Apolonia la sorprendió con un pescador en uno de los embarcaderos bañándose desnudos. No sería la última vez. La Nena Chica la arrastró por los pelos y la sacó del agua gritándole como una energúmena:

—No me gutan la sssinjerencia, muchachica, ya sabe que no me gutan la sssinjerencia.

Y cuando la tuvo en tierra firme empezó a morderle y a arrancarle los cabellos hasta que apareció mi papá y tuvo que soltarla.

—Mire, don Leonardo, yo sé que uté e una persona honrá, pero su hija eso ya e otro cantar, que se va con lo pescadore como una putona y encima no les cobra. Eso son injerencia, don Leonardo, y a nadie le gutan la sssinjerencia en su negocio. ¿Uté me comprende, verdá? Que e el pan de mis hija al que le etá dando candela eta mora.

Y mi papá se bajaba los espejuelos, miraba desde abajo a la Nena Chica y luego miraba a su hija. Se soltaba la correa y decía:

—Esto va de mi cuenta, Nena Chica.

Y la Nena Chica se encogía todo lo grande que era y se mostraba dócil ante la presencia enclenque y enfermiza, pero autoritaria, de mi papá mirándolas a las dos por encima de sus espejuelos. Entonces se iba y mi papá se llevaba a Deudora a la destilería de ron.

Mi papá se llamaba don Leonardo. Llevaba espejuelos de culo de vaso y tenía los ojos achinados como su abuela, que era japonesa. Tenía pocas carnes por culpa del dengue, pero cuando se ponía las botas de montar todo el mundo lo respetaba en las dos orillas del Miel, incluso en Baracoa. Mi papá nunca sintió piedad por Deudora, aunque creo que no sintió piedad por nadie. Lo de la poca estima hacia Deudora era una herencia que al parecer recibió de Severina, la mamá de Deudora. Severina fue la tercera mujer de mi papá, ni siquiera su esposa, pues de las cuatro mujeres con las que tuvo descendencia no se casó con ninguna. Hasta que don Leonardo tuvo hijos con mi mamá, Severina había vivido como una reina junto al Miel. Era bien considerada en Baracoa y tenía el control sobre la destilería de ron. Pero don Leonardo empezó a tener hijos con Virginia, mi mamá, y Severina nunca lo llevó bien. Hasta que mi mamá, con doce años, parió a Fernanda, la Nena Tonta, y Severina empezó a hablar en público de aquel fenómeno de muchacha, y con los años se siguió burlando de lo que le había parido mi mamá a su don Leonardo: un afinador de pianos, un débil y una majagranzas. El afinador de pianos era Zenón Jenaro, el débil era yo; y la majagranzas, Fernanda, la Nena Tonta. Mi papá se indignó por tanta crueldad cuando supo lo que andaba diciendo Severina por todas partes. La buscó en la destilería, la sacó de su despachito, la puso en medio de los obreros y le dijo sin mirar por encima de los espejuelos:

—El pan no le faltará a tu hija puesto que lleva mi sangre, pero tú tendrás que arrastrarte y mendigarlo en otro sitio, porque de aquí no vas a sacar nada. Quien se burla de mis hijos, aunque sea su propia mamá, se burla de mí.

Y le señaló la puerta con el dedo rígido y firme, sin temblarle el pulso. Severina sintió que todo el cuerpo se le encendía, que no le salía la voz, que le temblaban las piernas. Intentó suplicar:

—Vente conmigo y te pariré una buena hembra.

—Ya me diste una y mira en lo que se ha convertido esa mora.

Don Leonardo se bajó entonces los espejuelos, miró por encima y ya no tuvo que decir nada más. Severina salió con la cabeza agachada y el paso ligero, avergonzada ante la mirada de los obreros. Eso es al menos lo que me contó Paulino, quien a su vez lo escuchó de su papá, don Augusto, que fue obrero de la destilería hasta el accidente. Eso es lo que contó el papá de Paulino que hizo don Leonardo: echó a Severina y puso en su lugar a mi mamá para manejar el negocio.

Después de buscar esta mañana, sin éxito, algún resto de aquellas chozas, de las casitas, de la destilería, de la factoría de tabaco, he intentado reconstruir los espacios que cada cosa ocupaba junto al río en esos años, pero ha sido tarea inútil. La selva ha avanzado tanto en las dos orillas del río que resulta difícil pensar que allí vivieran cien o doscientas personas hace medio siglo. Hasta los diez años no podía ni imaginar que más allá de aquellas chozas, de las barcas y de la destilería existiera otra cosa. Ni siquiera sabía que el río fuera a parar a ninguna parte, y creía ciegamente que daba la vuelta por detrás de la montaña para volver a pasar por delante de nuestras casas cargado de peces que se quedaban enganchados en las redes. Veía las carretas cargadas con el pescado, o a los obreros de la factoría que se perdían en la espesura del camino todos los atardeceres y volvían escupidos por la selva al amanecer del siguiente día, pero tardé diez años en saber que lo que había al otro lado de la vegetación era un pueblo y el mar. Por eso, cuando vi por primera vez al Gato saliendo entre las ceibas con su cuerpo torcido y sus andares de viejo cansado, pensé que era una fiera salvaje que se había alejado del interior de la selva, y corrí hacia la destilería gritando «¡Un oso, un oso!», sin saber lo que era un oso, pues grité el primer nombre que me vino a la cabeza imaginando que aquello era algo terrible y demoníaco. Y los obreros dejaron lo que tenían entre manos y salieron a la puerta de la nave para ver qué ocurría. Y cuando vieron al viejo dirigirse al Mambi empezaron a reírse y a burlarse de mí:

—No seas flojo, Robertico, que no es un oso sino un gato.

Pero yo no me fiaba y me agazapé entre los barriles. Y alguien me cogió de un brazo y una pierna y me llevó por el aire hasta la puerta del Mambí:

—Mira tu oso, Robertico. ¿Acaso le has visto las garras?

Y yo gritaba y lloraba muerto de miedo, hasta que apareció Virginia, mi mamá, y les dio cuatro voces a los obreros. Me soltaron y yo corrí a refugiarme en sus faldas. Mientras mi mamá los abroncaba, me acariciaba el cabello y hacía ruidos imperceptibles con el estómago, como el ronroneo de una gata.

Siempre sentí una aversión especial por la destilería y por los obreros. Nunca pude pasar más tiempo del necesario entre aquellos hombres crueles que se insultaban entre sí y luego se abrazaban borrachos en El Mambí como lo hacen los esposos. Cantaban con las venas del cuello hinchadas por el ron, gritaban para decir cualquier cosa, y se enzarzaban en peleas ruidosas que acababan con fracturas y heridas que había que desinfectar con ron. Los obreros de la factoría de tabaco, sin embargo, eran otra cosa. Era evidente que Severina los sabía meter en vereda. Salían de trabajar en silencio y se perdían por el camino de la selva como las aves que buscan su nido. Se emborrachaban sin dar voces y sólo se peleaban los sábados después del trabajo, pero no entre ellos sino con los obreros del ron. Severina sería lo que fuera, que eso bien lo sabría don Leonardo, pero sabía dirigir a su gente. Mi mamá, por el contrario, gritaba mucho pero luego perdía la fuerza o abandonaba durante horas la destilería. A pesar de todo, era una buena administradora que sabía sumar y restar; por eso la puso allí don Leonardo. Sin embargo, en mí no confió nunca. Me obligó a trabajar en la destilería y me dejó a la suerte de aquellos animales que no se respetaban entre sí y que no veían en mí al hijo del patrón, sino a un bastardo débil que sudaba poco y apenas podía subir a la pila de toneles sin marearse. Me quitaban la escalera y me dejaban abandonado en lo más alto. De ninguno de ellos guardo un buen recuerdo, excepto de don Augusto, el papá de Paulino, que trabajó allí hasta el día de su muerte.

Esta mañana el trayecto entre Baracoa y el recodo del río me pareció más corto que hace cuarenta años. Y eso que mi edad ya no me permite hacer del paseo un placer. Antes sólo había un camino, y ahora son numerosas las sendas que se abren desde la salida del pueblo conduciendo al río a través de haciendas que no existían en mi infancia. Hasta los quince años la idea de tener que ir al pueblo me resultaba un martirio. Prefería la tranquilidad del río, el agua estancada en las orillas, las redes extendidas sobre la hierba y el paso imperceptible del tiempo. Yo envidiaba a la Nena Tonta porque nunca tenía que ir al pueblo. Podía pasar los días entre las casetas y las noches sentada en los embarcaderos con los pies colgando y riéndose como una boba al ver su rostro reflejado en el agua. En aquellos años, la Nena Tonta era la más feliz de todos. No conocía la dureza de la zafra, ni necesitaba aprender a sumar barriles. Cuando su salud empeoraba, la llevaban a la Santera o llamaban al Gato, pero no tenía que ir a Baracoa. Sólo cuando empezaron los ataques vino a visitarla don Antolín. Hasta los quince años el camino hasta el pueblo se me hacía un infierno. Luego cambió mi percepción, pero el motivo fue Marilín, la dulce Marilín. Cuando la Rusa le pidió a la Nena Chica que la pequeña de sus hijas fuera a servir al hotel, empecé a ver el pueblo con otros ojos. Dejó de asustarme el trasiego de gentes, el ruido de los carros, los corrillos de la barber shop, las negras sentadas en los porches viendo pasar a los vecinos y el perfil oscuro del castillo alzándose sobre la bahía. Si Marilín estaba entre ellos, el pueblo me parecía un paraíso. Entonces buscaba cualquier excusa para acercarme a Baracoa y pasear por sus calles pensando que vería las mismas cosas que ella, que caminaría por los lugares que ella había pisado, aunque lo cierto es que Marilín conocía muy poco de Baracoa. Se pasaba los días en el hotel de la Rusa, seguramente mirando por las ventanas el malecón mientras servía el chocolate, o mirando al mar como quien mira un río cuya orilla contraria no puede alcanzarse con la vista. Luego, cuando el trabajo flojeaba en el hotel, la dulce Marilín regresaba al recodo del río, y yo volvía a sentir aversión por el pueblo, por sus calles, por el castillo, por el hotel de la Rusa. Me pasaba entonces los días dando vueltas alrededor del Mambi intentando adivinar qué ocurría en la planta de arriba, en qué habitación estaba Marilín, qué cara tendría su cliente o qué pensaría ella del trabajo al que la sometía su mamá junto a sus siete hermanas. Después, cuando la desesperación se apoderaba de mí, me alejaba a los embarcaderos y me sentaba junto a la Nena Tonta a ver mi rostro reflejado en el río.

Pero la primera vez que fui a Baracoa no fue tan placentera. Ocurrió en el año fatídico del Ciclón Karelia, en plena temporada de la zafra. Don Leonardo, mi papá, se encontraba fuera más de un mes, ocupado en la recolección de la caña de azúcar, y mi mamá se las tuvo que ver sola. Si hasta entonces no había sudado ni en la destilería de ron, un buen día empecé a empapar la ropa, a formar un charco de sudor en el suelo y a sentir alucinaciones. Los obreros del ron me decían:

—Mira, Robertico, ahora sí que eres un hombre.

Y yo, aunque sufría, no decía nada, por sentirme hombre durante algunos días. Pero conforme pasaba el tiempo empezaban a temblarme las piernas, comencé a vomitar los frijoles y a sentir frío. Mi mamá mandó aviso a don Leonardo, pero el mensajero volvió a los pocos días diciendo que acudiera a la Santera, que para eso le había hecho mi papá más de un favor. La Santera me miró, me puso la mano encima y le dijo a mi mamá:

—Mire, Virginia, este chico está muerto. Yo no puedo hacer nada por él.

Mi mamá me puso el oído en el pecho y le dijo sollozando:

—Pues yo le juro a usted que hace un momento respiraba y hasta se quejaba.

—Sí, pero ahora no respira ni se queja.

Y mi mamá dio un grito desgarrador y se abrazó a mí llorando. Acudieron las vecinas y empezaron a quitarme la ropa y a lavarme. Y decían:

—Pobre Robertico, tan pequeño. Parece un angelico.

Trajeron unos velones y alguien dijo:

—Habrá que llamar al Gato para que lo entierre como Dios manda, criaturica.

Y mi mamá gritó más fuerte y empezó a tirarse de la blusa y a arrancarse los botones:

—Al Gato no, por la Virgen de la Caridad del Cobre, al Gato no. Antes prefiero verlo enterrado debajo de un árbol y condenado al infierno que dejarlo en manos de ese demonio.

Y seguía gritando unas expresiones terribles que yo a mis años no podía entender.

—Pero mujer, no te me pongas brava, habrá que enterrarlo en tierra santa... Lo que te pasa es que estás muy afectada.

Conforme me iban desnudando yo notaba las manos de las mujeres sobre mi piel, frías como las botellas del Mambi. Me pasaron trapos mojados para lavarme, y también los sentía fríos. Pero cuando me secaron y empezaron a ponerme una túnica blanca con ribetes marrones, alguien volvió a ponerme el oído en el pecho y dijo:

—Es evidente que está muerto, porque no le zurre nada dentro, pero o yo estoy empezando a flojear o esta criatura está sudando.

Mi mamá dejó de sollozar. La Santera me acercó un espejito a los orificios de la nariz y me puso el oído en el pecho.

—El angelico está muerto.

—¿Entonces qué es esto?

—Parece sudor.

—Pues si suda no puede estar muerto. Eso es matemáticas.

Mi mamá salió corriendo al almacén e hizo descargar un carro dando órdenes a gritos y atropellando a los obreros. Me echaron sobre el carro, me pusieron una sábana por encima para que no me picaran los mosquitos, y emprendí así por primera vez el camino hacia Baracoa. Pero entonces me pareció mucho más largo que esta mañana cuando cogí una hoja de guano y me alejé del pueblo dando un paseo bajo la sombra de las ceibas y las palmeras reales. En aquella época debía yo de tener diez años, y a pesar del mal trago que estaba pasando, tumbado sobre el carro y moribundo, en mi corta entendedera me iba dando cuenta de que aquel que daba era un paso importante en mi vida. Vinieron en el carro la Santera, mi mamá y un obrero que manejaba. En Baracoa la Santera no permitió entrar a donde don Antolín. No permitió siquiera ayudar a meterme por el pasillo. Al doctor apenas lo recuerdo de aquella primera vez, pues casi todo el tiempo estuve con los ojos cerrados y como ido, pero su voz no la borraré nunca de mi memoria, aunque en los últimos cuarenta años no haya vuelto a pensar en ella. Tenía una voz grave y resonante. Hablaba despacio y arrastraba las palabras al terminar la frase. Mi mamá le dijo:

—Mire, don Antolín, dígame sólo si mijito está muerto o vivo.

Don Antolín pegó la oreja a mi pecho, me tomó la muñeca y me abrió los ojos. Cogió un espejito y me lo colocó junto a los orificios de la nariz.

—Científicamente diría que este niño está muerto. Pero algo me hace pensar que se trata de una percepción errónea.

—¿Qué quiere usted decir, don Antolín?

—Que los muertos no sudan, señora, eso es lo que quiero decir. Pero si científicamente está muerto yo no puedo hacer nada por él. Fuera de la ciencia no soy absolutamente nadie. ¿Por qué no prueba a llevárselo a la Santera o al Gato?

—La Santera me ha dicho que se lo traiga a usted, que para ella está muerto. Y antes que llevárselo a ese demonio del Gato prefiero verlo enterrado.

Después empecé a sentir que el sopor se apoderaba de mí. Me pesaban los brazos y las piernas, me zumbaban los oídos, y el cuerpo se me iba enfriando. Estaba dejando de sudar. Abrí los ojos entonces y estaba bajo el agua, apenas a unos metros de la superficie. Miré hacia la luz del sol que llegaba de arriba y vi a la Nena Tonta sentada unos metros por encima de mí. La reconocí por los pies que le colgaban del embarcadero y por su cara de boba mirando hacia la superficie del agua. «Ayúdame, Fernanda —le dije—, me hundo y no puedo salir a la superficie». La Nena Tonta metió la mano en el agua y trató de alcanzarme, pero yo iba cada vez más para el fondo. «Busca ayuda, Fernanda, que venga alguien a ayudarte.» Y la Nena Tonta me habló por primera vez: «Estoy esperando un niño, Robertico. Me han preñado a la fuerza». Me quedé perplejo al oír la voz de aquella criatura tan débil. Hasta ese momento sólo conocía sus sollozos y su risa de tonta. «¿Quién ha sido, Fernanda? Dime quién ha sido.» Pero la Nena Tonta hacía esfuerzos por alcanzarme debajo del agua y no me contestaba. «Déjalo ya, Fernanda, de todas formas voy a ahogarme. Sólo dime quién ha sido.» Y entonces me dijo: «Don Antolín. Ha sido el médico quien me ha preñado a la fuerza». Y mientras escuchaba su voz tan desconocida para mí hasta ese instante, sentía que el fondo del río me arrastraba. El embarcadero y la Nena Tonta quedaban cada vez más lejos, en la superficie. Y conforme me hundía iba escuchando con más claridad el ritmo frenético de los tambores batá, hasta que pisé el fango y se me apareció la Orisha Oshún danzando al ritmo de la percusión y arreglándose el cabello después de cada salto. «¿Qué haces tú aquí?», me preguntó. «Creo que me he muerto. Al menos eso es lo que dice don Antolín, el médico.» «¿Y qué sabrá ese don Antolín por muy médico que sea?» «La Santera también dice que me he muerto.» «¿Y qué sabrá esa bruja? Vamos, dime tu nombre y tu edad.» «Me llamo Robertico y tengo diez años.» Oshún cerró los ojos como si intentara recordar algo, pero sin dejar de bailar. «¿Robertico? ¿Robertico? ¿Tú eres el hermano de la Nena Tonta?» «Sí, el hijo de don Leonardo.» «Entonces dile a ese médico y a la Santera que se dediquen a otro negocio, que si curan a los vivos igual que reconocen a los muertos les van a sobrevivir pocos.» Y me dio un empujón hacia la superficie del río. Subí tan deprisa como pude, y al sacar la cabeza fuera del agua respiré con ansiedad, di un respingo y abrí los ojos. Don Antolín, con los pantalones bajados, tenía a mi mamá sujeta por detrás. Ella había agachado la cabeza y se apoyaba con los brazos en el sillón de sacar las muelas. Bailaban al ritmo de los batá, y el médico decía frases incomprensibles a las que mi mamá le respondía con monosílabos y jadeos. Llamé a mi mamá y los dos se me quedaron mirando, lívidos. Se separaron y se acercaron hasta la camilla. Volví a llamar a mi mamá.

—Robertico, miamol, creíamos que te morías.

Entonces le dije, mientras ella se cubría sus vergüenzas:

—La Nena Tonta está preñada.

—¿Qué dices, mi niño? ¿Qué sandeces son ésas?

—Me lo dijo Oshún. La preñó don Antolín a la fuerza.

El médico, sin terminar de subirse los pantalones, me dio un bofetón que me hizo sacudirme de la cabeza a los pies. Luego me puso la mano en la frente y susurró:

—Este niño está ardiendo de fiebre. Sin duda padece alucinaciones.

Y se fue a un armario lleno de cachivaches brillantes y fríos. Mi mamá me puso la mano en el pecho y me acarició la cara. Estaba llorando, aunque no hacía aspavientos. El médico se acercó con una jeringuilla, me volvió bocabajo, me destapó las nalgas y me pinchó.

—Esta criatura tiene los síntomas del dengue —aseguró—. Habrá que avisar a las autoridades por si se trata de una epidemia.

La epidemia de dengue duró más de un año. Murieron, sobre todo, los hombres. Se abandonó la zafra, cerraron la destilería y la factoría de tabaco. El Mambi apenas tuvo clientes en diez meses. Cada vez eran menos los pescadores que salían a echar las redes al río. A los pocos meses de desatarse la epidemia se presentó el Ciclón Karelia, que arrasó casi todo lo que había resistido al dengue. Un día se llegaron mi mamá, Zenón Jenaro y el papá de Paulino, don Augusto. Me echaron sobre una sábana y entre los tres me llevaron a la Cayetana. No tenía fuerzas para preguntarles nada, pero bien veía yo en sus rostros y en el cielo que se avecinaba un ciclón. No cruzaron ni una palabra conmigo. La choza baja para refugiarse de los ciclones se llamaba la Cayetana, estaba excavada en la tierra y apenas sobresalía del suelo. En la Cayetana se refugiaban cincuenta o sesenta personas provistas de alimentos por si la cosa se alargaba. Estaban allí la Nena Chica y sus ocho hijas. Yo ya las conocía a todas, pero nunca me había fijado en la más pequeña. Se llamaba Marilín, y por entonces no tendría más de seis años. Estaba sentada junto a sus hermanas, y mientras las demás hacían aspavientos, se santiguaban y lloriqueaban abrazándose a su mamá, la más pequeña permanecía serena, con un rostro angelical que la hacía parecer diosa más que niña. Yo sólo podía mover el cuello, pero la vi en medio de la fiebre y sentí que se me estremecía todo el cuerpo, que se me nublaba la vista, me zumbaban los oídos y un temblor enfermizo se apoderaba de todo mi ser. Como temblaba y balbuceaba palabras sin sentido, mi mamá me puso la mano en la frente y empezó a ronronear con el estómago como las gatas.

—Es Oshún, mamá —le dije.

—¿Qué dices, mijito? No te asustes, miamol.

Yo sólo miraba a Marilín, aunque no podía señalarla con el dedo.

—Es la Orisha Oshún, mamá, mírala.

Pero mi mamá tenía tanto miedo al presentir el ciclón que se iba a desatar sobre nuestras cabezas que no podía hacer otra cosa que acariciarme y ronronear con el estómago. Entonces Marilín se volvió hacia mí y me pareció realmente la dueña de las aguas dulces, la diosa de la coquetería y de la belleza. Perdí el sentido ante la mirada de aquella niña de seis años, y ya no volví a verla hasta un año después, bañándose en el río junto al segundo embarcadero.

Me dejaron echado sobre un camastro junto a una ventana poco más de un año. Al principio, mi mamá pasaba horas a mi lado hablándome y contándome todo lo que ocurría en el recodo del río, pero con el paso de los meses me dejaba cada vez más tiempo solo. Únicamente venía a verme de vez en cuando Paulino, pero parecía como ausente mirando sus cajas llenas de magia o señalando en su libreta aquellas marcas que a mí me parecían conjuros y sortilegios. Estuve un año sudando día y noche. Sudando y pasando frío. Las piernas no me respondían. Tampoco podía mover los brazos, sólo la cabeza para girarla hacia el ventanal y ver la sucesión de las noches y los días. Estuve muerto tres veces, pero siempre volví a la vida, porque los Orishas insistían en que todavía no era mi hora. Cuando me incorporé de la cama, tuve que aprender a caminar de nuevo y había crecido tanto que la Nena Chica cuando me vio sólo pensó que en cuanto me recuperara ya tendría otro cliente para su negocio, aunque no fuera más que un niño.

Nada volvió a ser igual después de la epidemia de dengue, el año del Ciclón Karelia. No sabría decir por qué, pero lo cierto es que todo cambió. Cuando pude manejarme sin ayuda me encontré con once años y un cuerpo enfermizo y débil, pero había crecido tanto que era capaz de alcanzar las hojas de los árboles, de coger el cacao maduro, que era el que estaba más alto, y de ponerme las botas de montar de don Leonardo, mi papá. Me puse las botas un domingo por la mañana, me domé el cabello, me eché el pachulí de mi mamá y me encaminé al Mambi. Todo me pareció más pequeño: las chozas reconstruidas, las casitas de los pescadores, los embarcaderos, la destilería, las barcas. Era la primera vez que vestía mis pies, y parecía que se me clavaran ascuas encendidas en las plantas. A pesar de mi altura estaba tan delgado que tenía que pisar con cautela para no quebrarme por las rodillas. Pero la idea obsesiva de la Orisha que había visto un año antes en la Cayetana me hacía sacar fuerzas y sobreponerme a mi debilidad. Entré al Mambí y casi nadie me reconoció de momento.

—Robertico, mijo —dijo la Nena Chica al rato—. Si pareces un hombre.

Entonces di un traspié con las botas y vine a caer junto a un saco de frijoles. No se rió nadie.

—Cuanto mimmitico tú te recupere ya te tengo de cliente, Robertico, aunque no sea ma que un niño.

Di dos vueltas al local haciendo sonar las botas en la madera del suelo, y la Nena Chica se reía abriendo la boca y enseñando sus mellas:

—Míralo, qué hombretón, si parece el mimmísimo don Leonardo.

Y yo inflaba el pecho y pisaba más fuerte. De repente se abrió la puerta y apareció un negro grandote y viejo, el negro más grande que jamás había visto. Me pareció que tenía más de cien años, ahora diría que más de doscientos, y me miraba con unos ojos muy abiertos y hundidos, como si lo hiciera desde lo más profundo de su ser. Era tan alto que su silueta colocada junto al quicio de la puerta dejó casi a oscuras El Mambí. Se plantó delante de mí y todos se quedaron en silencio. Pensé salir corriendo, pero con las botas de mi papá me hubiera caído antes de llegar a la puerta. El negro se me acercó, se quedó mirándome, y yo agaché la cabeza:

—Si buscas a la Orisha Oshún, está bañándose en el río junto al segundo embarcadero.

No entendía lo que quería decir el gigante con aquellas palabras, pero su voz me sonaba como una guaracha. Levanté la cabeza y vi que me miraba fijamente. Al momento reconocí al ser extraño que un buen día salió de la selva y me produjo el mayor susto de mi vida. Pensé gritar «¡Un oso! ¡Un oso!», y salir corriendo, pero el miedo me había paralizado.

—Mira, Gato —dijo la Nena Chica—, déjalo ir. ¿No ve que no e ma que un niño? Lo etá sssasutando.

Y el Gato me dijo:

—¿Te asustas de mí? No te fíes de las apariencias: aunque parezco un oso, no soy más que un gato.

Salí del Mambi caminando despacio pero sin mirar hacia atrás, y sin embargo sabía que los ojos de aquel gigantón con voz de guaracha estaban clavados en mí. Oí su voz por última vez a mis espaldas:

—Y no te eches el pachulí de tu mamá si no quieres que todos te miren como a una señorita de la ciudad.

Eché a correr. Las canillas me bailaban en el interior de las botas y sentía que fuera a caerme al suelo de un momento a otro. Me acerqué al río por si había alguien allí que pudiera verme con las botas de mi papá, pero todo el mundo estaba donde la Nena Chica. Mis pasos resonaban con autoridad sobre la madera del embarcadero. Caminaba despacio, luego aceleré el paso hasta el límite del embarcadero. De repente oí un chapoteo en el agua y creí que la Nena Tonta se había caído al río. Me asomé asustado y vi a un ser dulce y angelical moviéndose en el agua con una gracia extraordinaria. Era la dulce Marilín. La primera vez que la había visto, un año antes, yo ardía de fiebre y me pareció el ser más hermoso de la tierra.

Un año después, metido en las botas de mi papá y clavado en el extremo del embarcadero, seguía pareciéndome una Orisha de siete años. Se me hizo un nudo en la garganta y, cuando me miró, el nudo se me hizo en las piernas, de forma que al intentar retroceder, deslumbrado por la visión, tropecé con las tablas desiguales y empecé a caminar hacia atrás agitando los brazos y haciendo círculos con ellos para mantener el equilibrio. Pero finalmente caí de espaldas sobre el embarcadero y resonaron las tablas como si se hubiera desplomado un árbol. Luego escuché las risitas de Marilín que desde el agua había oído el golpe, aunque no lo había visto. Y me levanté tan deprisa que no tuve tiempo de averiguar si me había hecho daño. Emprendí una huida frenética tropezando, enredándome con las botas y cayendo al suelo una y otra vez. Me levantaba, seguía corriendo y volvía a caer. Me adentré en la selva sin detenerme, y deseaba con todas mis fuerzas que Marilín no hubiera tenido tiempo para ver mi cara antes de desmoronarme sobre el embarcadero. Y corría más y más, como si con la velocidad pudiera cumplir mi deseo. Me mordí las uñas, hablé solo, me cubrí el rostro con las manos, me clavé de rodillas y metí la cara entre la hierba. Y entonces me empezaron a venir, como dictadas por los árboles y las aves, las palabras de aquel negro tan grandote y viejo que me había encontrado en la puerta del Mambí: «Si buscas a la Orisha Oshún, está bañándose en el río junto al segundo embarcadero». Algo se escapaba a mi entendimiento. Aquel hombre sabía que Marilín estaba en el embarcadero, pero no podía saber que yo andaba rondándola, ni tampoco lo de la Orisha Oshún. Pensé que yo lo debía de llevar escrito en el rostro, o que había hablado en sueños durante mi convalecencia y luego le habían ido con el cuento al Gato. Por último llegué a la conclusión de que sólo tenía once años y que aún había muchas cosas que eran incomprensibles para mí.

Pasé horas oculto en la selva sin moverme, sin comer ni beber, y cuando se hizo de noche me dispuse a volver aprovechando las sombras para llegar a casa. Pero al intentar incorporarme sentí tal dolor en los pies que tuve que quedarme sentado. Me escocían los dedos y las plantas de los pies, y si me incorporaba sentía un tremendo dolor. Llegué hasta el río a ratos andando y otros arrastrándome. Me serví de la oscuridad para llegar a la casa de mi mamá, pero el último tramo tuve que hacerlo de rodillas. No había luz dentro, aunque mi hermanastra Elisenda estaba echada en la puerta y se balanceaba en la hamaca. Cuando me vio llegar en un estado tan lamentable, dio un salto y un grito como si se le hubiera aparecido un diablillo.

—Robertico, miamol, qué susto me has dado. Pareces un puerquito.

Entré tan digno como pude, creyendo que Elisenda ya sabría de mi caída en el embarcadero y que de un momento a otro empezaría a burlarse de mí. Me senté en mi camastro y procuré por todos los medios sacarme las botas de mi papá.

—Robertico, miamol, ¿qué resolviste hoy para venir como un marranito?

Me dolían tanto los pies que empecé a llorar y a esconder el rostro entre las sábanas. Mi hermanastra se asustó y empezó a consolarme.

—No te burles de mí, Elisenda, no te burles de mí si no quieres que me tire al río.

Elisenda no sabía nada de mi caída. Nadie en las dos márgenes del río Miel había oído nada de mi caída. Sólo una chiquilla de siete años que se bañaba plácidamente junto al embarcadero vio a un muchacho asomar un instante la cabeza sobre el borde de madera. Luego escuchó un golpe sobre el embarcadero y no pudo aguantar su risita imaginando que el chico había tropezado o se había caído. Aquello me costó pasar otros dos años escondido entre las casitas de los pescadores o en la selva, pasar días enteros trabajando en la destilería y no acercarme al Mambí. Primero esperé a que me creciera el bigote y la barba para que la dulce Marilín no pudiera reconocerme, pero no crecía más que una ligera pelusa que no ocultaba mi rostro sino más bien lo afeaba. Por eso no fui donde la Nena Chica hasta que no tuve la seguridad de que todos se habían olvidado del asunto. Y sin embargo el silencio de los que me rodeaban se me mostraba como una prueba de su complicidad.

Cuando Elisenda consiguió sacarme de las botas, mis pies eran una masa deforme, hinchada y roja, que se sentía estremecer por el roce del agua. De ahí viene sin duda mi aversión al calzado. Tardé años en ponerme cualquier cosa en los pies, e incluso mucho tiempo después en Londres, Nueva York o Barcelona, mientras paseaba por sus lujosas avenidas llenas de escaparates y coches parqueados en una y otra acera, he tenido a veces la tentación de desprenderme de mis zapatos y sentir el roce de las baldosas o del asfalto en las plantas de los pies. Un periodista me preguntó una vez en la Galería Cécile de París por aquellas figuras de pies descalzos que tanto repetía en mi obra a lo largo de los años, y le respondí:

—*Ce sont mes déesses aux pieds nus.*

Un día después leí aquella frase mía en los titulares de un periódico y me pareció realmente una respuesta afortunada y sincera. Cuarenta años sin pensar en este recodo del río han sido los culpables de que hubiera olvidado la noche aciaga en que Elisenda enjugaba mis pies sangrantes y me consolaba con besos y caricias mientras yo pensaba en don Leonardo, mi papá, que llevó durante años aquellas mismas botas como un héroe, sin mostrar un solo gesto de dolor. Tuve que quedarme una semana más en el camastro con los pies sobresaliendo por un extremo para no rozarlos con el colchón.

Nada volvió a ser igual después del Ciclón Karelia, el año de la epidemia de dengue. No sólo yo crecí y el entorno se fue haciendo más pequeño, sino que también empezaron a cambiar las personas. Después de un año bloqueados en la bahía de Baracoa, los barcos volvieron a descargar con regularidad sus mercancías, bajaron a tierra los marineros, se amontonó la sal en el muelle, se abrió otra vez el hotel de la Rusa, y don Antolín se subió un día a una caja de madera en mitad del malecón y empezó a hablarle a todo el que por allí pasaba:

—Hijos de Baracoa, deteneos y escuchadme un instante. No podemos seguir igual que cuando los gallegos pisaron por primera vez esta playa. Lo que nosotros no hagamos no lo hará nadie por nosotros. Necesitamos una carretera para no quedarnos bloqueados durante más de un año cada vez que se desata una epidemia en nuestra egregia ciudad.

Y alguien dijo por lo bajo:

—Mira, compay, don Antolín quiere ser alcalde. Como si ya no hubiera suficientes comemierdas.

También Elisenda cambió después del Ciclón Karelia y empezó a mostrar aquellos raros síntomas que mi mamá llamaba desequilibrios. Mi hermanastra siempre había tenido sus rarezas, eso es verdad, pero después de la epidemia del dengue don Leonardo llegó a la conclusión de que la enfermedad y los vientos le habían producido un coágulo en su inteligencia. Y eso que aún pasarían algunos años hasta que nos diéramos cuenta del alcance de sus idas y venidas. Lo mismo que con Homero, el pescador, aunque de sus desequilibrios no nos dimos cuenta hasta el día en que su barca se cogió candela. Don Leonardo, mi papá, no llamaba a aquello desequilibrios, sino un don que la naturaleza le había concedido como compensación a su pérdida. El Gato decía que Homero había tenido otras vidas antes. Pero lo de Elisenda parecía otra cosa a pesar de que sucediera por las mismas fechas. Fue mucho tiempo después de que llegara el francés, primero al pueblo y después al recodo del río. Por entonces se me acercó cierta noche mi hermanastra con los ojos brillantes y una mirada de gata que me hizo sospechar algo. Se puso de rodillas ante mí y me dijo:

—Robertico, miamol, ¿te parece que soy hermosa?

Y yo me eché a temblar como un niño, porque era la segunda vez que oía aquella pregunta en una mujer. La primera me la hizo Deudora quitándose la blusa y dejando al descubierto sus pechos oscuros y respingones mientras me miraba con los ojos muy abiertos y me decía:

—Anda dime, Robertico, ¿te parece que soy una mujer hermosa?

Y yo me quedé clavado como si me enseñara el interior de una habitación que durante años me había sido prohibida, permitiéndoseme ver sólo la puerta. No sabía si aquello era hermoso o no, pero conocía a muchos hombres que habían perdido la cabeza por insistir en buscarlo. Así, a la luz del día, no era tan terrible, y mucho menos como para perder la cabeza, pero yo no hubiera sabido decir entonces si eso era la hermosura. La única mujer desnuda que yo había visto hasta entonces tenía dos tetas que en mitad de la noche parecían dos lunas, y dos pezones como platos. La miré como si mirara una pared y me encogí de hombros. Deudora me cogió la mano y me la puso sobre un pecho.

—Dime, Robertico, ¿te parece que soy hermosa?

—Deudora, yo soy un niño y no puedo saber de esas cosas.

—No eres un niño, miamol, con tu edad y con ese cuerpo ya no eres ningún niño. Ya he visto cómo te afeitas con la navaja de mi papá y cómo rondas El Mambí olisqueando por las ventanas a las hijas de la Nena Chica.

Me puse rojo y sentí ganas de botarla, pero Deudora me había atraído hacia sí y me tenía las dos manos sujetas sobre los pechos.

—¿Tú qué sabrás de eso?

—Nada, Robertico. Sólo que ya no eres un niño aunque no te hayas dado cuenta. ¿No sientes como una brasa que te quema entre las piernas?

Y me cogió de la bragueta y me estrujó haciéndome ver puntitos blancos en el aire.

—Mira, miamol, cómo se te ha puesto. Eso es que te parezco hermosa, ¿verdad, Robertico?

Le dije que sí con la cabeza mientras notaba que el color me desaparecía de la cara. Entonces me soltó y yo sentí una brasa entre las piernas, como me había dicho. Me dolía y me tiraba sin que yo pudiera hacer nada por remediarlo. Deudora se puso la blusa y empezó a hablar como si cantara un danzón, sacando la voz de dentro y modulándola como un cómico.

—¿Y tú crees que también le pareceré hermosa a tu amigo el pintor?

—¿Qué cosa es *pintor*? —le dije ingenuamente.

—Pareces un niñito de teta, Robertico: el pintor es tu amigo francés.

Yo no sabía que mi amigo era francés ni que era pintor, a pesar de que pasaba días enteros a su lado transportando sus lienzos, las pinturas y el caballete, Yunque arriba, Yunque abajo, recorriendo la selva y deteniéndonos en todos los recodos. Pero como no entendía lo que me decía yo no podía saber lo que era un pintor ni un francés.

—No es pintor, ni francés —le dije indignado por su ignorancia—, es *Yan Filip*.

Y Deudora se me quedó mirando muy seria, como si pensara que me estaba burlando de ella:

—Lo mismo da, Robertico, que sea lo que quiera. ¿Tú crees que le pareceré hermosa?

—¿Por qué no se lo preguntas como has hecho conmigo?

—Porque tú eres mi hermanastro y él no. Estas cosas se pueden preguntar a un hermano, pero no a un francés. ¿Querrás preguntárselo por mí?

Y le dije que sí para que se fuera contenta, por no decirle que, cuando hablaba el pintor, yo no entendía ninguna de sus palabras; y si hablaba yo, él sonreía, me miraba y me revolvía el cabello como a un animalito para

40

no desanimarme, pero no me entendía ni una palabra de lo que le decía. Por eso, cuando unos años después Elisenda se puso de rodillas ante mí y me dijo «Robertico, miamol, ¿te parece que soy hermosa?», yo me eché a temblar como un niño, porque era la segunda vez que oía aquella pregunta en una mujer, y le dije:

—Vete pal carajo.

Y pensé que la historia volvía a comenzar. Pero me equivoqué, porque lo de Elisenda era otra vaina.

Por eso ahora, rememorando aquellos días, empiezo a pensar que todo fue cambiando desde el momento en que me tropecé con el Gato, el año del Karelia. Y si es casualidad o no, tendrían que decirlo otros; pero sí es cierto que la vida a mi alrededor se transformó a una velocidad que no me permitía acomodarme a cada instante. Y, aunque influyeron muchas cosas —que yo no digo que todo viniera del Gato—, lo más determinante seguramente fue el comercio por mar, pues paralizados durante tantas temporadas los barcos, de repente pasaron lustros sin que se desatara ninguna epidemia, seguramente desde que don Antolín fue alcalde. Y es que a don Antolín siempre le gustó la modernidad. Por eso aumentó el comercio y creció el hotel de la Rusa. Los marineros bajaban a tierra dos o tres días, y entonces el pueblo parecía una fiesta con el ir y venir de gentes que sacaban pesos por cualquier cosa, que cambiaban, vendían y ofrecían todo tipo de servicios. La primera en darse cuenta del filón del comercio marítimo fue la Nena Chica. No sé de dónde sacaba la información, pero tan pronto como se enteraba de que llegaba algún barco con marineros a Baracoa, armaba el carro, enganchaba la mula, montaba a sus ocho hijas y se adentraba

41

en la selva camino del pueblo para pasar los tres o cuatro días que los marineros tuvieran libres antes de zarpar. Los oficiales se alojaban en el hotel de la Rusa y cuando venían militares se organizaba baile y farra. Sonaba el piano, que durante mucho tiempo había permanecido callado y desafinado, hasta que Zenón Jenaro, mi hermano, descubrió aquel arte tan divino en sus manos y en sus oídos. Se vendía ron a los marineros en los portales. Había largas colas para la *barber shop*. Aunque el recodo del río estaba a más de una hora de camino de la ciudad, las costumbres iban transformándose poco a poco por su influencia, primero la Nena Chica y sus hijas, y después Deudora, que se le secó el cerebro cuando vio a Jean Philippe, y ya no volvió a ser la misma. Por eso, cuando me dijo lo del pintor, me fui corriendo a Paulino, como quien acude a la Santera para que le eche los cocos. Paulino era más joven que yo, pero desde niño siempre lo consideré como a la Santera o al Gato, con un respeto que me impedía gastarle las bromas amargas con que castigaba a los demás niños. Si Paulino corría y jugaba con nosotros, procurábamos no empujarnos para no caer sobre él, o no cruzarnos en su camino para que no tropezara, o dejarle los mejores sitios para ocultarse, o hacerlo capitán para que mandara sobre los demás. Paulino, a su manera, siempre fue agradecido con todos. Cuando Paulino decidía jugar con nosotros, nos comportábamos como si don Leonardo, mi papá, nos enseñara un juego nuevo, y por eso lo mirábamos con respeto a pesar de ser más pequeño que la mayoría, y no nos insultábamos, ni nos tirábamos tierra. Si Paulino decidía quedarse sentado en el porche de su cabaña, los demás jugábamos cerca sin meter mucho ruido para no molestarlo en su ensimismamiento, pero sin irnos muy lejos por si de momento decidía incorporarse a nuestros juegos de niños. Con el tiempo Paulino siguió siendo el menor de la chiquillería, pero siempre se distinguió por su seriedad y su sabiduría. Cuando los marineros o los obreros del ron se metían con él o le gastaban bromas, la Nena Chica se ponía muy seria, se echaba las manos a las caderas y decía:

—Dejá ya a la criatura. ¿No vei que puede dañaro con su magia?

La Nena Chica llamaba magia a los poderes de Paulino. Los chiquillos creíamos que era una fuerza extraña que recibía del río. Don Leonardo, mi papá, lo llamaba sabiduría, pero para mí la sabiduría era una fuerza sobrenatural que el río ofrecía a los hombres o a los niños. Mi mamá sin embargo recelaba de los poderes de Paulino y, aunque evitaba hablar de él en mi presencia, en alguna ocasión le escuché que la fuerza de Paulino se la había robado a su hermano Lucio en la cuna cuando apenas tenían unos días de vida. Desde entonces Lucio, su gemelo, había crecido como la Nena Tonta, con una medio sonrisa perpetua en los labios y ese movimiento de cabeza que le hacía ver el río, los embarcaderos y a la gente moviéndose a un lado y otro en una sacudida que a veces era frenética. Pero los poderes de Paulino eran mucho más simples. La primera vez que abrí un libro en París, cuando todavía no sabía apenas leer, sentí que me iniciaba en la magia de Paulino. Quise poseer los secretos de mi amigo y me esforcé durante años en descifrar aquellos garabatos que se alineaban como ejércitos de hormigas y que hacían sabios a los hombres. Cuando con el tiempo fui aprendiendo a leer y fui capaz de escribir las primeras palabras, el misterio de Paulino se me reveló como algo alcanzable y no divino. La primera ayuda la recibí de la dulce Marilín, que me enseñó a escribir su nombre y el mío juntos. La magia de mi amigo estaba entonces a mi alcance, como quien se inicia en la regla de Ocha y es capaz de descifrar el oráculo de Biaguué. Me pareció tan simple y a la vez tan hermoso el poder de Paulino, que desde entonces no he dejado de leer cualquier grupo de letras que formen palabras o frases. Empecé leyendo los nombres de las calles en su placa, y me sentí cómplice del secreto de una ciudad grande y hostil. Luego me introduje en el mundo de los carteles publicitarios, y comprendí que mientras caminábamos por las calles había innumerables mensajes ocultos que nos lanzaban desde algún lugar desconocido. Después descubrí los libros, y me pareció que la sabiduría era el arte de transformar las palabras de los hombres en unos signos que sólo unos pocos eran capaces de comprender, como el oráculo de Biaguué o el tablero de Ifá.

La lectura y la escritura eran la magia de Paulino, pero eso me lo descubrió la dulce Marilín mucho más tarde. Sin embargo, durante los veinte años que viví en el recodo del río Miel, el misterio de mi amigo era más divino que humano, a pesar de que él intentó revelárnoslo a unos cuantos en incontables ocasiones. Y era entonces un misterio para los muchachos el modo en que Paulino aprendió a leer. Porque no sólo no hubo ninguna escuela en el recodo del río Miel hasta que cumplí los veinte años, sino que ninguno de los que allí vivían, cuando yo era un niño, sabía leer, aunque don Leonardo, mi papá, intentaba hacernos creer lo contrario. Pero era un fraude: era tan analfabeto como los demás. Quienes más sabían, como mi mamá, Severina, la Santera o el patrono de los pescadores, no pasaban más allá de sumar y restar los números, y aun así eran admirados por sus conocimientos. En Baracoa había una escuela, pero jamás nadie de los límites del Miel pisó sus aulas, aunque llevara el nombre de mi hermano mayor: Elías. Ni siquiera Elías había aprendido a leer ni había tocado un libro en su vida, a pesar de los reconocimientos públicos y de la admiración que sentía hacia él todo el pueblo de Baracoa. Por eso me parecía mágico que Paulino, con sólo doce años, fuera capaz de descifrar cualquier papel impreso que llegara a sus manos y que hubiera leído, antes de cumplir los quince, la *Historia de América* y un *Compendio de uso agrícola e industrial*. Y sin saber el origen de los conocimientos lo admirábamos los jóvenes, y los mayores lo respetaban aunque desconfiaran de él. Y, cuando Deudora me dijo lo del pintor, acudí corriendo a Paulino, como quien acude a la Santera para que le eche los cocos, y le dije sin rodeos:

—Paulino, ¿qué cosa es *pintor*?

Y Paulino se me quedó mirando sin saber lo que le decía, porque yo no le aclaraba nada.

—¿Qué tú me dices, Robertico? ¿Me estás preguntando algo?

—Deudora me ha dicho que *Yan Filip* es pintor, y necesito saber qué cosa es *pintor*.

Paulino me llevó al interior de su cabaña y me dejó en medio de su santuario. La cabaña de Paulino se parecía a la capilla de la Santera, pero en lugar de velas y estampas había cajas extrañas a las que él llamaba libros. Buscó en una pila de cajas y sacó una grande y desvencijada. A mí entonces me parecían simples cajas aquello que luego llamé libros. Lo abrió y empezó a pasar las páginas.

—Aquí está —me dijo.

Y yo miré lo que me señalaba y sólo vi signos que más bien me parecían de brujería que de otra cosa.

—Aquí dice que pintor es la persona que profesa o ejercita el arte de la pintura. Y también la persona que tiene por oficio pintar puertas, ventanas, paredes, etcétera.

—¿Eso es *Yan Filip*?

—No sé, Robertico, pero si lo dice Deudora... Tú sabrás, que lo conoces mejor que nadie.

—¿Y qué cosa es *francés*?

Paulino se me quedó mirando como si yo hubiera perdido el tino, y luego pasó las páginas y se detuvo señalándome un punto:

—Francés es la persona que ha nacido en Francia, y eso está en Europa.

Me quedé con la boca abierta.

—¿Y cómo puede saber Deudora eso? ¿No se lo habrá inventado?

—¿Y por qué no se lo preguntas a él a ver qué te dice?

—Porque cuando habla no lo entiendo, y si yo le digo algo me sonríe y me acaricia la cabeza como a un chiquillo, y creo que eso es porque tampoco me entiende.

—Seguramente es porque habla en otro idioma.

—¿Como los gallegos?

—No, los gallegos hablan como nosotros.

Entonces yo ya no podía llegar a las sutilezas de Paulino. Le decía a todo que sí con la cabeza para no parecer ignorante, pero luego no conseguía retener casi ninguna de sus palabras.

—Dime, Paulino, ¿tú lo sabes todo?

—Hombre, Robertico, todo no. Pero cuando no sé algo lo busco en estos libros.

—¿Y puedes saber lo que dice cada uno de ellos?

—Claro, Robertico.

—¿Aunque no lo hayas visto antes?

—Aunque no lo haya visto.

—¿Y los libros lo saben todo?

—Los libros, sí, Robertico; los libros lo saben todo.

—Pues entonces, Paulino, no me digas que tú no lo sabes todo. Lo preguntas a los libros y ya está.

Pero Paulino era demasiado modesto con sus poderes, y no quería darle mucha importancia a sus libros. Sin embargo, el día en que desapareció uno de sus libros se montó un gran revuelo en el recodo del río, y se hicieron batidas, y todos pasamos la noche buscándolo por la selva, y nos organizamos en grupos, niños y mayores, mujeres y hombres para encontrar el libro de Paulino. Y lo más sorprendente fue que don Leonardo, mi papá, era el que más interés tenía en que apareciera. Por eso me pareció años más tarde que lo suyo, lo de mí papá quiero decir, era una enfermedad más que un delito. El Gato me aseguraba que aquello no era magia, sino conocimiento.

—¿Y qué diferencia hay, Gato, entre tu magia y el conocimiento de Paulino?

—Muuuuuuucha, Robertico, muuuuuuucha —decía alargando la sílaba igual que siempre que iba a decir algo trascendente—. El conocimiento se aprende, pero la magia se nace con ella, como el color de la piel. Mi magia me la dio mi mamá cuando me parió; y esos sueños que tú tienes son también magia, o de tu mamá o de algún antepasado muuuuuy lejano. La magia de Paulino es la misma que la de la Rusa, pero en Paulino destaca más porque nadie sabe leer ni escribir allí donde él vive.

—¿Y qué cosa es leer y escribir, Gato?

El Gato me echaba la mano por encima del hombro y me decía:

—Ya tú estás haciendo muchas preguntas, Robertico, y si lo quieres aprender todo en el mismo día tendrás pesadillas por la noche y volverán los sueños malos que tanto te atormentan. ¿Y es que quieres, Robertico, tener más sueños malos?

—No, Gato, no quiero tener más sueños de ésos.

—Pues entonces no preguntes, mijo.

Por eso no le preguntaba nada a Paulino cuando lo veía tan atareado con sus libros, que a mí me parecían cajas, y con sus plumas, que semejaban puñales goteando sangre oscura en un rito mágico que sólo mi amigo sabía celebrar y que le daba el poder que yo tanto admiraba. Si lo veía atareado me sentaba junto a él y lo observaba tardes enteras haciendo pequeñas marcas en el papel como si fueran hormigas ordenadas en línea de batalla. Y horas después de permanecer a su lado y en silencio, poco antes de irme, le decía:

—¿Qué tú estás haciendo toda la tarde, Paulino?

—Escribo en una libreta lo que he leído en aquel libro.

—¿Y qué cosa haces cuando escribes, Paulino?

—Mira, Robertico, es como si dejara una marca que al día siguiente puedo reconocer, y al otro día también, y con el paso de los años la seguiré reconociendo, y cuando quiera acordarme de algo, ¿tú sabes?, acudiré a esta marca, la reconoceré, y me acordaré de aquello que aprendí un día.

—¿Igual que cuando el Gato lanza los caracoles o los cocos y sabe lo que están marcando?

—Parecido.

—¿Y tú puedes conocer el futuro de una persona con esas marcas?

—El futuro, no, Robertico, pero puedo conocer el pasado de las personas.

Yo me echaba a reír y le daba en el hombro jugando, como si me hubiera dado cuenta de la broma que me gastaba.

—Tú estás jalao, compay, para eso no hay que fijarse en las marcas, con preguntárselo ya vale...

—Pero si está muerto no puedes preguntárselo, Robertico.

Y yo me quedaba sin voz, frío como las manos del Gato, y ya no sabía qué decirle a mi amigo. Me levantaba, me despedía y me alejaba con la cabeza agachada y marrullando por lo bajo:

—¿Y a quién le gusta conocer el pasado de los muertos? A lo mejor al Gato.

Y me santiguaba y echaba a correr hacia El Mambí. Pero una tarde, mientras Paulino escribía en su libreta, lo interrumpí y le pregunté:

—¿Qué significan esas marcas que acabas de poner, Paulino?

Y él me fue leyendo muy despacio:

—*El-ca-pi-tán-re-co-ge-ve-las-y-gi-ra-a-bar-lo-ven-to.*
—Y después lo repitió todo de corrido—: *El capitán recoge velas y gira a barlovento*.

Sentí que acababa de iniciarme en la Regla de Paulino con aquellas palabras, sin duda mágicas, y repetí entusiasmado:

—*¡El capitán recoge velas y gira a barlovento!*

Lo repetí una, dos, diez veces con la seguridad de que tras aquellas palabras se ocultaba un poder que me situaba al margen del resto de los mortales al ponerlas en mi boca. Corrí entonces hacia El Mambi, pero esta vez no llevaba la cabeza agachada ni marrullaba por lo bajo, sino que gritaba: «*¡El capitán recoge velas y gira a barlovento!*». Entré donde la Nena Chica, la miré desde el centro del local y dije con todo mi entusiasmo: «*¡El capitán recoge velas y gira a barlovento!*». No había clientes, pero la Nena Chica y sus hijas me oyeron. Las muchachas se santiguaron y corrieron a esconderse detrás de la cortina.

—Robertico, miamol, no etará jalao con lo chico que ere.

Y yo lo negué con la cabeza.

—¿Entonce qué tiene, mijo?

—Nada, Nena Chica, es que mi amigo Paulino me está adoctrinando.

Y la negra respiró tranquila, como si la magia de Paulino no le produjera el miedo de los conjuros de la Santera o de los sortilegios del Gato.

—¡Qué suto, miamol! Ya yo pensé que tú había tomao la hierba del diablo, ¡con lo dulce que tú ere...!

Pero el adoctrinamiento de mi amigo Paulino no fue mucho más allá de aquella frase, porque, tan pronto como don Leonardo, mi papá, me vio merodeando con el Gato, me puso a trabajar en la zafra, en el ron y en los embarcaderos descargando pescado. Y tanto empeño puso en sacar de mí un hombre de provecho, que pasé parte de la infancia y la adolescencia trabajando como un esclavo. Tenía que abrir la destilería al amanecer para que empezaran a trabajar los obreros, obedecer las órdenes de todos y quedarme el último para cerrar. Así pensó don Leonardo, mi papá, que me alejaría del Gato y de sus influencias. Lo único que consiguió fue que naciera en mí una aversión al trabajo, pues ni sueldo tenía por ser el hijo del dueño; y más parecía que fuera su esclavo, como digo, que su vástago, vástago bastardo pero vástago a fin de cuentas. Por eso, cuando apareció Jean Philippe, vi una salvación para salir de aquel infierno de alcohol, caña y madera. Y luego, por mucho que mi papá se empeñó en meterme en vereda, ya no pudo hacer de mí un hombre de provecho, pues fracasó conmigo en la zafra, en el tabaco, en el cacao y en el café; y tan pronto como me veía agarrar las matas y desgranarlas como si la palma de mi mano fuera la boca de una mula, don Leonardo corría con la fusta hacia mí y empezaba a sacudirme como a un animal y a gritarme con los ojos inyectados en sangre: «Pedazo de animal, pareces un culicagao más que un obrero, Robertico. Cógete tus cosas y vete pal carajo, que no te vea más por aquí». Y yo aguantaba los golpes apretando los dientes, cogía mis cosas y me iba pal carajo. Lo mismo en la zafra, en el tabaco y en el cacao, porque aprendí pronto que lo mejor era ser un boberas para que no contaran con uno para nada.

Pero en la destilería de ron me costó casi dos años darme cuenta de que a los mamacallos no los quiere nadie en ninguna parte, aunque sea tu propio hijo, y menos para dirigir un negocio. Por eso en el ron me esforzaba todos los días por ganarme el respeto de los obreros, y trabajaba más que ellos, y llegaba el primero, y me iba el último, y me cargaba con los bultos más pesados y con las tareas más duras, total para que se burlaran de mí durante dos años en cuanto Virginia, mi mamá, se daba la vuelta. Se burlaban a mis espaldas y en mi cara, me embromaban y me mandaban de un sitio a otro para marearme. Me hacían subir a la pila de los barriles y cuando estaba arriba me quitaban la escalera y me dejaban toda la tarde hasta que llegaba mi mamá y empezaba a gritar como una fiera. Pero luego era ella misma la que tenía que poner la escalera y subir a bajarme, porque a mí me daban miedo las alturas, y empezaba a acariciarme el cabello y a ronronear con el estómago como una gata mientras buscaba con la mirada a los responsables de mi desgracia. Allí iban a estar. Se escurrían como las ratas entre los sacos o entre los barriles, se enterraban bajo la caña reprimiéndose las risas. Todos, excepto el papá de Paulino, don Augusto, que no permitía que se rieran de mí. Ni de mí ni de nadie, pues aquello le parecía una cobardía. Y, aunque era un hombre de poca presencia, cuando hablaba todos le escuchaban y obedecían, a pesar de que no le gustaba dar órdenes. Y por eso lo llamaban don Augusto, como a mi papá don Leonardo, aunque uno fuera el obrero y otro el patrón. Pero don Augusto no podía estar siempre cuidándose de mí, y tan pronto como se daba la vuelta o tenía que acudir a un carro o a otra nave, los obreros me buscaban por los rincones y me azuzaban como a un perro asustado. Por eso no quise volver al ron después de la desgracia de don Augusto, porque me puse muy triste. Virginia, mi mamá, gritaba mucho, pero no sabía resolver ni imponerse. Al momento se le olvidaba todo. Me acariciaba el cabello y empezaba a ronronear con el estómago como una gata. Lo contrario que Severina, la mamá de Deudora, que nunca gritaba, pero cuando se colocaba en medio de sus obreros en la factoría del tabaco se echaban a temblar. Ponía los ojos en un sitio, y allí corrían todos; los llevaba a otra parte, y allí iban corriendo sus obreros, o mejor dicho los de don Leonardo, mi papá, porque todo, absolutamente todo, era de mi papá: la destilería, la factoría de tabaco, los embarcaderos, las casitas de los pescadores, los carros, las mulas y hasta El Mambi, aunque de eso ya tengo más dudas.

Hoy he pasado todo el día en el cementerio. Me levanté tarde, cuando el sol ya estaba alto y la cumbre del Yunque aparecía despejada de nubes. Me despertaron las voces de los turistas que alborotaban en la piscina después de haber recorrido el museo y el malecón desde muy temprano. Anoche, en contra de mi costumbre, me dormí muy tarde; al principio porque quería escribir todo lo que la memoria me había negado en los últimos cuarenta años, pero luego fue porque la excitación de los recuerdos no me permitía conciliar el sueño. Por eso no me he levantado hasta que el sol ha entrado en la habitación y he empezado a sentir calor. Me he puesto mi guayabera, mi sombrero de yarey para que no se me quemara la calva, y he salido al patio en medio del escándalo de los turistas que gritaban y alborotaban en la piscina, enrojecidos e irritados por el sol. A pesar del calor, no consigo sudar apenas. En la carpeta del hotel alguien me dijo:

—Cuídese del sol, que hoy calienta bonito.

Eso será para los turistas. He cogido el camino del río, entre las ceibas y las palmeras reales, buscando huellas que no podían percibirse con los ojos. Mi edad ya no me permite emprender tales empresas sin sufrir las consecuencias. Hoy he sentido el cansancio del paseo de ayer. Por eso he tenido que detenerme y descansar a la sombra de los árboles para reponer fuerzas. De las numerosas sendas que ahora van a dar al camino principal salían pequeños artefactos ruidosos cargados de braceros que volvían a Baracoa. De repente, en un cruce, he reconocido el camino del cementerio. No había señales, todo estaba muy cambiado, había basura en la linde y habían cortado árboles indiscriminadamente, pero enseguida he comprendido que aquel cruce me iba a conducir al cementerio. He dejado el paseo hasta el recodo del río para más tarde, quizá para otro día, y he seguido las huellas clavadas en el barro de algún camión o de un tractor por el mismo lugar por el que hace cincuenta años seguimos el ataúd vacío de la Nena Tonta camino del cementerio. Aquel día diluviaba. Era la temporada de la zafra y llovía desde una semana antes. Por eso no encontraron el cuerpo de la Nena Tonta, por la maldita lluvia que lo había removido todo. Por eso caminábamos cubriéndonos inútilmente con retales bajo una lluvia que nos calaba de todas formas tras un ataúd vacío camino del cementerio. Y también por eso apenas éramos diez o doce personas las que seguíamos la memoria de la Nena Tonta, que no su cuerpo, porque los demás estaban en la zafra. Faltó incluso don Leonardo, mi papá, aunque fuera su hija la que iban a enterrar, o el recuerdo de su hija, porque la caja estaba vacía y los que íbamos detrás lo sabíamos. Y todo aquello hacía que Virginia, mi mamá, llorara más desconsolada que nunca, sola, sin cubrirse con nada, tocando la caja como si realmente allí estuviera el cuerpo de su Fernanda. Y yo hacía esfuerzos por llorar, por imitar a mi mamá, pero en vez de eso me hundía en los charcos y tropezaba con la gente sin poder pensar en mi hermana, muerta seguramente. Faltó la Santera, porque era el cura quien dirigía la ceremonia y no quiso ni acercarse. Yo pensaba si realmente la Nena Tonta no nos estaría observando oculta en algún lugar, sonriendo con su cara de bobera, sin entender que todos aquellos llantos, los gritos de mi mamá y quién sabe si la lluvia fueran por ella. Tuvo que enterrarla el Gato, no podía ser otro por mucho que mi mamá pusiera el grito en el cielo cuando dijeron de llamarlo para que trajera la caja. Y por eso no podría asegurar si los gritos de angustia y desconsuelo de Virginia eran por la pérdida de su Fernanda o por ver su recuerdo entre las manos de aquel negro grandote y viejo que levantaba la caja del carro y la llevaba por el aire, sin esforzarse, hasta un agujero lleno de agua que había excavado apenas unas horas antes. Y cuando el Gato dejó caer la caja se escuchó un chapoteo y empezó a flotar en el agua igual que una barca. Y mi mamá, ante tal contratiempo, lloraba más afligida y desconsolada que antes, al ver que el Gato ponía un pie encima del ataúd y lo hundía hasta el fondo mientras el agua entraba por las rendijas. Y me alegré de que Fernanda, la Nena Tonta, no estuviera allí dentro, porque habría sido como enterrarla en el río con la bendición del cura. Y aunque su cuerpo estaría lo más probable en lo más profundo del Miel, velado por Oshún y su corte, sin duda habría resultado mucho más doloroso ver cómo entraba el agua en su ataúd convirtiéndola en un pececito para el resto de los días ante la mirada y el llanto desgarrado de mi mamá.

Cuando llegué esta mañana a la tapia del cementerio me costó trabajo reconocerlo todo. El muro es mucho más bajo, o a mí me lo parece. La entrada está cubierta por una puerta de hierro que no existía hace cuarenta años. Hay menos árboles alrededor de la tapia y han ensanchado el camino, tal vez para que puedan acceder los vehículos. No da la sensación de un lugar apartado y siniestro, como hace cuatro décadas, sino que los cultivos se han extendido aprovechando las tierras hasta la misma linde del cementerio. Me he acercado hasta la puerta, y al mirar entre los barrotes de hierro me ha costado reconocer aquellas callejuelas estrechas bordeadas de lápidas y de cruces entre las que tantas veces corrí. Ahora las calles están señalizadas y tienen aceras como las calles de cualquier ciudad. Hay bancos en algunos rincones bajo la sombra de los árboles, como en los cementerios de Nueva York. Da la sensación de que los árboles y las plantas no han crecido arbitrariamente, sino que son el producto de una planificación que los ha colocado en los sitios que el cementerio y los muertos necesitaban. Al apoyarme en la puerta, se ha movido. Estaba abierta. No había nadie cerca. He decidido entrar. Durante un buen rato he estado paseando a solas entre las tumbas, leyendo los nombres de las lápidas. La mayoría de los muertos habían fallecido en los últimos cuarenta años, cuando yo ya estaba muy lejos del recodo del río y ni siquiera era capaz de acordarme de él. He leído una sucesión de nombres que me resultaban totalmente desconocidos. A pesar del tiempo sabía bien dónde encontrar los huesos o las sombras de los conocidos. Me he ido hacia el fondo, a un rincón, buscando la lápida de la Nena Tonta. He sentido un escalofrío al encontrarme con la piedra de frente. He leído su nombre: Fernanda. Las hierbas no han crecido a su alrededor, y si no fuera porque las letras están casi borradas nada haría pensar que hace más de cincuenta años que esa tumba está excavada en la tierra. Durante un instante he hecho un esfuerzo para traer el recuerdo de la risa de boba de la Nena Tonta. La he visto enseguida, con sus dientes grandes y separados, la boca abierta, la baba en la comisura de los labios y el pelo enmarañado. Cuando pienso en ella la veo sentada en el embarcadero, con los pies colgando y riéndose con una risa que le sale de la garganta y le hace dejar la boca abierta, como la risa de Lucio, el hermano tonto de Paulino. De pronto he tenido la sensación de que alguien me observaba. Me he vuelto y en un instante he sentido el peso de los cuarenta años de ausencia flotando en el aire. He visto el nombre de don Leonardo, mi papá, en una lápida a pocos metros de la Nena Tonta. Me he acercado con miedo, como si al verme allí parado frente a él fuera a sacar la cabeza de la tierra y a gritarme: «¿Qué haces ahí como un pasmarote? Pareces un culicagao». Me habría gustado soltar alguna lágrima; pero, a pesar de haber visto su nombre grabado en la piedra, no puedo terminar de creer que su cuerpo esté ahí debajo, seguramente con la fusta en la mano y las botas de montar puestas, como cuando iba al Mambí los días de fiesta, después de pagar a los obreros, y empezaba a hablarles subido a un taburete igual que si se dirigiera a una sola persona.

—Venga, Robertico, no me vayas a decir que no te gustan las hijas de la Nena Chica —me dijo empujándome hacia el mostrador—. A ver si nos vas a salir un flojo.

—Y yo miré a la barra del Mambi para ver si Marilín se estaba dando cuenta de que me había puesto rojo y habían empezado a temblarme las piernas.

—¿Una partida, don Leonardo?

—Venga.

Don Leonardo, mi papá, los días de paga siempre decía «Venga» a cualquier propuesta, como si quisiera que todo el mundo viera que no le dolía haberse desprendido de sus pesos para pagar a los obreros. Se ponía a jugar a los aros o a la herradura en cualquier rincón del Mambi, y gritaba, y hacía sonar las botas de montar sobre el suelo de madera como si así marcara su territorio. Pero cuando empezó a rivalizar con don Antolín las cosas fueron cambiando, y mi papá aprovechaba los días de fiesta y los días de paga para subirse a un taburete y hablarle a la gente de cosas lejanas y oscuras que yo no podía entender, aunque ahora sería capaz de repetirlas de memoria. Y entonces las cosas empezaron a ser diferentes. Ya no se veía tanta alegría en El Mambi, sino que la gente acudía obligada por las circunstancias, porque nadie dijera que estaban en contra de don Leonardo. Y por eso, cuando mi papá se subía al taburete, la gente del recodo del Miel y los obreros de Baracoa dejaban lo que tuvieran entre manos, el juego o el ron, y aunque estuvieran jalados por haber tomado ponían cara de que la cosa iba con ellos, de que les interesaban las palabras de don Leonardo, mi papá. Él cogía un tabaco, lo desperillaba, le daba candela y ya no paraba de platicar hasta que se le cansaban las piernas o le daba sed:

—Mira, chico —les decía a todos como si fueran una sola persona—, ya yo estoy harto de tanto comemierda. Lo que necesitamos es un alcalde que no piense en sus propios intereses. ¿Quién necesita una carretera? Nunca hemos tenido una carretera y nadie se había dado cuenta hasta que llegó ese matasanos y nos lo recordó. Nuestra carretera es el mar, compay. La carretera sólo le interesa al matasanos y a su banda. A nosotros nos interesan otras cosas, y no son las mismas que al matasanos. Ya yo no voy a tolerar más abusos ni más comemierdas. Ya yo os voy a decir qué es lo que necesitamos, y la carretera que se la hagan ellos si la necesitan. No sé adónde van a ir por su carretera, pero si la quieren que la hagan y que no se demoren. Ya yo os diré lo que necesitamos.

—¿Qué necesitamos, don Leonardo?

—¿Que qué necesitamos...? ¿Qué necesitamos...? Ya yo os lo diré...

—Sí, díganoslo, don Leonardo.

—Necesitamos... un radio. Eso es lo que necesitamos, un radio. El progreso está en el radio, ¿tú sabes?, y no en una carretera que sólo desea el matasanos. Ya vosotros habéis oído hablar del radio. La Rusa tiene uno. Y por eso la Rusa es una señora tan distinguida, aunque se juntó con el matasanos. Eso es el progreso, y yo traeré el progreso a estas tierras.

Entonces salí corriendo del Mambi como un alma en pena y me fui a donde Paulino y le pregunté:

—¿Qué cosa es un radio, Paulino?

Y mi amigo me miró como si yo hubiera perdido el juicio. Se fue a sus libros mágicos, cogió uno entre tantos, pasó las páginas, se detuvo, señaló con el dedo y me dijo muy despacito y muy serio:

—*Metal descubierto en Francia por los químicos consortes Curie. Es conocido principalmente por sus sales, que, por desintegración espontánea y muy lenta de sus núcleos atómicos, emiten elementos de dichos núcleos.*

Luego fui yo el que se puso serio:

—¿Y tú lo has probado alguna vez, Paulino?

—No, Robertico. Eso se beberá en Francia.

—Pues don Leonardo va a traerlo para callarle la boca al médico. Dice que el radio es el progreso. Entonces el ron será un retraso, como los esclavos. ¿Y qué cosa es una carretera, Paulino?

La lápida de don Leonardo, mi papá, está en el centro de una extensa parcela, presidiendo el lugar como siempre hizo en vida. A su alrededor, imitando los cuatro puntos cardinales, están las cuatro mujeres que le parieron en vida una prole de bastardos entre los que yo me cuento. He visto la lápida de Marcela, la mamá de mi hermanastro Elías. Hasta hace cuarenta años no pasaba un día sin que alguien me comparara con la figura de Elías, el hijo favorito de mi papá: tan sabio, tan listo. Y sin embargo no sabía leer como Paulino. Y yo pensaba, cada vez que me lo mentaban, que no debía de ser tan listo cuando se subió a aquel poste y se quedó cocinadito. ¿A quién que estuviera en sus cabales se le podía ocurrir aquella locura? Por eso pienso, aun sin haber llegado a conocerlo, que Elías más que un sabio debió de ser un loco. He visto también grabado en la piedra el nombre de Severina, y, al igual que los demás, al ver los apellidos junto al nombre, me parecía que no era la misma persona, con ese lastre que yo desconocía hasta esta mañana. También estaba la tumba de doña Zita, la mamá de Elisenda.

Seguramente su ataúd y el agujero en la tierra serán de gran tamaño para que quepa el cuerpo de la viuda. Tanto sufrimiento para dejar abandonados al morir las corbatas, las sortijas, las toallas, las flores de papel, los trajes de novia, las pajaritas, los zapatos de punta, las diademas, las palanganas, los espejitos, los bolsos, los pañuelos y el pachulí. Ya no podrá alquilar nada, ni aprovechar las chaquetas hasta que se transparenten de viejas, ni hacer felices a los recién casados, o a los enamorados, o a los presumidos. La tumba de Virginia, mi mamá, es la más cuidada de todas, y aún se puede leer claramente su nombre, la fecha de nacimiento y la del óbito: seguramente porque fue la última de todas en morir. Tiene incluso flores, aunque secas. De pronto he creído que alguien me observaba. He buscado angustiosamente algún rostro a mi alrededor y en su lugar he tropezado con la tumba de Deudora junto a la de mi querido Jean Philippe. Un poco más allá estaba la de mi hermano, el afinador de pianos. Y como si realmente fuera aquello para lo que me encaminé al cementerio, he empezado a buscar la tumba del Gato, por la necesidad de ver su nombre en la piedra para tener la certeza de que había existido alguna vez. No he encontrado ni una señal de sus restos. Conforme me iba alejando por el callejón del cementerio hacia la calle central, las fechas de los muertos iban siendo más recientes, hasta llegar a los muertos de la semana pasada. He vuelto a empezar desde la tumba de don Leonardo, pero en dirección inversa, hacia donde las fechas eran más antiguas. Tampoco he tenido éxito. He encontrado muertos que enterraron el mismo día que yo abandoné el recodo del río Miel y Baracoa para siempre —yo creía que para siempre— hace cuarenta años, pero tampoco estaba el Gato. Entonces me he sentido abatido y desesperado, porque después de tanto tiempo no era capaz de distinguir la realidad de los sueños. Cuando estaba dispuesto a comenzar la búsqueda otra vez, he oído que alguien se acercaba por detrás de mí con paso lento. Por un instante he creído reconocer los andares del Gato. Pero era un muchacho negro sin camisa y con una pala al hombro. Me ha saludado educadamente, ha clavado la pala en la tierra y ha hecho visera con la mano en la frente mientras me hablaba:

—Llevo un rato observándolo, señor, y creo que a lo mejor necesita ayuda.

He estado a punto de disculparme y despedirme, pero en un segundo he recordado la imagen del Gato, inmensa imagen de negro alto y viejo, haciéndose visera con una mano en la frente y sosteniendo una pala con la otra. Por eso me he quedado frente al muchacho sin decir nada.

—¿Es usted gallego?

—No.

—¿De la tierra?

—Sí, de la tierra.

—Ya me pareció. Por aquí no vienen nunca turistas, ¿usted sabe? Y aunque va muy limpito yo ya me dije que sería usted de la tierra. Por aquí nunca vino ningún gallego. ¿Para qué? Por eso yo ya me dije...

De pronto se quedó en silencio y me miró de los pies a la cabeza:

—Me dio un buen susto cuando lo vi pululando entre las piedras como un alma en pena, ¿usted sabe? —me

dijo, y me alargó de improviso la mano para saludarme—:
Tomás Barroso Barroso, para servirle.

—Roberto... Bueno, Robertico.

—Mucho gusto. A lo mejor lo he interrumpido
a usted.

—Estaba buscando una tumba.

—Pues para eso yo soy la persona que necesita. Me
sé los nombres, las fechas, los lugares, todo. ¿Cómo se
llama el membrillo? Disculpe, quiero decir el difunto.
¿Cómo se llamaba?

—El Gato.

Un día la Nena Chica se me acercó y me puso un
vaso de ron sobre la mesa sin habérselo pedido. Pasó
después un trapo húmedo sobre el tablero y se me quedó mirando. En el brillo de sus ojos y en la sonrisa bur-
lona noté que me había reconocido en el río mientras
se bañaba desnuda. Se reía porque me había visto agazapado entre la hierba, con el culo al aire. Pero no lo
mencionó.

—Tómate eto, mijo, a ve si te anima, que parece que
haya pasao mala noche; lo mimmitico que si no hubiera
dormío, Robertico.

Y se quedó quieta, con su manaza sobre la mesa
apretando el trapo. Me sentí igual que cuando me sor-
prendían en un delito, y por eso le dije tratando de des-
viar su atención:

—¿Por qué le dicen el Gato?

La Nena Chica me miró fijamente y desdibujó la
sonrisa pícara de su rostro.

—Conque eso e lo que te ronda po la cabeza toa la talde...

—Todo el mundo lo llama el Gato y nadie sabe por qué.

—Pregúntaselo a él, ¿no e tan amigo tuyo?

Entonces salí corriendo del Mambi y me fui derecho a la ceiba gigante mientras oía a lo lejos su voz:

—Aléjate de lam mala compañía, Robertico, que no te traerán na bueno.

Encontré al Gato donde estaba siempre que lo necesitaba, bajo la ceiba gigante que había detrás del lavadero.

—¿Por qué te llaman el Gato?

—Es mi nombre, Robertico, ¿cómo quieres que me llamen?

—Pero tu papá te llamaría de otra manera.

—El Gato, mi papá me llamaba el Gato. Tan pronto como me vio nacer, se me quedó mirando y dijo: «Este niño tendrá más vidas que un gato».

—¿Y quién te contó eso?

—Nadie, Robertico, eso lo escuché yo con mis propios oídos.

—¿Y te acuerdas del momento de nacer?

—Claro, Robertico, y tú también. Lo que pasa es que no te esfuerzas.

El enterrador se quedó pensando, arrancó la pala de la tierra y dio unos pasos hacia delante.

—Eso me suena —dijo—. Pero seguro que tenía otro nombre.

—No. Se llamaba el Gato. Cuando nació, su papá se le quedó mirando y le dijo: «Este niño tendrá más vidas que un gato».

—Me suena ese nombre —repitió el enterrador.

Empezó a caminar despacio entre las lápidas, con la pala al hombro, y yo lo seguí de cerca.

—El Gato... El Gato... Me suena, pero aquí no hay nadie enterrado con ese nombre. ¿Sabe cuándo murió?

—Sólo sé que hace cuarenta años estaba vivo.

—¿Y qué edad tenía entonces?

—Aparentaba más de cien, pero yo creo que tenía más de doscientos. Algunos decían que había vivido en África antes de que llegaran aquí los españoles.

El enterrador se detuvo y giró en redondo volviéndose hacia mí.

—Hace calor hoy. Este sol nos va a secar la sesera —me dijo—. Debería usted ponerse a la sombra.

—No tengo calor.

—De todos modos venga a mi caseta y tome un juguito.

Durante años creí que nadie es capaz de recordar el momento de su nacimiento. Incluso no me parece fácil recordar la primera infancia, y lo que creemos recuerdos no son más que cosas que nos han contado. Pero resulta más fácil conocer el pasado que el futuro. Nadie me ha descrito cómo fue mi nacimiento, pero yo sé que la habitación de la choza olía a café y que la partera tenía bigote. Don Leonardo, mi papá, llevaba las botas de montar y se le escurrían los espejuelos por el sudor. Mi hermano

Zenón Jenaro tenía cuatro o cinco años y jugaba con los puercos en la puerta. De vez en cuando entraba a la habitación, se acercaba a la cama y decía: «Esto no parece un niño, parece una rata». Y don Leonardo le dio una patada con la punta de la bota, y mi hermano rodó por el suelo, se dio con la boca en la palangana y se rompió un diente. Mi papá le dijo: «Vete con los puercos». Yo no sabía entonces lo que sucedía, pero el primer sonido del que tengo recuerdo es el de los dientes de mi hermano estrellándose con una palangana llena de agua enrojecida; y la primera voz, la de Zenón Jenaro. Tan pronto como la partera cortó el cordón umbilical, mi papá vino a la cama, me cogió con una mano y con la otra se quitó los espejuelos y se los dejó a mi mamá. Me examinó de arriba abajo dándome la vuelta y pegando sus ojos de miope a mi piel.

—Parece sano —le dijo a mi mamá—. Se llamará Elías, en memoria del pobrecito Elías.

Y mi mamá rompió a llorar al oír aquel nombre, no porque sintiera pena del desdichado Elías, sino porque pensaba que nadie con ese nombre podría llegar a viejo.

—Elías no, Elías no: Roberto, como su abuelo.

Y don Leonardo debió de pensar en su papá, que se llamaba Roberto, y se sintió halagado.

—Pues Roberto. Bueno, Robertico, que parece una rata tan pequeño. Y a ver si al menos coges el talento de Elías.

Se notó la mano viscosa, se la acercó a la nariz y gritó:

—¡Este crío es un culicagao!

Por eso, cuando recordé el momento de mi nacimiento, dejó de parecerme raro que el Gato se acordara de todas aquellas cosas que ni los más viejos conocían. A veces me parecía que sólo me contaba sueños.

El año del Ciclón Sofía se incendió la barca de Homero sorprendentemente cuando la lluvia caía con más fuerza, y yo soñé que la Nena Tonta se arrojaba al río desde el embarcadero; pero nadie la vio, ni pudieron encontrar su cuerpo. El año del Ciclón Sofía la carretera que había empezado don Antolín se la tragó la tierra, mi papá trajo el radio al recodo del río Miel, volaron los tejados de Baracoa y terminó de hundirse la techumbre del castillo quedando al descubierto las mazmorras de los gallegos y un artilugio muy simple que sembró el terror entre los viejos como si hubieran desenterrado al diablo. Yo lo vi en la *chopin* de doña Zita: un madero no muy largo, comido por el comején, casi irreconocible, y en la parte más alta un hierro enrobinado en forma de collar con un tornillo enorme que lo atravesaba terminando en una especie de manivela. Apareció entre los escombros del castillo, bajo la techumbre que se había derrumbado por el viento. Todos hacían corro alrededor y hablaban del Gato con miedo.

—Podrían haberlo dejado ustedes donde lo encontraron. ¿Para qué quiero yo un garrote vil? Llévenselo al Gato, que sabrá manejarlo —dijo doña Zita.

Y los más viejos se hacían cruces con los dedos y decían: «¿A ese verdugo?».

Salí corriendo de la *chopin* de doña Zita y tomé el camino del río, pero en el cruce del cementerio me desvié para ver al Gato. Crucé la tapia por el hueco que servía de puerta y lo encontré trabajando bajo un techado de hojas de guano. Pasaba el cepillo sobre los tablones de un ataúd que estaba construyendo. A pesar del calor no sudaba. Cuando me vio acercarme dejó la herramienta, abrió las piernas y salió del techado tapándome el sol.

—Mucha prisa traes, Robertico.

—Vengo de Baracoa, Gato, y la gente habla de ti de un modo raro. ¿Qué cosa es verdugo?

El Gato soltó una risotada y me enseñó todos los dientes.

—Ya se hundió la techumbre del castillo, ¿eh, Robertico?

—Y encontraron un garrote que dicen que es tuyo.

—Maldito ciclón —dijo el Gato—. Va a resultar peor que una mujer —y volvió a sonreír—. Ese garrote no es mío, sino de los españoles. Tú no hagas caso de las habladurías, mijo, ésos no tienen otra cosa que miedo, por eso hablan tanto.

—¿Qué cosa es verdugo?

Y el Gato abrió los brazos y dio un grito espeluznante para espantar las auras que se posaban sobre el techado o picoteaban por los alrededores dejando su olor pestilente.

—Yo soy un verdugo, Robertico. ¿Te doy miedo?

—No, Gato, a mí no.

—¿Ves cómo no es tan malo? Pero eso fue hace muuuuuucho tiempo: antes de que se fueran los gallegos para siempre. Ahora soy enterrador, que lo mismo es, pero produce menos miedo.

El enterrador se ha construido una caseta en una de las esquinas del cementerio. Me ha ofrecido asiento y un zumo de mango. Olía a flores secas y a estiércol en la caseta. Alrededor del jugo revoloteaban las moscas y se posaban en el borde del vaso.

—Aquí no vienen muchas visitas, ¿usted sabe? No más que para los entierros o los aniversarios. Por eso tengo tiempo de aprenderme los nombres de todos.

—¿Cuántos años tienes, muchacho?

—Veintitrés.

—Eres muy joven para saber cómo era esto antes. El Gato fue enterrador antes que tú. Enterrador y verdugo. Pero esto ocurrió mucho antes de que echaran a los gallegos. Él decía que tenía muchas vidas.

—¿Y era pariente suyo ese Gato?

—¿Pariente? No, el Gato no tenía parientes. Pero a mí me trataba como a un hijo. Seguramente porque lo salvé de morir ahorcado.

Cuando le quitaron las ataduras de las manos y lo soltaron, el Gato se desplomó produciendo un ruido seco en el suelo como si se hubiera caído la ceiba gigante fulminada por un rayo. La gente que se había amontonado a su alrededor empezó a dar un paso atrás y a hacer cada vez más ancho el corro. Don Leonardo, mi papá, no quería mirar a nadie, y los demás también evitaban mirarlo como si sintieran vergüenza de lo que acababan de hacer. Se fueron yendo poco a poco y dejaron al Gato tumbado. Nadie le quitó la soga del cuello. Cuando finalmente se quedó solo, me acerqué y con mucho miedo le aflojé el nudo. Entonces abrió los ojos y me miró como si volviera de otro mundo. Parecía que se le había pasado la borrachera. Su voz resonaba dulce y tranquilizadora:

—Muchacho, llegaste justico. Si te retrasas un poco más, pierdo esta vida. Y ya no me quedan tantas. Anda, ayúdame a levantarme.

El Gato se incorporó apoyándose en mí y, conforme se iba estirando, los huesos le crujían como si fueran a romperse. Puesto en pie me parecía tan grande como la ceiba gigante.

—Muchacho, llegaste justico. —Su voz y su aspecto ya no me daban miedo—. Pero dime cómo pudiste saber lo que realmente había sucedido. ¿Lo viste por una casualidad?

—No. Lo soñé, pero yo no sabía que era un sueño. Me pasa a veces: me siento, miro a un sitio y me invento cosas. Pero luego resulta que son sueños. Y suceden.

—Muy bien, muchacho; tú sí que resuelves bien.

Aquella fue la primera vez que sentí que lo que sucedía ya me había ocurrido antes, o que yo había estado en un sitio sin haber estado; pero la sensación que yo tenía era tan incomprensible como el hormigueo que recorría mi cuerpo al ver a la Nena Chica bañándose desnuda en el río en mitad de la noche. La primera vez que me sucedió yo había visto desde un rincón a don Leonardo, mi papá, entrando sin hacer ruido en la cabaña de Paulino. Mi amigo dormía en su camastro y no vio a don Leonardo entrar. Lucio estaba echado en el suelo y movía la cabeza de un lado a otro con la boca abierta y los ojos idos. Mi papá pisaba con la punta de las botas. Pasó junto a Paulino y le dio un caramelo a Lucio para que se quedara callado. Don Leonardo empezó a husmear entre los libros, abrió unos cuantos y los miró al derecho y al revés. Los olió como si buscara impregnarse de algo, y finalmente se metió uno por debajo de la ropa, manteniéndolo sujeto con el cinturón. Volvió a pasar junto al camastro de Paulino y salió de la cabaña. Yo lo vi alejarse hacia la destilería, entrar en su cuarto, cerrar la ventana y abrir el libro. Después, cuando comprobó que no conseguía ningún resultado extraordinario, lo metió en el cajón de un mueble y lo cubrió con un paño. De repente abrí los ojos y me encontré sentado en el embarcadero, junto a la Nena Tonta, con los pies colgados sobre el agua. Me despertó la risa de mi hermana al ver un pez volador. Le caía la baba y me señalaba el río. Sin embargo yo veía la imagen de don Leonardo, muy clara, con el libro entre las manos dándole vueltas y oliéndolo como si quisiera contagiarse de su magia. Luego me fui a jugar y ya no volví a pensar en aquello durante años. Por eso pienso que a veces me inventaba cosas y luego sucedían. El Gato me dijo que no las inventaba sino que las soñaba, pero yo no terminaba de creerlo. Para mí no podían ser sueños si tenía los ojos abiertos y estaba trabajando o jugando con los niños o pescando o bañándome en el río. Y por eso mismo, después del ahorcamiento del Gato, cada vez que imaginaba algo me echaba a temblar, porque no sabía si era un sueño o una fantasía.

Una vez me quedé delante del hotel de la Rusa varias horas por si veía salir a la dulce Marilín, o por si aparecía en los balcones para sacudir alguna alfombra. En toda la tarde sólo la vi un instante junto a los ventanales de la planta baja sirviendo chocolate en las mesas. Apenas pude verla unos segundos, pero me quedé mirando con tanta fijeza después de que desapareciera su imagen, que los cristales de la ventana se fueron convirtiendo en una pantalla. Entonces vi a la Nena Tonta reflejada en el cristal. Iba corriendo por el embarcadero. La reconocí por la torpeza de sus zancadas y porque la cabeza se le iba hacia delante y hacia atrás sin poder sujetarla. Corría hacia el extremo del embarcadero, y en vez de reír iba llorando desconsoladamente, y las lágrimas surgían de sus ojos como un manantial que le escurría por el cuerpo y dejaba un reguero a su paso. Y cuando llegó al final del embarcadero no se detuvo, sino que siguió corriendo por el aire con sus zancadas torpes, y aunque volaba sin tocar el agua, cada vez iba perdiendo más altura, y empezó a caminar sobre la superficie del río, hasta que se hundió totalmente. Pero incluso debajo del agua yo seguía escuchando su llanto desconsolado. Entonces sentí un tapón en la garganta y ganas de gritar. Empezó a costarme trabajo respirar. Cerré los ojos y volví a abrirlos, pero seguí viendo reflejada en el cristal la superficie del río con las ondas suaves que había dejado el cuerpo de mi hermana después de desaparecer. Y escuchaba los gritos y el llanto de la Nena Tonta como si surgiera debajo de mis pies. Me tapé los oídos y canturreé algo en voz baja para dejar de escuchar los sollozos. Cuando me destapé los oídos sólo reconocí a mis espaldas el murmullo de las olas rompiendo contra el malecón. Detrás, en los ventanales, tomaban chocolate alrededor de una mesa la Rusa y algunos oficiales de la marina. Me sentí como si acabara de despertar de una pesadilla, pero me parecía tan real que estaba convencido de que aquello acababa de suceder. Eché a correr hacia la salida del pueblo y me dirigí al

74

recodo del río Miel, a ratos por el camino, a ratos atravesando la selva. Recorrí todos los embarcaderos buscando el reguero de lágrimas que había dejado la Nena Tonta. No encontré nada. La llamé a gritos y corrí río abajo por si la corriente había arrastrado su cuerpo. Volví a casa llorando desconsoladamente. Me encontré a mi mamá y a Elisenda, que acababa de traer un vestido de novia para alquilárselo a la hija de Homero, el pescador. Lloraba sin consuelo, y las dos no hacían más que preguntarme lo que me sucedía. Por fin pude hablar:

—La Nena Tonta se ha tirado al río y no puede salir a la superficie.

Mi mamá se puso pálida, dio un grito y tiró el costurero que tenía sobre las piernas. Salió corriendo y perdió una zapatilla por el camino. Mi hermanastra me agarró de la muñeca y corrió también tirando de mí. Cuando llegamos al río mi mamá corría descalza arriba y abajo, sin saber adónde acudir, llamando a su hija a gritos.

—¿Dónde ha sido, Robertico? Dímelo.

Yo señalé al centro del río. Empezó a acudir gente alertada por los gritos. Mi mamá llamaba a Fernanda como una loca, con el rostro lívido y desencajado. Los que acudían preguntaban y empezaban a gritar también llamando a mi hermana. Pero entonces hubo un instante de silencio y se escuchó la risa de bobera de la Nena Tonta. Nos volvimos y allí estaba ella imitando los gestos de los demás. Y entonces fue mi rostro el que se quedó lívido y desencajado, como si hubiera visto una aparición. Me abalancé hacia Fernanda para abrazarla, por ver si era real o una fantasía, pero se adelantó mi mamá, y cuando soltó a mi hermana me dio tal bofetada que giré

75

dos veces en redondo y caí sobre la hierba clavando las narices entre las piedras. Me quedé en esa postura por vergüenza, y no me moví hasta que sentí que la gente se había alejado. Me fui adentrando por uno de los embarcaderos mientras la sangre manaba de mis narices y me escurría por las piernas. Decidí que lo mejor sería esconderme en la selva durante dos o tres años hasta que todos se hubieran olvidado del suceso. Al final del embarcadero me volví y me encontré las tablas del suelo regadas por mi sangre. Me senté en el extremo y dejé colgando las piernas en el aire. En el centro del río se habían formado unas ondas concéntricas igual que las que yo había visto en los cristales del hotel de la Rusa. Escuché los pasos inconfundibles de la Nena Tonta sobre el embarcadero. Se detuvo junto a mí y se sentó con los pies colgando, pero no tenía en su rostro la risa boba sino que parecía seria y afligida. Y entonces, sorprendentemente, oí su voz, una voz que nadie más escuchó nunca:

—Estoy esperando un niño, Robertico. Me han preñado a la fuerza.

Me quedé mirándola con los ojos muy abiertos, como si volviera a tener una pesadilla. Entonces sentí que aquella situación ya la había vivido yo antes, y que ya había oído las mismas palabras de la Nena Tonta. Me parecía que estaba viviendo una pesadilla dentro de otra pesadilla. Por eso me quedé mirándola sin creer que fuera real. Y ella no me miraba a mí, sino que tenía los ojos clavados en el río. Y su boca no estaba abierta y con el labio descolgado, ni le caían las babas por las comisuras. Le dije:

—¿Quién ha sido, Fernanda?

Y ella, sin levantar la vista del río, me respondió:

—Don Antolín. Ha sido el médico quien me ha preñado a la fuerza.

Y yo me sentí muy triste, triste y afligido, porque ya no era capaz de distinguir el sueño de la realidad. Y sin embargo las palabras de la Nena Tonta me habían sonado tan reales que no podía dudar de que aquélla fuera su voz. Pero cuando fui a preguntarle algo, me tropecé con su boca abierta y las babas colgando y su sonrisa de bobera. Salí corriendo hacia mi casa, para contar lo que acababa de oír, pero antes de llegar a la puerta me paralizó el miedo de encontrarme a mi mamá con el gesto contrariado. Pensé que sería mejor contárselo a don Leonardo, mi papá, pero estaba en el tabaco y podía tardar semanas antes de regresar. Así que corrí selva adentro lloriqueando, asustado, con las narices doloridas y decidido a no regresar hasta dentro de dos o tres años, cuando el asunto se hubiera olvidado.

No tardé dos años sino dos noches en volver a mi casa, tan pronto como vi que las nubes se oscurecían y sentí el viento que anunciaba la proximidad de un ciclón. Pasé tan gran susto y tanto miedo que durante mucho tiempo olvidé los sueños. La primera noche, llevado por el hambre, descubrí un nido en un árbol y trepé hasta lo más alto para robar los huevos. Cuando estaba arriba escuché un chapoteo en el agua y me quedé inmóvil, paralizado por el miedo. No me atrevía a moverme de allí. Miré entre las hojas y vi a alguien bañándose en el remanso de las aguas. Era una cabeza que se hundía y volvía a salir produciendo un ligero chapoteo. Con la luz clara de la noche vi sus cabellos mojados sobre la cara y escuché su respiración fatigada cuando salía a la superficie. De repente se acercó a la orilla y emergió un cuerpo de mujer enorme y desnudo. Se acercó al árbol y se tumbó debajo de mí. Era la Nena Chica. Sin ropa parecía mucho más grande que vestida. Tenía dos tetas enormes como dos lunas y dos pezones como platos. Cada una de sus piernas era tan grande como yo. Se tumbó boca arriba y yo me sentí aterrado por si me veía en lo más alto del árbol. Me quedé quieto, casi sin respirar, camuflado entre las sombras de las ramas y las hojas. Las gotas de agua brillaban en su piel. Ella canturreaba y extendía los brazos sobre la hierba. Pensé que estaba viendo algo prohibido y que, si me sorprendía, el castigo sería sin duda proporcionado al delito. Pero al mismo tiempo que lo pensaba empecé a percibir un temblor en las rodillas y un picorcillo en el estómago. Poco a poco sentí un hormigueo que me subía por los muslos hasta la entrepierna. Yo no sabía si aquel enorme cuerpo era hermoso o no. Estaba empezando a experimentar la misma rigidez y quemazón en mi miembro que cuando Deudora me sujetó las manos sobre sus pezones. Me puse una mano encima para que no siguiera creciendo, pero entonces fue peor. De pronto, la Nena Chica se incorporó, sacó la ropa de detrás de unas matas, se vistió y se adentró canturreando en la selva, sin duda camino del recodo del río.

Durante todo el día siguiente no me pude quitar de la cabeza la imagen de la Nena Chica desnuda. Allí adonde miraba veía sus tetas grandes, como dos lunas, colgándole hasta la cintura. Por eso esperé impacientemente a que llegara la noche para regresar al lugar del delito con la esperanza de que volviera a bañarse al río bajo la luz de las estrellas. Y a medianoche el suelo de la selva tembló, empezaron a moverse las plantas y apareció el enorme cuerpo de la Nena Chica avanzando entre los árboles. Me quedé inmóvil, acostado bocabajo entre la maleza y asomando únicamente los ojos para contemplar el espectáculo. La Nena Chica dio dos sacudidas con sus brazos y sus manazas, y se quedó desnuda. Sus tetas iluminaron todo el río como dos lunas. Se me cortó la respiración. Yo buscaba con la mirada entre sus piernas, y mis rodillas chocaban una con otra por el temblor. Comenzó a caminar hacia la orilla y a su paso se estremecía el suelo. Se introdujo poco a poco en el agua y luego se zambulló. Cuando sacaba la cabeza a la superficie, su respiración resonaba en las dos márgenes rompiendo el silencio de la noche como hacen los animales. A veces permanecía tanto tiempo sumergida, que temía que se hubiera ahogado; pero de pronto sacaba la cabeza, echaba el agua de la boca como el surtidor de una ballena y respiraba profundamente espantando a las alimañas. Por fin empezó a salir lentamente del agua. Se escurría el cabello inclinando la cabeza y dejaba a su paso un charco inmenso. Se tumbó bajo el mismo árbol de la noche anterior y extendió los brazos como si quisiera que las estrellas iluminaran su cuerpo. Yo no podía mirar otra cosa que sus tetas como lunas y sus pezones como platos. Y cuanto más las miraba, más sentía la tirantez en mi miembro y un gusanillo en el ombligo. Casi sin darme cuenta me fui bajando los pantalones y empecé a frotarme contra la hierba con unos movimientos que apenas podía controlar. Cuanto más me frotaba, menos miedo iba teniendo de que la Nena Chica me sorprendiera. Casi lo deseaba. La piel me tiraba tanto que a veces me hacía daño. De pronto sentí que todo el cuerpo se me estremecía, que me flaqueaban las piernas y empezaba a orinarme sin poder controlarlo. Me invadió el pánico. Me toqué, y estaba mojado y pegajoso. Luego desapareció el deseo de ver más de cerca a la Nena Chica y me quedé sin fuerzas. Sentí otra vez miedo de que me sorprendiera. Intenté apartarme un poco de aquel líquido viscoso, pero debí de hacer ruido porque la Nena Chica se incorporó y empezó a mirar a todas partes. Creí que empezaría a gritar y a lanzar maldiciones. Pero sólo dijo:

—¿Quién anda ahí?

Yo clavé el rostro en la hierba. Se puso de pie, pero no se vistió:

—¿Hay alguien ahí escondido?

Dejé de respirar. La Nena Chica avanzó muy despacio, y a cada paso la tierra temblaba. El cuello se me iba hinchando y la cara se me ponía roja por la falta de oxígeno. Apareció entre las hierbas y se me quedó mirando. Yo estaba desnudo, con los pantalones por las rodillas, y no me atreví ni a cubrir mis vergüenzas. Me miró de arriba abajo, y vi sus tetas tan cerca que si hubiera alargado las manos habría podido tocarlas. Cerré los ojos y me preparé para lo peor. Pero la Nena Chica se dio media vuelta y volvió debajo del árbol.

—¿No hay nadie por ahí? —Y su voz me pareció alegre en lugar de contrariada—. Entonce será un animalico.

Y la oí vestirse, mientras canturreaba, y adentrarse en la selva haciendo temblar todo a su paso. Respiré deprisa, cuando ya estaba a punto de asfixiarme. Me subí los pantalones y eché a correr. Corrí durante toda la noche, y entonces pensaba que ya no podría volver al recodo del río hasta dentro de cuatro años al menos.

Al día siguiente las nubes amanecieron haciendo sombrero al Yunque, y conforme avanzaba la mañana se fueron acumulando en todo el cielo y formando un manto negro como si hubiera anochecido de repente. Tenía tanta necesidad de creerlo que llegué a convencerme de que la Nena Chica estaba cegata. Cayeron las primeras gotas y se levantó un viento húmedo y cálido. A media tarde, cuando empezaron a temblar los árboles y a caer las ramas, huí despavorido hacia mi casa. Aquél fue el Ciclón Sofía: el año en que volaron los techos de Baracoa, se hundió la techumbre del castillo dejando al descubierto las mazmorras, ardió la barca de Homero, mi papá trajo el radio al Mambi y yo soñé que a don Augusto, el papá de Paulino, le crecían plumas por todo el cuerpo, los labios se le convertían en un pico y empezaba a volar como un gorrión ante el asombro de todos.

Como siempre después de un ciclón, llovió ininterrumpidamente durante varios días. Llovió tanto que las auras empezaron a nadar en los charcos y el agua entraba por los techos de guano sin que hubiera lugar alguno en donde refugiarse. El agua removió la tierra y produjo accidentes. Barrió la carretera que don Antolín había empezado en el momento de ser elegido alcalde. La lluvia arrastró los árboles que se habían cortado para abrir paso entre la selva y los llevó de un sitio a otro barriendo todo lo que encontraba a su paso. La tierra de la carretera empezó a reblandecerse con el agua y arrastró sobre Baracoa un río de fango y piedras que anegó los pequeños cultivos y enterró a los animales. Don Leonardo, mi papá, decía que la montaña estaba cagando sobre el pueblo dolida por el sufrimiento a que la había sometido el matasanos. Todo fueron problemas desde el primer día en que comenzaron las obras de la carretera. Tan pronto como empezaron a dinamitar, surgió una mancha negra, como una plaga, sobre el cielo. Tras las explosiones salieron miles de murciélagos que desde el principio del mundo habían estado en las grutas, en las umbrías, en los refugios y en los huecos de los árboles. En cuanto se producía una detonación, se escuchaba el aleteo de los mamíferos como el murmullo que trae a los ciclones, y luego el cielo de Baracoa se oscurecía. La gente se lanzaba a cerrar las ventanas y atrancar las puertas para que no se le metieran aquellas repugnantes ratas con alas. Entonces, con las ventanas cerradas se quejaban del calor. Y luego, cuando se posaban en los porches, en los tendederos y en las paredes, tenían que espantarlos con escobas y trapos húmedos. Y algunos murciélagos rodaban hasta los camastros y empezaban a revolotear a media noche. Luego se corrió la voz de que estaban endemoniados y transmitían su mal a los niños al morderles. Pero si mordían a los niños era porque alguien había dicho que los murciélagos fumaban, y por eso en los ratos de juego corríamos detrás de ellos y los derribábamos con trapos mojados, desperillábamos un tabaco y les dábamos de fumar. Y el animal echaba el humo como una persona. De vez en cuando le mordía a algún niño, y a las pocas semanas empezaba a mostrarse raro, a arderle el cuerpo, a transformársele el rostro y a echar espuma por la boca. Finalmente el niño se moría o se quedaba así para siempre. Por eso la gente empezó a tomarle tanta tirria a los animalitos, porque transmitían el demonio. De nada servía que don Antolín explicara una y cien veces

que no era el demonio, sino la rabia. La gente aseguraba que la rabia la transmitían los perros y no los pájaros.
La Santera, que en el fondo se alegraba de las desdichas
del médico, no decía ni que sí ni que no.

La mayoría era incapaz de soportar el calor dentro
de las casas con las puertas y las ventanas cerradas, y era
imposible sentarse fuera porque por todas partes había
murciélagos colgados. Y cada vez que se producía una
detonación salían más ratas con alas de la oscuridad de la
selva y se venían a las casas. A los más viejitos también
les afectó la nueva carretera, pues el ruido de la dinamita les
aceleraba el corazón, les producía taquicardias y algunos
se morían. Por eso, cuando la lluvia terminó por anegar
las obras, el pueblo descansó tranquilo y todos pensaron,
para consolarse, que nadie necesitaba una carretera. Y otros
decían que una carretera no servía de nada si no se sabía
antes adónde iba a conducir. Don Antolín se quedó muy
compungido, y mi papá se puso muy contento.

Pero las lluvias trajeron otras calamidades. Volaron
los techos de Baracoa, y la barca de Homero, el tío de
Paulino, empezó a arder sola. Cuando más agua caía sobre el río, empezó a surgir una nubecilla de humo de
la barca, luego una llamita, y después empezó a arder.
Homero vio el fuego desde El Mambi, se echó las manos
a la cabeza y gritó:

—¡Por Elleguá, pues no que se me está cogiendo
candela la barca!

Y echó a correr hacia el embarcadero, pero no pudo
saltar a la barca porque ya ardía entera.

Y cogió un cubo de otra embarcación cercana y empezó a llenarlo con agua del río y a vaciarlo en su barca.

Pero cuanta más agua echaba, más se avivaban las llamas. Y Homero tiró el cubo, dejó caer los brazos, miró al cielo y dijo:

—Jamás vi cosa que se le parezca.

La gente corrió desde El Mambi alertada por el fuego y por los gritos del pescador, pero a nadie se le ocurrió echar ni una gota de agua después de lo que habían visto. Mientras llovía torrencialmente la barca fue ardiendo hasta quedar sólo en el armazón. Luego se partió en dos y el río la arrastró.

Dejó de llover a los tres días, pero a Homero se le quedó para toda la vida la cara de pasmo. Ni las palabras de don Augusto, su cuñado, le sirvieron de consuelo, ni los mimos de su hija Delfina, la prima de Paulino, le hicieron volver a ser la persona que era antes del incendio. Después fue a Delfina a la que se le transformó el rostro cuando vino a visitarlos Elisenda con el traje de novia que trajo de la *chopin* de su mamá y oyó a Homero decirle:

—Llévatelo, mija, que o mucho me equivoco o ya no hay boda.

Y a Delfina se le pusieron los ojos como tazones al oír las palabras de su papá, y le dijo:

—¿Pero por qué dices eso, negro? ¿Por qué dices que ya no hay boda?

Y su papá la miró con cara de asustado:

—Horita lo verás, mija, o mucho me engaño o el yerbero no aparece por aquí en cuanto le digan que la barca se cogió candela.

Y Delfina se volvió para que su papá no viera que se le enrojecían los ojos y le caía una lágrima. Elisenda extendió el traje sobre una hamaca y lo alisó con las manos:

—Mire, viejo, ya se está poniendo pesimista otra vez. Si el alquiler de este traje es mucho, usted lo negocia platicando con mi mamá y verá como se arreglan las cuentas y resuelven entre ustedes. Pero Delfina se casa.

Y Elisenda insistía una y otra vez al ver el desconsuelo de la muchacha.

—Horita lo verás, mija, horita.

Y Homero tenía razón. Cuando el yerbero supo que la barca de Homero se cogió candela, no volvió a dejarse ver en mucho tiempo. Luego le mandó razón desde Baracoa, al que iba a ser su suegro, de que su mamá estaba enfermita y no podía hacerse cargo de la boda. Delfina no lloró, pero se la veía triste. El novio de Delfina vendía hierbas, aunque también se dedicaba a la candonga. Al yerbero su mamá sin duda le pondría un nombre al nacer, como a todos, pero allí lo conocíamos por *el yerbero* y nada más. El yerbero tenía muy poca pena y mucha guapería. Eso lo sabían todos menos Delfina; incluso Homero lo sabía. Por eso nadie se puso bravo ni se extrañó cuando no dio señales de vida tras la catástrofe de la barca de Homero. Delfina empezó a ser pobre y a ponerse triste. Homero empezó a portarse raro y a deambular por las chozas y a salir a medianoche y a hablar con enigmas y a dejar de comer y a ponerse en pie en mitad de una reunión hablando cosas ininteligibles, como si estuviera ido, con cara de pasmo. Hasta que el Gato dijo un día:

—No se asuste, viejo, que no está loco. Habla así porque está recordando otra vida lejana en la que hablaba de esa manera y todo el mundo lo entendía.

—¿Y qué significa eso, Gato?

85

—Significa que en lugar de palante va patrás. Pero no se da cuenta.

Y yo entonces no sabía lo que quería decir el Gato, pero con el tiempo lo fui entendiendo, como todo, a base de aprender del Gato.

Delfina, por su parte, se lo tomó de otra manera. No se le veía llorar en público, pero con frecuencia tenía los ojos enrojecidos y se quedaba mirando al infinito como si todo a su alrededor le fuera ajeno. Y lavaba la ropa en el río y zurcía y visitaba a las amigas los días de fiesta y cocinaba y buscaba algo para llevarse a la boca porque su papá estaba como ido y hablaba raro. Fue al Mambi el día que don Leonardo, mi papá, trajo el radio, y le brillaron los ojos cuando bailó con Paulino. Y cuando supo que el yerbero rondaba a Elisenda no cambió el gesto, sino que se quedó mirando a la olla, se puso las manos en la cintura y dijo:

—Que se vaya pal carajo.

Y ya no mostró más añoranza, a no ser por los desvaríos de su papá. Pero las penas empezaron a írsele cuando don Leonardo instaló el radio en el mostrador de la Nena Chica, junto al tabaco y al jugo de mango, sobre una pequeña caja desmanguillada que lo realzaba. Apareció así de repente un buen día después del cobro. Mi papá se fue para el centro y dijo como siempre:

—Y ahora lo celebramos.

Y se fueron todos hacia El Mambi y se encontraron el artefacto junto a los tabacos y al jugo de mango. Mi papá giró el botón y desde entonces El Mambi fue el lugar más alegre del mundo. Hubo baile casi a diario en el recodo del río Miel, y los días de cobro la fiesta se alargaba hasta que sonaba aquella música que llamaban *el himno* y la caja se quedaba muda hasta otro día. Don Leonardo aprovechaba cualquier momento para bajar la voz, ponerse en el centro y decir:

—Ahora, a ver quién me viene con el cuento de que necesitamos una carretera.

Yo me quedé como un chiquillo de teta cuando me encontré a Fernanda, la Nena Tonta, en la puerta del local dando saltos y emitiendo sonidos de animal por la boca. Y me sorprendí al ver a don Augusto tomando y jalado como los obreros en los días de cobro. Y conforme intentaba entrar al local iba viendo más gente con la cara sonriente. Y no más pisé el suelo de madera, escuché una música que me dejó inmóvil, y oí a alguien que cantaba:

cuando venga mi prieta
le daré este consejo

Y miré a todas partes buscando a los músicos mientras intentaba sujetarme el corazón alterado por la sorpresa.

que me dé mi maleta
que yo voy para viejo

Pero no había músicos, sino que la música salía del mostrador de la Nena Chica.

y si voy pa l'Habana
que yo siempre la quiero

Y los niños, los jóvenes y hasta mi mamá se meneaban como si aquello fuera lo más normal mientras yo daba vueltas mareado, viendo sonrisas por todas partes.

que me dé mi sombrero
que esto no es de jarana

Hasta que me encontré a Paulino bailando con su prima Delfina y meneándose como mi mamá. Y vi que

Deudora bailaba también con su mamá intentando hacerse un hueco.

si me voy pa l'Habana
me llevo a mi prieta

Y las hijas de la Nena Chica bailaban con todo el mundo. Todas menos Marilín que no la veía por ningún sitio.

prepará la maleta
que esto no es de jarana

Y se me acercó Paulino muy agarradito a su prima, moviéndose y riéndose los dos. Y pensé si aquello no sería otro sueño como los que había tenido en los últimos años estando despierto. Pero la música era tan real, y la voz de Paulino tan real, y la sonrisa de Delfina tan real, que no podía dudar que aquello estaba sucediendo.

—Es el radio, compay —me dijo Paulino—. Ya tenemos aquí el radio.

Miré hacia donde mi amigo me indicaba y vi un artefacto sobre una caja desmanguillada junto a los tabacos y al jugo de mango, y le dije:

—Mira chico, no vengas con bravas que no estoy para guasa.

—Es el radio, Robertico. —Y se me acercó al oído—: No es una bebida, viejo, aquel diccionario no estaba en talla.

Y yo no sabía lo que me decía. Pero la música salía de aquella caja extraña. Hasta que se me acercó la Nena Chica y me dijo:

—Cosalinda, que no te dé pena menearte.

Me cogió y me puso entre sus tetas y empezó a bailar conmigo mientras yo hacía lo que podía. Y se movía con tanto brío que me costaba seguirla. La llamaban desde el mostrador para servir el ron, pero ella se hacía la sorda y me apretaba metiéndome las narices entre sus dos lunas. Y yo la olía y sentía que perdía los pies del suelo. Y volvió a decirme:

—Cosalinda... Ya hace mese que no va a bañarte con la luna, Robertico. A ver si me va a salir flojo y resulta que te guta ma ese francé que la mujere.

Me soltó y se fue hacia la barra mientras yo sentía que todo se me venía encima. Se me acercaron Paulino y su prima sin parar de bailar, pero yo no podía moverme.

—Es el radio, Robertico, es el radio. Al carajo con el diccionario. Esto es el progreso.

Y Delfina lo agarraba por la cintura apretándose contra el paquetico. Y yo pensaba en las palabras de la Nena Chica, en la dulce Marilín, en la música que sonaba desde el fondo del local y en la cara de mi amigo Paulino que parecía transformado, como si se hubiera hecho más hombre en un solo día, meneándose sin pena, fumando y diciendo «Al carajo con el diccionario», mientras su prima se apretaba contra el paquetico, reía, daba pequeños gritos y cerraba los ojos como Deudora cuando se revolcaba con los pescadores. Me parecía que el radio había vuelto locos a todos. No podía quitarme el gesto de sorpresa del rostro. Entonces se acercó Elisenda, mi hermanastra, y me agarró y se puso a bailar conmigo. Parecía contenta, muy contenta. Entonces me dijo:

—¿Me guardas un secreto, Robertico?

—Soy como una tumba, vieja, ya lo sabes.

—Tengo un novio, Robertico. —Y como yo no sabía qué decirle, siguió hablando—: Bueno, todavía está muy verde, pero algo me dice que la cosa se cuajará, ¿tú sabes?

—Sí, yo sé, pero no entiendo el secreto.

Ella se quedó pensativa un rato, se puso seria y me dijo:

—Es el yerbero, por eso el secreto, ¿tú sabes?

—Mira, muchacha —le dije—, ya tú sabrás lo que te haces, pero antes o después todo el mundo se enterará.

Y miró a Delfina, que bailaba con su primo, y siguió sonriendo.

—Es por Delfina, miamol, porque no sufra. No quiero que piense que le pego los tarros.

Pero Delfina no sufría, sino que se reía como si estuviera poseída por los tambores batá, se apretaba contra el paquetico de su primo y lo cogía como a un muñeco. Paulino cerraba los ojos, separaba y juntaba las rodillas, levantaba los hombros y de vez en cuando gritaba: «Al carajo el diccionario».

—Óyeme, chica —le dije a Elisenda—, ¿tú crees que entre parientes puede haber candela?

—Claro, Robertico, pero nosotros somos hermanos.

Y se reía de mi ocurrencia, mientras yo pensaba en Paulino y en su prima Delfina, porque nunca los había visto así. Ni siquiera había visto a Paulino interesarse por una niña, aunque a nuestra edad algunos ya pensaban en casarse. Y no pude terminar de preguntarle lo que quería porque en ese instante vi un ser de blusa roja y ojos muy lindos que salía entre la gente y se me acercaba, me tocaba el brazo y empezaba a bailarme. Elisenda me soltó y me vi frente a mi dulce Marilín, tan hermosa como Oshún, con su blusita roja y los ojos tan lindos. Y me sujetó por la cintura sonriendo con los labios muy colorados a pesar de que era una niña. Le sonreí como pude y sentí que me subía la temperatura por todo el cuerpo, me temblaban las piernas, se me movía el suelo, me zumbaban los oídos, se me hacía un trapo la lengua y el corazón saltaba intentado salirse de su sitio. La olí, me moví a su ritmo, y cuando se me apretó empecé a ver puntitos blancos en el aire y desfallecí. Me derrumbé sobre la madera del suelo como el árbol sacudido por el hacha. Sentí el golpe al caer y luego todo se apagó.

Al abrir los ojos estaba fuera, tumbado en las escaleras del Mambi. Mi mamá me tenía la mano sujeta y me hacía aire con su abanico de guano. Estaba asustada, aunque hacía esfuerzos por sonreírme.

—¿Qué sucedió?

—Que tomaste mucho, miamol, y aún eres muy joven.

Quise decirle que no había probado el ron, pero don Augusto estaba sentado en las escaleras también y habló por mí:

—Déjelo, vieja, esto no mata a nadie.

Don Augusto estaba jalado, la primera vez que lo veía jalado, y levantaba una botella de ron mientras hablaba. Me quedé a su lado cuando mi mamá se fue. Me ofreció la botella:

—Toma, Robertico, ¿quieres celebrar conmigo?

Le di un trago. Don Augusto se quedó mirando los gorriones que picoteaban delante de nosotros. No parpadeaba. Se quedó así todo el tiempo y se olvidó de la botella.

—No tomé nada, don Augusto —me disculpé—. De momento empezó a moverse el suelo y me desmayé.

Pensé que el papá de Paulino no me escuchaba. Miraba los gorriones sin parpadear y de vez en cuando daba un respingo.

—¡Don Augusto...!

—Dime, Robertico.

—¿Está usted bien?

—Bien, Robertico, bien. Sólo miro los gorriones.

Entonces me pareció que se quedaba durmiendo con los ojos abiertos y me asaltó una idea.

—¡Don Augusto...!

—Dime, Robertico.

—¿Usted sueña cosas con los ojos abiertos?

—A veces lo hago.

—¿Y qué está soñando ahora?

—Ahora no sueño, Robertico, ahora miro los gorriones. ¿Ves?, así, muy fijamente y sin cerrar los ojos. Los miro durante horas sin cerrar los ojos. Así me meto dentro de ellos y voy a donde ellos van.

—¿Eso es posible?

—Sí. Te quedas mirando fijamente con los ojos abiertos durante horas y cuando el gorrión echa a volar tú ves el suelo abajo, ves los árboles muy chiquitos y los tejados y el río allí abajo. Y si el gorrión se posa en un árbol, tú lo ves todo desde allí. Y si se cuela por una ventana tú ves todo lo que hay en la casa y oyes lo que se dice allí dentro.

Luego me contó una historia, y aquella misma tarde, mientras le miraba las tetas a la Nena Chica, empecé a ver la imagen de don Augusto, el papá de Paulino, cubierto de plumas y con pico, posado en la rama de un árbol y observando a su cuñado Homero que recitaba cosas extrañas con unas palabras que nadie podía entender. Cerré los ojos, me los froté y pensé en otras cosas porque ya sentía pavor cuando empezaba a soñar con los ojos abiertos. Aquel sueño me lo producían las emociones que había traído el radio, la imagen de la dulce Marilín y la historia que aquella misma tarde me había contado don Augusto.

Después de descansar en la caseta del enterrador he decidido que era ya muy tarde para llegar hasta el recodo del río Miel. El muchacho ha sido muy amable conmigo a pesar de que en ocasiones me miraba como si mis palabras fueran las de un loco. A veces pienso que no ha hecho otra cosa que seguirme la corriente. Al salir fuera, el sol ya había empezado a bajar y hacía menos calor. He oído un aleteo muy familiar y me he vuelto hacia el muro del cementerio:

—¿Qué ocurre ahí?

—Son las auras, que hacen los nidos en ese rincón y no puedo echarlas —me ha explicado el muchacho—. Las espanto y deshago los nidos, pero en cuanto me doy la vuelta ya están otra vez en el mismo sitio. A veces se juntan cientos y cientos.

Me he acercado hacia el lugar, y al sentir mi presencia las aves han levantado el vuelo produciendo un ruido tremendo. Olía mal y los nidos estaban llenos de basura y excrementos. Enseguida he reconocido el lugar. Hace cuarenta años, en aquel mismo sitio, el Gato se había construido una pequeña cabaña con ramas y hojas. He vuelto a recordar su imagen espantando a las auras que se posaban sobre el tejado o en la misma puerta. Lo mismo que ocurría en la choza de la Santera. Luego se echaba a dormir y los animales se posaban de nuevo en el tejado haciéndolo temblar con su peso e inundándolo todo de aquel hedor.

—Aunque las envenenaras, volverían —le he dicho al enterrador—. Nadie sabe por qué, pero siempre acuden a este rincón. Huelen la muerte y se sienten bien cerca de ella. Aunque las envenenaras, volverían otras.

Yo no sabía que la Rusa era extranjera, hasta que don Augusto me lo contó. Me pareció que me hacía una confesión, pero luego resultó que ya lo sabía todo el mundo menos yo. Esta mañana me he dejado llevar por la inercia de mi pensamiento a lo largo del malecón hasta el hotel de la Rusa. Yo pensaba hace más de cuarenta años que aquella mujer era rica, pero no sabía que era extranjera. Para mí el único extranjero del mundo era Jean Philippe. La Rusa, por el contrario, no era rosada como él, hablaba con todo el mundo y todos la entendían. Por eso me quedé con cara de bobo cuando don Augusto me dijo que la Rusa había llegado por mar desde un país muy lejano, tan lejano que, por mucho que me lo explicara, no podría caber tanta distancia en mi cabeza. El hotel ahora parece un espectro corroído por el salitre, rodeado de una vegetación salvaje que en otro tiempo fue un jardín cuidado con esmero: el jardín de la Rusa. Un día, hace una eternidad, llegó un barco a Baracoa y un bote acercó hasta el dique a una señora elegante, una perrita y una dama de compañía. Detrás llegaron otros botes con baúles, embalajes y un piano. Luego pasó tanto tiempo que la gente se olvidó de aquel día, y hablaban de la Rusa

95

y de su hotel pero nunca mencionaban los botes cargados de porcelanas, vestidos de plumas, sombreros, espejos, cuberterías de plata, vajillas, cuadros y una damita de compañía, blanca como la leche, que se llamaba Irina y hablaba español.

Esta mañana he recorrido el malecón hasta el hotel de la Rusa. Desde lejos parecía que no hubiera cambiado nada en cuarenta años, pero al acercarme me pareció distinto incluso el sonido del mar rompiendo contra las rocas. Aunque el edificio no ha perdido la grandiosidad de otro tiempo, nadie podría decir hoy que aquello fue un hotel y que por sus jardines cruzaban marineros y armadores que traían sus barcos vacíos y se los llevaban con las bodegas repletas de ron, tabaco, cacao y azúcar. Ahora el jardín ha crecido como la selva, sin límites, y las enredaderas, las hojas de yuca y las jibas cubren casi por completo las ventanas de la planta baja. Los ventanales de los pisos superiores están cerrados por contraventanas que le dan al edificio el aspecto de una fiera dormida. La marquesina de la entrada está comida por el salitre y la herrumbre, y amenaza con desplomarse de un momento a otro. Las escaleras están cubiertas de hojas secas y de tierra. He dado la vuelta hacia la parte de atrás metiéndome entre las cañas santas y los romerillos, y he tropezado con las puertas de lo que en otro tiempo fueron la cocina y un enorme comedor que también servía de salón de baile. El edificio tiene el aspecto de haber sufrido unos cuantos ciclones en los últimos años. Ya iba a volverme cuando he visto que las ventanas del comedor no estaban cubiertas por contraventanas. Me he acercado a los enormes ventanales, y por el hueco de un cristal roto he mirado al interior del enorme salón. Nada de lo que he visto me ha resultado familiar. El suelo está cubierto de tierra y basura. Hay por todas partes muebles desvencijados y ocultos por una capa de telarañas que apenas permite reconocerlos. La humedad y el olor a cerrado son muy intensos. Si don Augusto pudiera ver ahora el hotel de la Rusa, sentiría la misma sensación que esta mañana me ha hecho estremecerme y quedarme paralizado.

Don Augusto era ya un mozo cuando le dijeron un día que un barco había dejado en Baracoa, meses atrás, a una señora de ropas elegantes con una perrita y una dama de compañía. Se puso sus mejores pantalones, la camisa de los días de fiesta, el reloj de su padre, y se encaminó al pueblo desde el recodo del río. Buscó el edificio del hotel y se fue para allá, como todo el mundo, a ver lo que podía averiguar de aquella señora tan distinguida que había viajado desde muy lejos con un piano para abrir un hotel en Baracoa. Pasó una mañana entera junto al malecón viendo entrar y salir gente, pero no pudo ver a la Rusa. Los vecinos contaban todo lo que se les ocurría de aquel personaje tan misterioso, pero ninguno sabía en realidad nada de la señora. Entonces don Augusto se quedó mirando a los gorriones sin cerrar los ojos. Los miró durante horas fijamente, hasta que uno echó a volar y don Augusto empezó a ver el suelo abajo, los árboles muy chiquitos y el hotel como si fuera una mancha. Y, cuando el gorrión se posó en un árbol, él lo vio todo desde allí. Don Augusto había aprendido de su papá, desde niño, a ver por los ojos de los gorriones, y el papá de don Augusto había aprendido del abuelo, quien a su vez lo había aprendido de su papá, y así hasta el principio de los tiempos. Por eso, cuando me encontré un día a Paulino mirando fijamente a los gorriones sin cerrar los ojos y le pregunté qué hacía y no me respondió, pensé que el ciclo volvía a abrirse con mi amigo. Pero a don Augusto le cambió la vida aquello que había aprendido tan ingenuamente de su papá. Precisamente aquel día en que el gorrión se detuvo en un árbol junto al malecón fue cuando empezó a cambiarle la vida para siempre. Primero vio el hotel muy pequeño desde la rama, y luego, cuando el gorrión echó a volar, lo vio cada vez más grande y más próximo. Por la parte de atrás había unos grandes ventanales que daban a un comedor amplio y bien iluminado. El gorrión se coló por uno de los huecos y voló con otros gorriones entre los abanicos, y se posó en una de las mesas, y picoteó el pan que habían dejado en un plato, y de un salto llegó hasta la mesa de la vajilla, y luego hasta la ventana, y otra vez hasta las mesas. Y, aunque los gorriones alborotaban entre la gente, nadie los espantaba, ni cerraban los ventanales para que no entraran más. Hasta que don Augusto vio a Irina con un vestido negro, un delantal con cenefas y un pañuelo de encaje en la mano. Irina era casi una niña, y sin embargo la Rusa, con sus vestidos elegantes y extraños, la trataba como a una mujer. Y desde aquel momento no pasó un día sin que don Augusto se colara volando en el comedor y picoteara en las mesas y revoloteara alrededor de aquel ángel de piel blanca como la leche que había llegado en la misma barca que la Rusa y su perrita. Hasta que en una ocasión se posó en el regazo de la muchacha, y ella tendió el dedo, y el gorrión se subió en él, y ella lo besó, y el gorrión se quedó quieto. Una vez le dije a Paulino:

—¿Qué recuerdas de tu mamá?

Y él me dijo:

—Lo mismico que tú, Robertico. ¿Por qué?

—Lo mismo no, Paulino, porque yo no recuerdo nada de ella. Como si no la hubiera conocido —le dije mintiendo.

—Pues yo recuerdo que era blanca, muy blanca.

—¿Blanca como la leche?

—Como la leche. Y que leía casi a oscuras antes de acostarse, y hablaba muchos idiomas que ni mi papá podía entender.

—¿Como Homero?

—Como Homero, sí.

La dama de compañía de la Rusa se llamaba Irina, leía casi a oscuras antes de acostarse y era tan blanca como la leche. Cuando don Augusto supo todo eso perdió el sentido, y ya no volvió a trabajar hasta que se casó con ella. Don Augusto aprendió urbanidad y modales, aprendió a callarse delante de la muchacha en lugar de piropearla, se interesó por los libros que ella había traído. Se casaron el mismo año que Elías quiso conocer el progreso de cerca y después de pasar meses dando vueltas alrededor de aquel poste se subió y se quedó cocinadito. Cuando don Augusto se casó con Irina empezaron a tratarlo de otra manera, como a una persona importante, y lo llamaban don Augusto para arriba, don Augusto para abajo, con el mismo respeto que al médico o a don Leonardo, mi papá. Cuando don Augusto me contó la historia, me pareció que me estaba confesando algo, pero luego resultó

99

que ya lo sabía todo el mundo menos yo. Lo del parto de Irina, sin embargo, no me lo contó don Augusto sino la Santera, mientras posaba para Jean Philippe con todos sus collares y pulseras, y me lo contó para echar mierda sobre don Antolín, el médico, que es lo que más placer le producía. Y Jean Philippe la miraba mientras ella me lo contaba, pero él no podía entender nada, claro, aunque movía la cabeza divertido. Hasta que nacieron los mellizos, Paulino y Lucio, don Augusto y su joven esposa Irina vivieron en el hotel de la Rusa sin costarles un peso. Después don Augusto decidió que debía independizarse y retirar a su mujer del trabajo, porque ya empezaban a hablar las malas lenguas. Por eso se fue con su mujer y sus dos hijos recién nacidos al recodo del río Miel, de donde había salido para casarse. Don Leonardo, mi papá, que entonces era más joven y generoso, los obsequió con un techo nuevo para la cabaña, y mi hermanastro Elías les inventó una puerta que se abría para dentro y para fuera ante el asombro de todos. Pero cuando le sucedió la desgracia a Elías quitaron la puerta para evitar más accidentes a los que intentaban entrar y salir al mismo tiempo por una y otra parte.

El gran salón comedor del hotel de la Rusa tiene ahora las paredes ennegrecidas y desnudas. No queda ninguno de los cuadros ni de los muebles enormes que cubrían parte de los muros. No he podido ver, por mucho que me he esforzado, el piano de la Rusa. Si aún existe, debe de estar comido por el comején y desafinado. No sé cómo se las arreglarían después de la muerte de Zenón

Jenaro. Aunque quizá entonces ya no habría quien lo tocara y ni siquiera sería necesario afinarlo. Hace cuarenta años el piano estaba apoyado en la pared más grande del salón, bajo un cuadro de enormes dimensiones en el que se veía una calle bajando en cuesta hasta el puerto de alguna ciudad y un carro cargado con caña de azúcar. Sólo había dos personas capaces de hacerlo sonar, primero la Rusa, que lo hacía todas las tardes después de la siesta, y años después Jean Philippe, cuando llegó por mar de algún lugar lejano y se instaló por un tiempo en el hotel. La música que tocaba la Rusa no se parecía en nada a lo que habíamos oído hasta entonces en el recodo del río Miel o en Baracoa. Y sin embargo, cuando se ponía a tocar después de la siesta, la gente se sentaba a su alrededor y los de fuera pegábamos el oído a las ventanas abiertas y nos dejábamos llevar por aquellas melodías tan tristes y melancólicas. Jean Philippe tocaba otras cosas, pero tampoco se parecían a nada de lo que conocíamos aquí. Hasta que un día las notas sonaron raras, como si el piano tuviera dolor de barriga, y la Rusa se detuvo, dio un grito de horror y salió de la habitación diciendo indignada:

—¡Este piano está desafinado¡ Necesito un afinador.

Y todos se quedaron mirando sin atreverse a preguntar qué cosa era un afinador. Luego vino lo de Zenón Jenaro y todo aquel negocio que montó en la ciudad.

Yo sabía que un barco había traído semanas atrás a un tipo raro que se había hospedado en el hotel de la Rusa. Lo contaban los obreros del tabaco, y también se lo oí a la Nena Chica en su local. La chiquillería, cuando se enteró, salió en desbandada hacia la ciudad para verlo de cerca. Yo me quedé en el río porque pensaba que ya no era un niño para ir corriendo detrás de ningún forastero. Pero días después vi aparecer entre las sombras que hacían los árboles sobre el camino a un hombre enjuto y misterioso, cubierto con un sombrero verde y tirando de un burro cargado de cachivaches. Era Jean Philippe, el pintor. Para mí el único extranjero del mundo era Jean Philippe. Enseguida se vio rodeado de niños que seguían sus pasos y se empujaban entre sí, se le acercaban, lo tocaban y salían corriendo. El extranjero les sonreía y se buscaba caramelos en los bolsillos. Jean Philippe era alto, muy alto y enjuto. Llevaba unos espejuelos muy pequeños que le asomaban por debajo de la melena. Sonreía. Continuamente sonreía y decía: «Hola, amigo». No decía más que «Hola, amigo» y sonreía. En cuanto lo vi con sus andares tan rígidos y tirando del burro de aquella manera tan torpe, supe que era el tipo del que hablaban los obreros y la Nena Chica. Más bien parecía que era el burro quien tiraba de él. Cuando llegó junto a las cabañas sudaba como la Nena Tonta cuando empezó a mostrar los síntomas de su rara enfermedad. Se detuvo en medio de un corro de niños porque el animal no quería seguir caminando más. En la cara del extranjero se veía que estaba apurado. Sonreía a los niños, se sacaba de vez en cuando un caramelo, decía «Hola amigo», y luego le hablaba al burro como si intentara convencerlo con unas palabras que nadie podía entender. Los niños estrechaban cada vez más el corro. Cuando vieron al extranjero aturdido empezaron a meterle las manos en los bolsillos para sacarle los caramelos. Y el extranjero los apartaba sin perder la sonrisa, aunque con apuro, al tiempo que tiraba del burro sin conseguir que el animal se moviera. Los pescadores lo observaban desde los embarcaderos mientras descargaban las barcas sin decir nada. También se quedaron mirándolo impasibles los obreros del ron que cargaban un carro en la puerta de la destilería. De pronto el extranjero perdió la sonrisa y gritó: «*Merde!*». Y aunque yo no había entendido hasta ahora ninguna de las palabras que le decía al burro, cuando gritó aquello me di cuenta de que el extranjero estaba apurado y nadie iba a ayudarlo. Me acerqué a los chiquillos y me puse a gritarles:

—Ustedes son unos criminales, ¿me oyen?, unos criminales. Eso no se hace con una persona desvalida. Lo que merecen es que les den de palos, ¿me oyen?

Y empecé a coger piedras del suelo, y los niños salieron corriendo y gritando. Y el extranjero poco a poco fue recuperando la sonrisa, y me dijo «Hola, amigo», y me tendió la mano. Sentí entonces que le estaba estrechando la mano al único extranjero del mundo.

Cuando la Nena Chica supo que yo andaba con el francés, me vino con zalamerías y me dijo:

—Mira, chico, anda y vete a tu amigo, tú que sabe ma, y le pregunta si necesita una muchachica fina, que yo tengo ocho.

Y yo me quedé sin saber qué decirle. Pero luego insistió:

—Si no le gutan las grandes le enseñas a la chiquitica, que no hay cosa ma dulce que mi Marilín. Anda, cosalinda, vete a tu amigo y díselo, que yo te compensaré sin que te cuete un peso.

Y yo sentí que me ardía la sangre. Pero como no quería que me lo notara, le hablé controlando mi ira:

103

—Tú estás mal, negra, a ese hombre no lo entiende ni el burro. ¿No has visto tú qué cosas dice cada vez que habla? Ni el burro, negra, ni el burro lo entiende. Parece que tenga la enfermedad de Homero.

Y era verdad, que cada vez que el francés hablaba salían por su boca palabras que no podían entenderse, y si no fuera por los gestos y por los dibujos no se hubiera podido saber cuándo tenía hambre o sueño. Pero el francés hacía unos dibujos tan claros que hasta el más tonto era capaz de saber lo que intentaba decir. Al principio se conformaba con que yo tirara del burro y lo llevara de un sitio a otro mientras él miraba los árboles, se detenía, contemplaba las barcas, se detenía, observaba a la Nena Tonta, y le decía «Hola, amigo», y Fernanda lo miraba con la boca abierta y reía con la garganta. Luego empezó a desatar los cachivaches del burro y aquello parecía la caja de sorpresas de un mago. Montó un caballete, sacó la paleta con los colores, los pinceles, trapos. Yo miraba todo aquello sin saber lo que era cada cosa. Pero lo miraba en silencio esperando la sorpresa siguiente. Y, cuando terminó de montarlo todo, desató del burro una banqueta, y se sentó delante de un papel y empezó a dibujar trazos oscuros, gruesos y más finos. La Nena Tonta parecía que estaba más habituada a todo aquello que yo, y se quedó quieta, con la boca abierta pero quieta. Y en el papel en blanco los trazos empezaron a tomar la forma de la Nena Tonta sentada en el borde del embarcadero, con los pies colgados y sonriendo. Luego colocó un lienzo pequeño sobre el caballete y empezó a colorearlo. Y en vez de parecerme extraño sentí que los colores formaban parte de mis ojos, y que en lugar de pintar el extranjero con su mano eran mis ojos los que dirigían los pinceles y los colores repartiéndolos sobre la superficie blanca hasta tomar la forma de la Nena Tonta.

En pocos meses me hice adulto, y aunque todo seguía encerrando para mí los mismos misterios, yo me comportaba con la naturalidad de aquel a quien nada le resulta extraño. Jean Philippe supuso para mí lo que los gorriones significaron en la vida de don Augusto. Desde el día aquel en que apareció en el río tirando torpemente de un burro, me convertí en su sombra sin habérmelo propuesto, y aunque pensaba que yo era el único que aprendía cosas en nuestra relación, el tiempo demostró que el extranjero no dejaba de observarlo todo detrás de sus espejuelos redondos y que aprendía más deprisa que cualquiera.

Cuando terminó de dibujar a la Nena Tonta, se esforzó por hacerse entender. Parecía que preguntaba por algo o por alguien, pero sus palabras me resultaban incomprensibles. Hasta que dijo:

—*Pourrais-tu m'indiquer où rencontrer la Santera?*

—¿La Santera? Mira, chico, pero si conoces a la Santera.

—Santera, sí, Santera.

—Yo también soy amigo de la Santera.

—Amigo. ¿Tú, amigo?

Era difícil entenderse con el francés, pero además yo era especialmente lento para comprender lo que me quería decir. Le señalé la selva, en dirección a la casa de la Santera, y le dije que lo llevaría. Enseguida pasamos cerca de la ceiba gigante y me quedé paralizado por el miedo. Incluso el burro se detuvo y empezó a tirar hacia atrás cuando vio al Gato tumbado bajo el árbol con los ojos cerrados. El extranjero, que no entendía nada, miraba el camino, me miraba a mí y encogía los hombros preguntándose lo que ocurría.

—Mira, viejo, otro día vamos a ver a la Santera —le dije sin levantar la voz.

Pero el extranjero me señalaba el camino y decía:

—¿Santera?

—Otro día, viejo, otro día. ¿Qué prisa tienes?

El burro se me soltó y empezó a desandar el camino al tiempo que rebuznaba con tal fuerza que despertó al Gato. El francés no entendía nada, pero no perdía la sonrisa de la cara. El negro grandote abrió los ojos y bostezó con tantas ganas que las ramas de la ceiba gigante temblaron y cayeron numerosas hojas al suelo. El extranjero lo miró y se le acercó, siempre sin perder la sonrisa.

—Hola, amigo.

El Gato le extendió su manaza y se la apretó. Yo le decía con el pensamiento al extranjero que se alejara de allí, pero él no dejaba de sonreír.

—Venga, chico —me dijo el Gato—, no te dé pena acercarte.

Pero yo seguía paralizado y con ganas de salir corriendo como el burro. Tenía miedo hasta de mirarlo a la cara. El extranjero le hablaba en su lengua, y el Gato le respondía como si entendiera todo lo que le decía. Y volvió a soltarme:

—Ven aquí, chico, no te dé pena. ¿No tienes miedo de espiar a escondidas a los muertos y ahora vas a tener miedo de un vivo?

106

Cuando oí aquello pensé que el Gato estaba dentro de mi mente, y eché a correr detrás del burro.

Unos días antes me había acercado hasta la tapia del cementerio como tantas veces, cogiendo mamoncillos y cortando ramas sin nudos para el corral de los puercos. Si alguna vez veíamos por los alrededores al Gato, echábamos a correr en estampida. Pero aquel día no estaba por allí. Me subí a la tapia y encontré un nido. De pronto escuché una voz de ultratumba que salía de algún sitio. No había nadie.

—Vámonos, Robertico: es el Gato, que habla con los muertos.

Los demás salieron corriendo y me dejaron solo. No tenía miedo. Más bien pensaba que lo habían preparado para asustarme. Pero aquella voz no era de ningún chiquillo, sino que parecía la de un muerto. Me santigüé por si acaso y me quedé agazapado junto al muro. Nadie podía verme, y eso me hacía sentirme seguro. Poco a poco había ido anocheciendo hasta que la oscuridad fue total. Se escuchaba la voz y luego pasaba mucho tiempo sin oírse más que una pala contra la tierra. Como quería saber lo que ocurría salté dentro del cementerio, y en cuanto puse los pies sobre el suelo empecé a temblar. A poca distancia estaba el Gato junto a un montón de tierra.

—Esto es de tu marido, vieja. Se acuerda de ti. Todos los días se acuerda de ti.

El Gato había desenterrado un ataúd y lo había abierto. Sujetaba en una mano la pala y en la otra algo que parecía un camisón.

—Lo compró a doña Zita. Le dije que pasabas frío y enseguida se preocupó. Doña Zita no quería venderlo, ya sabes tú cómo es doña Zita. Si no es alquilado no quiere saber de negocios, pero tu Perfecto no podía decir que lo quería para una muerta. Así que tuvo que convencerla como pudo. Eso ya no te lo puedo precisar.

Si no fuera porque estaba viendo el ataúd e incluso la cara de la muerta, habría pensado que el Gato estaba borracho y hablaba solo, como tantas veces. Pero ahora le hablaba a la muerta y luego se quedaba callado como si escuchara sus palabras. Sin embargo yo no oía más que la voz del Gato. Un día el Gato se acercó al embarcadero a ver a Perfecto, el pescador, y le dijo:

—Anoche platiqué con tu mujer, negro.

—¿Y cómo está?

—Dice que pasa frío por las noches.

—Esta mujer siempre con el frío. Cuando estaba parida era normal, pero luego siguió con el frío hasta que se murió de la pulmonía.

Y alguien le gritó:

—Anda, Gato, vete a otro sitio. ¿No ves que estamos trabajando?

Y el Gato le dijo al que le gritaba:

—No me levantes la voz, viejo. Tu padre me dijo hace dos días que si vendes los puercos te aparecerá por la noche y no podrás dormir tranquilo hasta que no te entierren junto a él.

Y el que gritaba se puso colorado, muy colorado, agachó la cabeza y no dijo más. Pero el Gato insistió:

—Y dice también que el dinero que te dejó era para que pusieras un techo nuevo, pero no para que te lo gastes con las hijas de la Nena Chica y tengas a tu mujer muertecica a trabajar. Que tú eres muy criminal.

Y nadie rechistó. Pero entonces yo no podía entender nada, sino que pensaba que eran cosas del Gato, como muchas otras. Igual que cuando se acercó a don Leonardo, mi papá, y como si fuera la cosa más normal del mundo le dijo:

—La señora Marcela le manda sus saludos y me encarga que le diga que aún no ha cumplido usted lo que le prometió en vida.

—Que el diablo la confunda —le dijo mi papá, pero al momento cambió el gesto y casi se puso tierno—. ¿Y qué me dices de mi Elías?

—Ése sigue como siempre, dándole vueltas a la inteligencia. No hay día que no tenga alguna ocurrencia. Aunque ya no puede servirle de nada.

—¿Qué sabrás tú? Además, bastante hizo ya en vida. Dile que descanse y no discurra más, que ya lo harán los demás por él.

—Así se lo diré, don Leonardo.

Y luego mi papá, como si sintiera vergüenza de lo que estaba diciendo, cambió el tono y apretó el paso:

—Y ahora déjame en paz, negro, que tengo mucho trabajo y no me puedo demorar con tus memeces.

Y por eso, cuando vi al negro con una pala en la mano y un camisón en la otra, me acordé de las palabras que le había dicho a Perfecto, el pescador, y a mi papá, y a muchos otros que le preguntaban por sus muertos y después lo despedían como a un loco. Y luego el Gato se quedó callado, y esta vez no escuchaba como si le estuvieran hablando, sino que miraba a la muerta con ojos tiernos. Se acercó hasta sus labios, la besó. Entonces dijo:

—No te preocupes, vieja, que él no se va a enterar si tú no se lo dices.

Y soltó una risotada tan fuerte que me cagué en los pantalones, y pensé que hasta los muertos me estarían oliendo.

Y cuando el Gato me dijo: «¿No tienes miedo de espiar a escondidas a los muertos y ahora vas a tener miedo de un viejo?», eché a correr detrás del burro, y pensaba si el animal tendría el mismo miedo que yo. Y me olvidé del extranjero, de sus dibujos, de su extraña lengua y del lugar adonde debía llevarlo.

Al Gato siempre le ocurría con los animales lo contrario que a Homero. Cuando el pescador empezó a dar muestras de su locura, después de que su barca se cogiera candela, los animales se le acercaban dondequiera que se encontrara. Pero al Gato le huían espantados incluso antes de verlo, como si lo olieran. Homero se sentaba debajo de un árbol y enseguida las ramas se llenaban de pájaros. Cuando el Gato dormía debajo de la ceiba gigante, había un silencio absoluto y no quedaba un solo pájaro en los árboles de alrededor. Si entraba de repente en El Mambí, los perros saltaban por la ventana o corrían a ocultarse en las habitaciones si no podían salir por la puerta. A veces, sin que nadie lo esperara, comenzaba a aullar un perro y enseguida aparecía la figura del Gato en la puerta tapando la luz. Otras veces se producía un revuelo en la selva, los pájaros abandonaban en estampida los árboles, las gallinas empezaban a dar saltos inquietas y a esconderse, los puercos se dirigían en fila al corral y hasta los peces del río dejaban de saltar sobre el agua. Después aparecía el Gato entre las sombras del camino

110

con su paso lento y pesado. Sólo las auras, con su olor hediondo, acudían a él y lo seguían a todas partes, igual que a la Santera. Si se detenía a hablar con alguien, siempre había una pareja de gallinazas negras rondándole, y en el cementerio se posaban tantas sobre el tejado de su cabaña que a veces parecía que fuera a hundirse. El Gato las espantaba, pero enseguida volvían más. A Homero, por el contrario, parecía que los animales lo buscaban. Pero eso empezó a ocurrir después de la desgracia de su barca, cuando vio que su hija se le quedaba soltera. Empezó a ponerse triste, a hablar por lo bajo sin que se le entendiera lo que decía. Pero luego, cuando hablaba más fuerte, tampoco podíamos entenderlo nunca, o casi nunca. Si paseaba por los embarcaderos, allí acudían los perros y se rozaban con sus piernas. Si se sentaba en la puerta de la Nena Chica, al momento estaba rodeado de gallinas y lagartijas. Si se echaba bajo un árbol y empezaba a hablar de aquella manera tan rara, el árbol se llenaba de sinsontes que lo acompañaban con su canto. Si por las noches no cerraba la puerta de la cabaña, se le llenaba de puercos, y su hija Delfina tenía que levantarse a media noche, agarrar la escoba y darles de palos para que salieran del dormitorio y no lo apestuzaran todo. Cuando el yerbero le mandó recado de que no podía casarse con su hija porque su mamá se había puesto enferma de repente y tenía que atenderla, Homero no dijo nada. Delfina tampoco protestó, pero se le humedecieron los ojos y tuvo que irse para que su papá no la viera llorar. Homero no cambió siquiera el gesto, pero mientras que con los días Delfina fue pareciendo más alegre, contrariamente a lo que todos esperaban, Homero por

111

su parte fue volviéndose más callado y más raro. Empezaron a acercársele los animales, y cuando algún perro ladraba, él se agachaba, lo llamaba y el perro acudía dócil a su lado y se echaba panza arriba para que lo acariciara. Luego Homero desaparecía durante días y nadie sabía nada de él, ni siquiera en Baracoa. Al tiempo, algún guajiro lo traía en su carro y lo llevaba desvalido y maltrecho a su cabaña para que lo cuidara Delfina. Unas veces lo encontraban en mitad de los cafetales, sin haber comido ni bebido en varios días, con la ropa desgarrada y el aspecto de un moribundo; otras, aparecía en el almacén de cualquier hacienda tumbado entre las cañas y susurrando algo que no se podía entender. Cuando menos se esperaba, cogía el camino y se perdía sierra adentro, a campo traviesa, y si no se encontraba a nadie seguía caminando días y días, sin comer ni beber, hasta que tropezaba con una choza o una cuadrilla que lo recogía y lo traía de nuevo junto al río. Al principio, tan pronto como Delfina notaba su ausencia, se lanzaba a la sierra llamándolo angustiosamente, y la gente la seguía y la acompañaba en la búsqueda, igual que ocurrió cuando el robo de Paulino. Pero con el tiempo todos se fueron acostumbrando a las extravagancias del pescador y le fueron dando menos importancia, porque sabían que antes o después tropezaría con alguien que lo echaría en el carro y, cuando le viniera bien, se acercaría hasta el recodo del río Miel y lo dejaría en su cabaña al cuidado de su hija. Y por eso, con el tiempo, sólo salía Delfina gritando por la sierra como una desesperada, y como mucho Paulino, cuando se enteraba, salía a su vez gritando el nombre de su prima como un desesperado, y cuando yo me enteraba de que

Paulino había salido a la sierra, corría al mismo tiempo gritando su nombre como un desesperado, porque siempre me pareció que Paulino solo entre los árboles y sin alimento era un ser débil y desvalido que podía ser víctima de cualquier desgracia, e incluso en los juegos de niños lo ponía siempre en mi bando para poder cuidar de él si la cosa se ponía fea. Y en cuanto alguien me decía que Homero había vuelto a desaparecer, enseguida me imaginaba que Delfina habría salido como una loca a buscar a su padre, y que tan pronto como Paulino se enterara correría detrás de su prima gritando por la sierra, y si se perdía yo me sentiría culpable. Y todo desde que Paulino me vino un día y me dijo:

—Mira, compay, estoy que no quepo, ¿tú sabes?

—¿Ya tú estás otra vez con tus manías?

—No, Robertico, no; ahora no es una manía, sino más bien una enfermedad. ¿Tú has estado enamorado alguna vez?

Y cuando me dijo aquello pensé en la dulce Marilín, y en vez de sonreírle y decirle que sí, me puse muy serio y me embargó la tristeza. Dijera lo que dijera, sabía que Paulino necesitaba sincerarse conmigo. Y eso es lo que hizo:

—Mira, chico, esto es una locura.

—Habla, Paulino, ¿qué cosa es una locura?

—¿Tú crees que entre dos parientes puede haber candela?

—Yo no sé, compay, pero eso me suena muy raro.

—¿Por qué, Robertico?

—Porque no conozco ningún caso.

—Yo sí, yo conozco uno. Un tal Calígula que se lió con sus hermanas.

—¿Tú estás seguro?

—Claro, chico, seguro.

—¿Y no estaría jalao? O majareta, Paulino. A ver si estaba majareta; o si le salieron los hijos tontos.

Y Paulino se calló entonces. Pero lo comprendí todo, absolutamente todo, cuando entré en El Mambí el día que trajeron el radio y me encontré a Paulino y a Delfina en mitad del guasabeo, muy agarraditos, moviéndose y riéndose los dos, y Delfina lo agarraba por la cintura apretándose contra el paquetico. Y Paulino parecía transformado, como si se hubiera hecho más hombre en un solo día, meneándose sin pena, fumando y diciendo: «Al carajo el diccionario». Y por eso Paulino sufría por Homero y por Delfina, y aunque nadie salía ya a la sierra cuando desaparecía el pescador, él corría detrás de su prima en el momento en que se enteraba de que se había echado al monte a buscar a su papá. Y luego yo salía corriendo detrás de él porque me sentía responsable. Después Homero aparecía en el carro de algún guajiro, o volvía por su propio pie si era capaz de encontrar el camino. Aparecía en la otra margen del río y había que ir a recogerlo con una barca. Aparecía rodeado de animales, delgado y sucio. Aparecía muchas veces cuando su hija Delfina ya lo había dado por muerto. Pero Homero volvía siempre, y un día, cuando todos habían asumido su locura, llegó a la puerta del Mambí, pero no entró. Se quedó a unos pasos, con una gran rama de árbol en la mano y un sombrero en la otra, y empezó a hablar, medio cantando medio recitando:

—*Ménin, áeide, zeá, peleiádeo Ajiléos, uloménen, je muriajaióis alguézeken, polás difcímous psijás Áidi proíapsen.*

114

Y los que estaban en el local se asomaron y se quedaron sin saber qué decir:

—*Jeróon autoús de jelória téuje kúnessin oionoisíte dáita, Diós deteleíeto boulé*.

Y alguien le preguntó:

—¿Qué tienes, viejo, que no se te entiende?

Y Homero siguió recitando con gran solemnidad:

—*Ex ou de ta próta diastéten erísante Atreéde te, ánax andrón, kai díos Ajileús*.

—El viejo celebró de más y está jaladico.

—Pues yo creo que habla de Dios.

Y Homero seguía medio recitando, medio cantando, haciendo unos movimientos suaves con los hombros hacia adelante y hacia atrás, como si quisiera seguir el ritmo de sus palabras. En días sucesivos siguió repitiendo el mismo rito, unas veces en El Mambi, otras entre las cabañas de los pescadores o de los obreros. En una ocasión se presentó en la destilería de ron y empezó con la misma cantinela. Luego pasó el sombrero pidiendo unos pesos, y su cuñado, don Augusto, se lo tuvo que llevar de allí. Y entonces el Gato, que andaba cerca, le dijo:

—No se asuste, viejo, que no está loco. Habla así porque está recordando otra vida lejana en la que hablaba de esa manera y todo el mundo lo entendía.

Y yo le pregunté:

—¿Y qué significa eso, Gato?

—Significa que en lugar de palante va patrás. Pero no se da cuenta.

El Gato sabía lo que quería decir, pero entonces yo aún no lo entendía, hasta que me contó aquellas cosas del cuerpo y del espíritu.

—Es como si un día los carros en lugar de andar palante echaran a andar patrás, y en vez de terminar en el punto de llegada terminaran en el punto de partida. Siempre patrás, chico.

—Mira, negro, lo del carro vale, pero con las personas...

—Es como llegar al día del nacimiento, y cuando uno está allí sigue patrás, hasta la vida anterior, y de ahí a la anterior, y así hasta el principio de todo, ¿tú sabes?

—¿Y eso cómo se hace, viejo?

—Eso no se hace de ninguna manera, pasa simplemente y ya está. Eso es lo que tiene este buen hombre.

—¿Está en una vida anterior?

—Seguro, chico, ya te digo: va patrás.

—¿Y tú vas palante?

—Palante y patrás, Robertico, unas veces palante y otras patrás. Y cuando puedo, me paro.

Y aunque las palabras del Gato siempre encerraban enigmas para mí, terminaba por creerlo cuando lo veía días enteros echado en un camastro, con los ojos abiertos y mirando al techo sin respirar, como si estuviera muerto. Se tumbaba en su camastro y se quedaba así días enteros, a veces semanas, día y noche sin moverse, sin comer ni beber, hasta que lo avisaban para un entierro o para espantar algún espíritu. Y yo le preguntaba entonces lo que le pasaba. Y él al principio sólo me decía:

—Estuve lejos, muy lejos, Robertico. En la capital.

Y luego me contaba cosas de la capital, de los barcos, de los gallegos, de los esclavos, y yo pensaba que se lo inventaba todo. Luego me hablaba de África y de los barcos negreros, y yo me divertía con las historias del

Gato. Pero cuando las contaba en El Mambí la gente lo miraba como si hubieran escuchado las palabras del diablo, y le pedían que se callara, o si estaba muy jalado se atrevían a echarlo a la calle entre cuatro o cinco de una patada.

La llegada de Jean Philippe me sirvió para liberarme del trabajo en la destilería, de la zafra y del cacao. Hasta mi papá empezó a mirarme con buenos ojos cuando se enteró de que andaba con el extranjero. Sólo mi mamá desconfió un poco al principio, pero luego no dijo nada, aunque creo que nunca terminó de gustarle el francés. Los demás, sin decirlo, me miraban con ojos de envidia, cada uno por un motivo. Deudora porque le ardían las entrañas de pasión, la Nena Chica porque veía que no podía sacar partido con mi ayuda, y don Antolín, el médico, porque hacía tiempo que sospechaba que yo sabía algo sobre sus abusos y temía que el francés se enterara. En pocos meses me convertí en la sombra inseparable de Jean Philippe. Al principio lo seguía a distancia sin acercarme hasta que él me llamaba, pero luego hablábamos horas y horas aunque ninguno entendía lo que decía el otro. Yo le enseñaba a llamar a los árboles por su nombre, a distinguir el guano del yarey y la ceiba; él me enseñaba a mezclar los colores y a diferenciar los pinceles, a buscar la luz adecuada y a manejar el papel; yo le enseñé a reconocer el sabor a guayaba, a remolacha, a pasas, a marañón, a uva, a cerezas, a grifú, a tamarindo, a maya, a piña, a grosella y a cidra; él me enseñó a decir «*de l'eau fraîche, une belle ombre, divine jeunesse, beau matin, jolie jeune fille, j'ai mal aux pieds*», y me dibujaba un río ancho y caudaloso surcado de barcazas y puentes, me dibujaba edificios más grandes que el almacén de ron, floristerías, plazas y jardines que yo miraba como si lo estuviera soñando con los ojos abiertos, y luego me decía «*Moi, j'habitais là*», y yo entendía lo que decía, pero no me lo podía creer.

Cuando vi a la Santera en la choza vestida de aquella manera supe que estaba esperando al francés, a pesar de que nadie podía haberle anunciado su llegada. Se había puesto una túnica ancha, blanca e inmaculada, que le llegaba casi hasta los pies. Se había colgado sus collares, tantos que apenas se le veía el cuello. Llevaba los brazos cubiertos de pulseras hasta el codo, y las sacudía produciendo un ruidito de maderas que me ponía nervioso, como si fuera a ocurrir algo imprevisto. Cualquiera que la hubiera visto aquella mañana en la puerta de su choza habría comprendido que estaba esperando al francés. Ya desde lejos le sonreía y estiraba el cuerpo para que se le vieran los adornos. Jean Philippe se detuvo y dijo:

—*Voilà la Santera*.

Y ella abrió los brazos para recibirnos. Se acercó e hizo el saludo de Obatalá:

—Jekua, Babá, Jekua.

El francés le hizo una ligera reverencia y la saludó a su vez:

—Hola, amigo.

Pero cuando fue a tenderle la mano, la Santera abrió los brazos y lo cubrió con su túnica como a un muñeco de trapo mientras lo besaba efusivamente. Yo me había quedado a unos pasos sujetando al burro. De pronto empezó a rebuznar, y el cielo se cubrió de auras. Los pájaros estaban encima del tejado de la Santera, igual que en la choza del Gato, y al oír al burro alzaron el vuelo espantados, oscureciendo el cielo y apestando el aire.

—Apúrense —dijo la Santera mostrando la entrada de la choza—. No se queden ahí.

La choza de la Santera era un santuario. Aquel día todo estaba limpio y en su sitio, y en lugar de oler a cera y a hierbas olía a desinfectante. Enseguida buscó un asiento para el extranjero y otro para mí. Había colocado una estera de bejuco en el centro del cuarto y había puesto al lado el dialoggún para la adivinación. Nos sacó jugo de caña y nos hizo ponernos cómodos. Hablaba mucho, como si no supiera que el francés no iba a poder entenderla. De repente sacó una flauta de una funda y se puso a tocar sobre la estera mientras se movía al compás de la música. Subía y bajaba los hombros al tiempo que movía a uno y otro lado la cabeza. Sus cabellos sujetos en muchas trenzas pasaban delante y detrás de los hombros haciendo un ruidito al chocar las bolas con las que sujetaba las trenzas. Entonces se quedó quieta y volvió a sonreír como si ya hubiera terminado de darnos la bienvenida. El francés la miraba sin poner cara de asombro, sólo sonriendo ligeramente. La Santera cogió un saquito que llevaba sujeto a la túnica y sacó un puñado de caracoles.

—Te leeré el oddum —dijo, y arrojó los caracoles sobre la estera.

El francés no quería perderse ninguno de los detalles, y miraba al mismo tiempo las manos de la Santera, los caracoles extendidos por el suelo e incluso el humo de las velas. Sobre un pequeño altar había una herradura, clavos de ataúd, una pata de lagartija, una moneda de agujero y una piedra imán. Ella sonrió, cerró los ojos, y cambiando la voz dijo:

—El hombre que es consciente gobierna sobre los demás hombres.

Le dio dos caracoles a Jean Philippe y le indicó que los arrojara sobre la alfombra. Obedeció. Ella sentenció otra vez:

—La paja seca le dijo a la verde: «Cuando yo finalizo mi vida tú comienzas la tuya».

Volvió a recoger los caracoles y los lanzó otra vez.

—El sol puede atrapar a la luna.

Entonces la interrumpí:

—No puede entenderte. Y aunque pudiera no sería capaz de comprender lo que quieres decir.

Ella me sujetó las manos y me las acarició.

—No importa, Robertico. Este hombre ha llegado al final del camino. Elleguá, el Orisha señor de los caminos, lo ha conducido hasta aquí desde muy lejos. —Luego miró a Jean Philippe y le habló como si pudiera entenderla—. Si te bañas en las aguas del río en noche de luna te quedarás aquí para siempre. Un amor más poderoso que las fuerzas de la tierra te retendrá en estos lugares.

Entonces me miró y me dio los caracoles. Los lancé sobre la estera. Ella los recogió y volvió a lanzarlos.

—A ti te digo lo contrario, Robertico. Tu final está muy lejos de este lugar. Veo a Oshún vestida de amarillo que te arrastra muy lejos de aquí. Eres un joven con suerte, Robertico. Los Orishas están todos contigo, especialmente Oshún. No te apures por nada.

Y yo le sonreí. Luego la Santera, como si supiera a lo que había venido el extranjero, se colocó delante del altar rodeada por las velas y por los Santos, y se estuvo quieta mientras Jean Philippe la pintaba.

Durante el tiempo en que la Santera posó a lo largo de los días sucesivos, hablaba y hablaba sin parar aunque apenas movía la boca. Hablaba de don Leonardo, mi papá, hablaba de la Rusa, del difunto Elías, de la mamá de Paulino y Lucio. Hablaba del Gato sin nombrarlo, y de don Antolín echando veneno por la boca. Mientras contaba todas aquellas cosas, yo la escuchaba sin apartar la vista del cuadro de Jean Philippe. Veía los colores mezclándose, los trazos firmes y rígidos que surgían del pincel, la transformación de la superficie blanca en una imagen que cambiaba continuamente, y me preguntaba si aquello no sería otro tipo de magia.

—¿Tú crees que esto es magia?

—No, Robertico, esto no es magia. Esto es talento, como el de tu hermanastro Elías. El talento se puede desarrollar, pero la magia se nace con ella.

—¿Y por qué unos desarrollan el talento y otros se quedan con tan poca cosa?

—Eso depende de la naturaleza.

—¿Entonces es la naturaleza la que ha decidido que Paulino tenga tanto talento y Lucio tanto retraso?

La Santera torció el gesto y sacudió la cabeza:

—Eso no es cosa de la naturaleza, sino de ese matasanos de don Antolín, que los Orishas lo confundan por su ignorancia.

Después del parto accidentado de Lucio y Paulino, la gente dejó de llamar a don Antolín para los partos, y acudían a la Santera o a cualquier vecina antes que al matasanos. El caso de la Nena Tonta fue diferente, pues

121

se quedó así porque nació en mitad de un ciclón cuando nuestra mamá sólo tenía doce años. Pero Lucio y Paulino habían nacido en la época de las lluvias, y su mamá estaba sana y cuerda, aunque fuera extranjera.

En realidad cada uno contaba las cosas según la parte de la historia que le tocara. La Santera le echaba la culpa de todo a don Antolín, el médico. Don Augusto no hablaba nunca del médico, simplemente no decía nada del asunto: evitaba comentar cualquier cosa del nacimiento de sus dos hijos. Únicamente a veces movía la cabeza, y como mucho decía:

—Mira, compay, eso ya pasó y horita no interesa removerlo.

Mi papá echaba la culpa a don Antolín y lo llamaba comemierda. Hasta que nació la Nena Tonta, sin embargo, todos los partos de sus mujeres los había asistido el médico; pero, cuando vio a la cría con aquella boca abierta y el gesto de bobera nada más nacer, dejó de confiar en don Antolín y le echó la culpa de todo. Si lo llamaban era porque se empeñaba Virginia. Mi mamá decía que no era culpa del médico, sino del ciclón y de su juventud, y don Leonardo echaba demonios por la boca culpando de todo al comemierda de don Antolín. Incluso la Santera, que bien debía de saber que aquello era cosa del ciclón, apoyaba a don Leonardo y le echaba la culpa al médico.

Según la categoría del padre, los habitantes del río avisaban a don Antolín, a la Santera o al Gato para asistir a sus mujeres en el parto. Casi siempre acudía la Santera, pero si los padres eran muy pobres o muy supersticiosos avisaban al Gato. La Nena Chica acudió al Gato en sus ocho partos y aseguraba que sus ocho hijas habían nacido con ángel. Yo, sin saber muy bien lo que quería decir, siempre le daba la razón cuando me lo repetía. Mi papá acudió al médico hasta que nació la Nena Tonta en mitad del ciclón con la boca llena de babas, los ojos en blanco y el cuello como muerto. Irina, la mamá de Paulino, tuvo un embarazo muy cuidado. La Rusa se encargó de que tuviera siempre una sirvienta a su lado para evitarle cualquier esfuerzo. La dueña del hotel trataba a Irina como a su propia hija, y si la gente decía que no eran de la misma sangre era porque había trabajado de sirvienta para la señora antes de casarse con don Augusto, y no porque no la tratara como las mamás tratan a las hijas. Cuando llegó el momento del parto, la Rusa le pidió a don Augusto que fuera a llamar a don Antolín, que ya le tocaba parir.

—Si usted me da su aquiescencia, yo llamo a la Santera, que me da más confianza.

La Rusa lo miró de arriba abajo sin decirle nada. Se quitó sus espejuelos de pasta, y don Augusto salió sin rechistar hacia la casa del médico. El niño nació sin mucho sufrimiento, a pesar de que la madre era débil y enfermiza. Cuando le cortaron el cordón y le cosieron los desgarros, le pusieron a Irina el niño encima.

—¿Es mi hijo, Augusto?

—Nuestro hijo, Irina. Se llamará Paulino, como mi abuelo.

—¿Seguro que es nuestro hijo?

—¿Cómo no ha de serlo, si acabo de oírlo salir?

—No sé, Augusto, parece como si no estuviera parida.

Y aunque el marido y el médico no le dieron importancia a sus palabras, con las horas se vio que no estaba del todo equivocada. Antes del amanecer, muy lejos de descansar plácidamente como una recién parida, la mamá de Paulino sudaba en la cama y daba vueltas hablando en voz alta. Don Augusto pasó la noche a su lado, y cada vez que le subía la temperatura se alarmaba más. Cuando se hizo de día, su esposa estaba lívida y sin fuerzas. Sudaba tanto que no daba tiempo a que tomara el agua suficiente. Además se quejaba constantemente de los dolores. Por la tarde su rostro, los brazos y las piernas fueron cambiando a un color azulado y luego morado. La Rusa le dijo a don Augusto otra vez que fuera a llamar al médico antes de que fuera tarde.

—Si usted da su aquiescencia, y sin querer contradecirla, yo llamo a la Santera, aunque tenga que ir caminando hasta el río.

Pero don Augusto lo dijo sin convencimiento, porque, tan pronto como la Rusa lo miró de arriba abajo sin decirle nada, salió corriendo hacia la casa del médico. Don Antolín le tomó el pulso, le colocó cataplasmas y sólo dijo lo débil que estaba la muchacha. A medianoche, la mamá de Paulino gritaba tanto que sus quejas se oían en el malecón y en la plaza de la iglesia. Al amanecer, Irina no tenía ni fuerzas para gritar, se debilitaba como las sombras oscuras que daban paso al nuevo día. Don Augusto se armó de valor y se dirigió de nuevo a la Rusa.

—Si usted me da su aquiescencia, yo llamo a la Santera.

Y la Rusa, en lugar de mirarlo de arriba abajo, agachó la cabeza y no rechistó. Por eso don Augusto salió corriendo del hotel hasta el río, cargó con la Santera a cuestas y volvió para ver cómo su mujer decía en ruso que se moría. La Santera le pasó la mano por delante de los ojos y dijo que se estaba quedando ciega. Invocó a Obatalá, que cura la ceguera y la demencia, pero Irina se iba apagando poco a poco. Invocó a Changó y Obatalá juntos, pero Irina no era ya más que una pequeña llamita que apenas tenía fuerzas para sujetarse a la mano de su esposo. La Santera se puso los collares y las pulseras, pero cuando llegó junto a la cama se dio cuenta de que sus esfuerzos iban a ser inútiles. Entonces dijo muy a su pesar:

—Llamen al Gato. Y apúrense, por la Virgen de la Caridad del Cobre. Apúrense que se nos muere.

Y cuando dijo aquello entró el Gato como si hubiera estado escuchando detrás de la puerta. La Rusa se fue de la habitación, y el Gato miró a la moribunda y sentenció:

—Esta mujer no está parida. Desnúdenla.

Y don Augusto le enseñó la cuna con Paulino recién nacido muy cerca de la cama.

—Desnúdenla —les pidió a su vez la Santera.

Y cuando descosieron lo que el médico había cosido apareció una cabeza enrojecida que se había quedado dentro de su mamá.

—Son mellizos —dijo la Santera—. Apúrense si no quieren que se muera.

Lucio nació morado. Tenía los ojos hinchados y el rostro amoratado, como si se estuviera ahogando. Su mamá, por el contrario, cuando nació el niño se fue quedando cada vez más pálida hasta tomar el color de la cera de las velas. Después perdió la vista casi del todo, luego las fuerzas, la voz y por último el sentido. Estuvo diez días como muerta, hasta que el Gato la cogió de los hombros, la sacudió, le dijo algo al oído y ella abrió los ojos. A don Augusto no le gustaba hablar de aquellos dos días. Cuando le preguntaba, decía:

—Mira, compay, eso ya pasó y horita no interesa removerlo.

Al principio los dos recién nacidos tenían aspecto saludable e incluso aprendían a moverse, alimentarse, reconocer los objetos y balbucear al mismo tiempo. La mamá, por el contrario, nunca terminó de recuperarse. Y, aunque siempre había sido una mujer muy blanquita y de aspecto enfermizo, ahora empezó a sentirse tan débil que necesitaba ayuda para realizar cualquier tarea. Los aires del río no le sentaron bien, y se diría que la entristecían y le provocaban la añoranza de su tierra. Pero los niños iban creciendo, y su mamá les enseñó a hablar en su lengua y en la de su papá; les enseñó a leer en aquellos libros mágicos que había traído con ella desde el extranjero, y les enseñó a llamar a las cosas por su nombre. Don Antolín la visitaba de vez en cuando y le traía medicinas para fortalecerla. Pero ella se había quedado casi ciega, según la santera por las medicinas. Murió a los veintiséis años dejando dos niños de corta edad. El día que la enterraron, a Lucio le empezó aquel temblor en la cabeza. Al principio no era más que un ligero temblor, pero con los meses fue creciendo, y al cabo de los años movía la cabeza de un lado a otro sin poder controlarla. Paulino fue creciendo y aumentando sus conocimientos día a día, mientras que Lucio fue retrocediendo y olvidando todo lo que su mamá le había enseñado. Primero se le fue olvidando la forma de leer aquellas enormes letras que su mamá les dibujaba en una enorme pizarra. Luego se le fue olvidando hablar. Luego, vestirse, comer. Y por último no era capaz siquiera de caminar. Mientras tanto, Paulino se fue haciendo fuerte, creciendo, aprendiendo a manejar aquellos libros amontonados en su choza, a dibujar garabatos que tenían significado y a conocer la naturaleza de las cosas sólo con mirar las letras de los libros. El Gato le dijo a don Augusto que el niño se había apoderado de toda la inteligencia de su hermano, que cuando vivía la mamá ella vigilaba y repartía entre los dos, pero cuando murió, el más fuerte se impuso al más débil. Y que la culpa de todo era del tiempo que el niño había pasado dentro de su mamá luchando por salir. Pero don Augusto sólo repetía:

—Mira, compay, eso ya pasó y horita no interesa removerlo.

Al menos así contaba las cosas la Santera. Mi mamá las contaba de otra manera, pero venía a decir lo mismo. A don Augusto, sin embargo, no le gustaba hablar del asunto.

Cuando vi a aquel ser angelical vestido de amarillo que arreglaba la habitación de Jean Philippe en el hotel de la Rusa, pensé que era uno de sus cuadros que había tomado vida. La vi desde el pasillo por la puerta entreabierta y me quedé paralizado, sin atreverme a entrar. Luego me acordé de las palabras de la Santera y me pareció que aquélla debía de ser Oshún, que había venido para llevarme muy lejos. Me resultó especialmente extraño ver a Oshún haciendo una cama, pero con los Orishas nunca se sabe. Me quedé espiando junto a la puerta, mirando solamente con un ojo, procurando no hacer ruido para que no me descubriera. Extendía las sábanas sobre el colchón y caían inflándose por el aire, como si obedecieran a su pensamiento. Recogía grácilmente las esquinas, mullía la cabecera y quitaba las arrugas con tal maestría que me pareció el Orisha más diestro de todos cuantos había conocido por los relatos. Pero cuando se volvió vi la cara de la dulce Marilín con su blusa amarilla, falda amarilla, calcetines amarillos y un rostro angelical. Se me quedó mirando y tuve que hacer un esfuerzo para no perder el sentido. Empujé la puerta y entré en el cuarto flotando, sin sentir los pies sobre el suelo.

—Busco a Jean Philippe.

Y ella me sonrió como si me conociera de todos los días. Dijo:

—Está en el salón desayunando.

Y su voz me sonó tan dulce como los vientos tras la lluvia. Siguió quitando el polvo y desenredando la habitación. Y volví a decir como sino recordara nada:

—Busco a Jean Philippe.

Y ella me miró, sonrió y me dijo:

—Chico, estás como alelado.

Empecé a coger los bártulos del pintor y a ordenarlos en el pasillo para cargarlos después en el burro. La habitación estaba llena de cuadros a medio terminar y de frascos llenos de pinceles. Me llamó la atención un dibujo casi acabado que no había visto nunca. Era una niña de diez o doce años, con los cabellos sobre los hombros, desnuda y con una sonrisa que yo acababa de ver. Marilín se me acercó y me dijo:

—Soy yo. ¿Te gusta?

—Pero si estás desnuda.

—Claro, chico. Es que Jean Philippe tiene mucha imaginación. Pero no se lo digas a nadie.

El cuadro se me escurrió de las manos, y las piernas empezaron a temblarme sin que yo pudiera pararlas. Ella cogió el cuadro y, cuando se incorporó, le dije:

—Cierra los ojos.

Y obedeció dócilmente. La besé en los labios, y en ese momento todo se oscureció y noté un golpe fuerte en la cabeza. Me había golpeado con el borde de la cama al caer. Cuando abrí los ojos sentí carreras a mi alrededor, y vi a Jean Philippe con un trapo húmedo en la mano que acababa de apartarme de la frente. Marilín estaba a mis pies, con un frasco de cristal y una toalla. La Rusa me tomaba el pulso y decía:

—Es el calor. Este niño ha tomado demasiado el sol. Dejémoslo acostado, y que al atardecer lo lleve alguien a su casa.

Aquel día Jean Philippe salió al campo sin mí, tirando él solo del burro. Yo me quedé todo el tiempo tumbado sobre la cama, con las ventanas del balcón entreabiertas y la persiana echada. Cada cierto tiempo venía la dulce Marilín con un jugo fresco y me lo dejaba sobre la mesilla. Yo me hacía el dormido para no ruborizarme, pero una de las veces la cogí suavemente por la muñeca y ella no opuso resistencia.

—No se lo digas a nadie —le supliqué.

Ella me dijo:

—Cierra los ojos.

La obedecí. Sentí el roce suave de sus labios calientes sobre los míos. Se me aceleró el corazón y volví a desmayarme.

Jean Philippe había llegado a convertirse con el tiempo en una parte importante de mi vida; y yo, a mi vez, en alguien inseparable para él. Al principio me gustaba sobre todo sentirme necesario y capaz de solucionar los problemas más insignificantes que para él suponían una enorme barrera. Cuando se encontraba en el hotel con la Rusa, con don Antolín y sus amigos, era una persona segura que no necesitaba hablar mucho para que lo comprendieran, aunque al principio nadie lo entendía. Pero, cuando salíamos al campo a pintar, su mundo se transformaba y parecía un ser desvalido y terriblemente débil. A pesar de que le costaba perder la sonrisa, sin embargo yo me daba cuenta de los apuros que pasaba por dentro. Se apuraba cuando se veía rodeado de niños que le pedían golosinas e intentaban robarle los pinceles, cuando la gente se le acercaba y se burlaba de él, cuando pedía un vaso de ron y la Nena Chica no lo entendía, cuando le colgaban iguanas muertas en su sombrero verde al dejarlo olvidado en alguna parte, cuando la Nena Chica le ofrecía una de sus hijas y él no sabía cómo responderle. Entonces intervenía yo, y la gente lo dejaba tranquilo. Hasta que un día ya no hizo falta. Bebíamos en El Mambi y escuchábamos el radio. Entonces apareció la dulce Marilín con la ropa para tender y yo me quedé mirando.

—Aparta eso ojo, Robertico —me dijo la mamá—. Eso no e fruta pa ti.

Se fue para su hija pequeña, la cogió del brazo y la acercó hasta Jean Philippe.

—Mire, viejo, eto e cosa fina. Candela de la buena.

Y Jean Philippe le sonreía como si entendiera lo que decía. Luego se le acercó al oído y le habló flojo, pero yo la oí:

—Si se pasa eta noche por aquí le voy a hacer un potre que se va a chupá lo dedo ¿No le guta la chiquita?

Y él sonreía y decía a todo que sí como si lo entendiera.

—Déjalo, negra —le dije—. ¿No ves que no te entiende?

—Eso, déjalo —dijo alguien desde la barra. Los demás rieron—. ¿No ves que a éste le van los culos?

Y en ese momento, como si le hubieran tocado un resorte, Jean Philippe se levantó tirando la mesa.

—Eso le gutará a tu mamá, negro —dijo el francés—. Y, si tiene güevos, ven aquí. Que utede son mu criminale y no saben ma que hablar y da de palo a la mujere, pero con lo hombre no se atreven.

Y nadie dijo nada. Sólo la Nena Chica, como si no se extrañara de oír hablar al francés, rompió el silencio.

—Eso por güevone. Y por tené la lengua tan larga. Y ahora haya pa si no quieren que lo bote de aquí.

Y hubo paz. Desde aquel día hubo paz. Nadie se metió con Jean Philippe ni habló mal estando él delante. A mí me pareció que en las palabras del francés estaba la magia del Gato, pero me equivoqué. Con el paso de los días yo había ido aprendiendo a decir: «*Quel beau matin, mon ami*», y él: «Bonita mañana, amigo»; yo decía: «*C'est magnifique!*»; y él: «¡Estupendo!»; yo decía: «*C'est ennuyeux, ce vent*»; y él: «El viento molesta»; y lo demás debió de ir escuchándolo en todas partes, poniendo atención y guardándoselo dentro.

Cada día, lloviera o hiciera buen tiempo, antes de que saliera el sol, saltaba de la cama, me vestía y tomaba el camino de Baracoa para estar en el hotel de la Rusa poco después del amanecer. Hacía el camino contento, sabiendo que me esperaba un día intenso, lleno de cosas nuevas junto a Jean Philippe. A los pocos meses empecé a cruzarme de vez en cuando con el yerbero que se acercaba hasta el río manejando su carro. Al principio me escondía, porque no me despertaba confianza aquel tipo. Pero terminé por saludarlo y platicar un rato. Me preguntaba por la familia, por el papá, por la mamá y por los hermanos, hasta que Elisenda me contó aquello mientras bailaba conmigo el día que don Leonardo trajo el radio al Mambi. El yerbero intentaba mostrarse amable conmigo, pero a mí me resultaba todo muy fingido. Y un día le solté:

—Mira, chico, como no andes con tino Delfina se casa.

Él soltó una carcajada y me miró sin parar de reír.

—No será contigo, muchacho.

—No, chico, no. Conmigo no, con otro. Hay alguien que anda muy colado por ella. Y la ronda. Anoche mismo me lo confesó.

Y era verdad. La noche anterior había venido Paulino hasta mi cuarto con el rostro desencajado y me había hecho abandonar el sueño.

—Robertico, ¿tú has estado alguna vez con una mujer?

—Muchas, Paulino, ¿cómo no?

—Pero no digo eso, compay, me refiero a estar como un hombre y una mujer.

—Bueno, como un hombre y una mujer, no.

—¿Ni siquiera con las hijas de la Nena Chica?

—Con ésas menos. ¿De dónde iba a sacar la plata?

—De tu papá.

—Don Leonardo no me suelta ni un peso para eso. Ni para eso ni para nada.

—Mira —me dijo, y me enseñó los pantalones mojados—. Creo que he estado con una mujer.

—¿Con tu prima?

—Sí. Creo que sí.

—¿Lo crees o estás seguro?

—Mira, chico, no lo sé. Sólo sé que me estaba besando; yo sentía que me ardía aquí abajo. Luego me tocó y yo sentí que me quemaba. Hasta que me meé encima.

Me eché a reír y le di una palmada en el hombro:

—Eso le pasa a todos los hombres —le dije.

—¿A ti también?

—Lo mismitico que me acabas de contar. Pero eso no es estar con una mujer.

—¿Y cómo lo sabes?

—Porque he visto cómo lo hace Deudora y sé lo que es eso.

Al yerbero no le conté todo aquello. Sólo le dije:

—Mira, chico, como no andes con tino Delfina se casa.

Pero se lo dije para darle celos y que supiera que alguien le pegaba los tarros. Luego resultó que la cosa iba por otro sitio. Y por eso me dijo al despedirme:

—Saluda a tu hermana de mi parte.

Y yo pensé que se refería a Deudora, hasta que Elisenda me contó aquello mientras bailaba conmigo el día en que don Leonardo trajo el radio al Mambi.

Seguí el mismo camino un día y otro hasta el hotel de la Rusa para cargar el burro y tirar de él hasta donde Jean Philippe encontrara un rincón para pintar. Lo recorrí durante meses, quizá un año, hasta que Deudora empezó a acudir a la Santera, y luego al Gato, y empezó a espiar a escondidas entre los árboles, en mitad de la selva, detrás de las puertas, a través de las ventanas, y sus sortilegios empezaron a hacer efecto, o más bien debería decir su cabezonería, porque al año de su llegada Jean Philippe terminó por construirse una cabaña junto al río Miel, trasladar sus cosas, vender el burro y vivir como uno de nosotros: lo que tanto había deseado Deudora.

Lo que más me dolió no fue que hablara igual que todos, o se comportara como los demás, o que se dejara comer los sesos de aquella manera, sino que abandonara el hotel de la Rusa privándome a mí de entrar en aquel mundo que comenzaba al final de la escalinata, bajo la marquesina. Era un mundo de pasillos largos y estrechos, puertas que se abrían y cerraban guardando cada una un secreto o una sorpresa, criados serviciales, modales refinados, lámparas y luz en todas las habitaciones, ventiladores que removían el aire, ventanales por donde se colaban los gorriones, olor a comida y a verde de las palmeras, sonidos del piano, de los pies golpeando la madera, de escaleras y rincones en penumbra. Aunque al principio me quedaba en la puerta esperando la salida de Jean Philippe, cada vez fui llegando más temprano, y aquello me servía de excusa para entrar hasta la carpeta del hotel y preguntar por el pintor como si fuera impuntual. Después me iba tomando confianza y entraba hasta el salón, me cruzaba con la Rusa, la saludaba, echaba una mano en la cocina o bien observaba las tareas del primer piso. Hasta que un día me dejó un recado para que subiera a despertarlo, y avancé por aquellas escaleras con miedo a caerme hacia atrás, las primeras escaleras que un muchacho de mi edad subía. Y llamé a todas las puertas porque no sabía leer los números. Una sirvienta me indicó la puerta de Jean Philippe y ya no la olvidé nunca, ni siquiera ahora, aunque hayan pasado más de cuarenta años sin pensar en ella. Pero lo que más me gustaba era ver desayunar a la Rusa o a Jean Philippe o a los oficiales de la marina que llegaban a Baracoa. Y luego la anfitriona se limpiaba la boca delicadamente con una servilleta y se sentaba a tocar el piano. Hasta que el piano empezó a sonar raro, como si le doliera la barriga, y llegó Zenón Jenaro sin que nadie supiera de dónde había sacado aquel don para el instrumento, pues antes de aquél no había visto un piano en su vida. Nadie había visto un piano antes de que la Rusa lo trajera. Y por eso Zenón Jenaro se daba tanta importancia y me miraba de aquella manera, con tanto desprecio, cuando me veía entrar en el salón y quedarme arrinconado y calladito observando el rito del desayuno en el salón de la Rusa. Y aunque al principio no decía nada, de vez en cuando sacaba la cabeza del armazón del piano, dejaba la herramienta, se secaba el sudor para demostrar que el trabajo que realizaba era muy costoso, y me miraba con desprecio, como si no me mereciera estar allí, como a un culicagao. Pero yo le aguantaba la mirada y lo desafiaba sin dirigirle la palabra, sólo con el gesto.

Y fue el propio Zenón Jenaro quien me dio alcance un día a mitad del camino de Baracoa y me dijo muy seco:

—Corre a avisar a don Antolín, y que venga enseguida.

—Corre tú, que yo tengo cosas que hacer —le dije tan seco y cortante como él en vez de preguntarle qué ocurría.

—Apúrate y no me discutas —me dijo dándome un bofetón.

—Tengo que acompañar a Jean Philippe. Me está esperando.

—Pues lo acompañas otro día. Ahora corre y avisa al matasanos. Y no te demores más.

Me quedé clavado en el camino desafiándolo mientras se alejaba. Se detuvo, se volvió y me dijo.

—La Nena Tonta está enferma.

No le hice ninguna pregunta. Eché a correr y fui hasta la casa del médico. Por el camino dudaba entre avisar del imprevisto a Jean Philippe o dejarlo para después, pero se me había hecho muy tarde aquel día, y dándole vueltas al dilema llegué hasta la casa del médico. Había una gran cola en la puerta esperando para entrar, pero yo me fui directamente pasillo adentro. Me detuvieron con amenazas e insultos pero me colé y llegué hasta el final del pasillo. La puerta estaba cerrada por dentro. Llamé una y otra vez hasta que se entreabrió una rendija, empujé la puerta y me colé. Deudora, mi hermanastra, estaba desnuda, tumbada en la camilla con el culo hacia arriba. Sudaba y miraba como una fiera en celo. Cuando me vio dio un grito y se tapó la cara. Don Antolín estaba rojo y avergonzado, pero poco a poco se fue poniendo furioso.

—Tiene usted que ir ahora mismito al río. Fernanda está enferma. —Y viendo su pasividad insistí—. Se está muriendo.

Deudora gritaba y se mordía los dedos.

—Cállate, chiquilla, que te va a oír todo el mundo —la recriminó el médico—. Y tú vete ahora mismo, que en cuanto pueda voy para allá. Y a ver si aprendes a llamar a las puertas.

—Yo ya llamé antes.

Y me miró como si quisiera estrangularme, pero yo me fui corriendo mientras Deudora se quedaba sollozando.

Cuando llegué al hotel de la Rusa, Jean Philippe ya se había marchado, así que volví al río sin parar de pensar en la Nena Tonta y en el culo de Deudora mirando hacia el techo. Fernanda estaba acostada en la cama de mi mamá, y le habían puesto sábanas nuevas porque venía el médico. Pero el médico llegó a media tarde, después de que la Nena Tonta se hubiera pasado toda la mañana sin sonreír, con la boca abierta, sudando y quejándose lastimosamente. Sudaba sin parar y las gotas le caían por los ojos y le entraban en la boca. Virginia, mi mamá, la secaba con un paño y al momento volvía a estar mojada. Don Leonardo, mi papá, se paseaba de casa al Mambi y del Mambi a casa. Decía entre dientes:

—Maldito ciclón.

Y seguía paseando, fumando y maldiciendo. El médico llegó cuando ya había bajado el calor, y ante las prisas y los nervios de mi mamá sólo dijo:

—No será para tanto.

La Nena Tonta seguía empapada. La examinó y dijo que no tenía fiebre, que serían cosas de su situación.

—¿Qué situación? —preguntó mi papá.

137

—Pues que su hija no es normal, querido amigo. Ésa es su situación. Y cuando alguien no es normal su organismo no funciona con normalidad.

Mi papá se mordió los labios y salió del cuarto hablando por lo bajo. La Nena Tonta estuvo sudando dos o tres semanas, y cada pocos días el médico venía a visitarla, pero no daba explicaciones. Y cuando dejó de sudar le empezaron a dar los ataques. Al principio eran unos segundos en los que se quedaba blanca, abría los ojos y daba un grito como si se estuviera muriendo. Después empezó a gritar con más frecuencia, y al final tuvieron que atarla a la cama para que no rompiera las cosas. Don Antolín se quejó de lo lejos que estaba el recodo del río para tener que venir un día sí y otro no, hasta que mi padre tuvo que ceder para que la llevaran una vez por semana a Baracoa para el tratamiento. Los ataques cesaron en unos meses, pero Fernanda, la Nena Tonta, ya estaba sentenciada a muerte desde el día en que pisó por primera vez la consulta del matasanos.

Al bajar el sol, poco antes de volver al hotel, me he acercado dando un rodeo hasta la plaza de Baracoa. La iglesia estaba cerrada aunque se oían cantos en el interior. El edificio me parece mucho más pequeño que hace cuarenta años, y los muros y la torre no me impresionan ya más que por la suciedad y el abandono. Mientras paseaba por las calles que dan a la plaza, me he sentido como un turista vestido con guayabera, pero al encontrar la placa con el nombre de Elías he mirado alrededor intentado imaginar cuántos de aquellos que me observaban con curiosidad podían saber quién era aquel Elías que le daba nombre a la plaza. Me he acercado a un mulato, que no hacía más que seguirme a distancia ofreciéndome su auto para llevarme al hotel, y le he preguntado:

—¿Podría usted decirme quién es ese Elías que le da nombre a la plaza?

Y el del auto se ha puesto muy contento al ver que podía serme útil en algo:

—Claro, ¿cómo no? E un héroe.

Pero alguien se ha metido en medio de la conversación desde la otra acera:

—Quita, chico, ¿qué va a se un héroe? E un general de aquí mimmitico.

Y han empezado a intervenir todos los que pasaban casualmente por allí y los que hacía un rato que me observaban.

—Nada deso, compay, tú está confundío. Ese Elía e un indígena que luchó contra lo gallego ante de que los sometieran. Le quisieron da candela vivo y en el último momento se traformó en un mosquito y salió volando.

—Tú etá cholo, negro —intervino una niñita de nueve o diez años—. Ese que tú dice e Hatuey.

—Sí, ya yo sé que e Hatuey, pero lo gallego lo llamaban Elía poque era su nombre critiano.

El alboroto iba en aumento, y conforme se acercaba gente al corro iban dando todos su opinión disparatada. Entonces intervino la niñita y casi dejó zanjada la cuestión:

—Utede lo que tendrían que hacer e volver otra ve a la ecuela y aprender la letrasss. Ese Elía fue un inventor de Baracoa.

Y nadie se atrevió a replicar.

Cuando Elías se quedó cocinadito y lo enterraron, mi papá dobló la edad y envejeció en unos pocos días. Yo apenas tenía dos o tres años, pero Elisenda lo recordaba, y mi mamá también aunque no era hijo suyo. Don Leonardo decidió que la memoria de su primogénito debía quedar primero entre los que le habían sobrevivido y después entre las generaciones futuras. Antes de nada decidió darle el nombre de Elías a una hacienda que había heredado de su abuelo, pero nadie se acordaba nunca de llamarla, por la fuerza de la costumbre, con el nombre del hijo de don Leonardo. Por eso propuso que la plaza de la iglesia de Baracoa debía llevar el nombre de aquel que tanto había hecho por el pueblo. Se presentó ante el alcalde y se lo planteó, pero éste se lo quitó de encima de muy buenas maneras diciéndole que ya se estudiaría la propuesta. Y como la propuesta no prosperaba mi papá decidió presentarse por primera vez a alcalde y fracasó. Luego, cuando se presentó don Antolín y ganó por su dinero y por las promesas de una carretera, mi papá volvió a intentarlo. Como el médico sabía que mi papá podía ser un contrincante serio para el cargo, decidió dar curso a la petición de don Leonardo. Mi papá habló ante la asamblea para convencerlos de que Baracoa debía cambiar su nombre por el de Elías, que tanto había hecho por sus gentes. Los asistentes se dividían por partes iguales a favor y en contra.

—Mientras yo sea alcalde, nadie le va a cambiar el nombre a este pueblo —aseguró don Antolín.

—Pues entonces tendrá usted que dejar de ser alcalde, porque eso va palante como que me llamo don Leonardo.

Y casi llegaron a las manos. Pero la cosa no pasó de ahí.

Nadie en el río Miel podía explicarse cómo de una mujer tan torpe podía nacer un hijo tan distinguido. La mamá de Elías se llamaba Marcela, era soltera y torpe, la mujer más torpe que mi mamá recuerda. Era mulata y muy aficionada a la santería. Practicaba la regla de Ocha y le limpiaba los dientes a su hijo con orines para que se le pusieran más blancos. Elías no se parecía en nada a su mamá. Tampoco a don Leonardo, por lo que cuentan; todo hay que decirlo. A lo ocho años inventó unos zapatos que hacían más altas a las mujeres. Y todos se dieron cuenta entonces de que el bastardo de don Leonardo no se parecía a los demás. A los nueve años inventó un bastón para los que eran al mismo tiempo cojos y mancos, y fabricó también varias flautas con un sonido que nadie había escuchado hasta entonces. Era noble y de buen corazón. Le gustaba inventar y regalar sus inventos. Se veía gratificado únicamente con la admiración de la gente. Después del Ciclón Cayetana inventó una casa para refugiarse. La casa tenía apenas unos pies de altura, un techo casi plano y estaba excavada en el suelo, de manera que el viento apenas tenía nada que llevarse. En el recodo del río todos la llamábamos la Cayetana, por el nombre del ciclón. Inventó un artefacto de aseo para que el agua cayera desde el techo sin tener que echársela con cubos. Le fabricó a la Nena Chica un timbre para avisar de las visitas a medianoche. Construyó un saco con ruedas que no había que colgárselo al hombro, un armario que era una habitación entera y que se podía transportar de un sitio a otro como una casa móvil, e incluso se podía arrastrar por cuatro o cinco mulas. Afortunadamente Elías nunca supo que aquellas cosas ya existían en otros lugares lejanos. Nadie en Baracoa ni en el recodo del río Miel sabía que aquellas cosas ya estaban inventadas, y cuando lo supieron después de la muerte del inventor no le quitaron mérito por eso. Si algún marinero llegaba a Baracoa, Elías se acercaba a preguntar por el progreso. Y el marinero decía:

—En los hoteles de la capital hay unas habitaciones en donde uno va a hacer sus necesidades y el suelo se lo traga todo y lo hace desaparecer bajo tierra.

Elías hacía entonces un dibujo y fabricaba un enorme orinal fijo en un punto de la habitación, y por un tubo que le colocaba debajo hacía que todas las heces salieran de la cabaña. Pero nadie se acostumbraba a hacer sus necesidades en el interior de la vivienda, y al final se quedó como objeto de museo. Inventó también una cama redonda para poder ver el dormitorio desde un punto distinto cada noche y así combatir la monotonía. Inventó un tubo largo que salía desde una cabaña a otra y que servía para comunicarse con el vecino. Cuando las viviendas estaban muy alejadas, Elías alargaba el tubo para que todos pudieran hablar con todos, por muy distantes que estuviesen, aunque para eso tuvieran que andar dándose los recados unos a otros por el tubo hasta que el mensaje llegara a la cabaña precisa. Sirviéndose de los burros realizó grandes inventos, como un ventilador que colgaron en lo alto de la destilería de ron. También un carro que se desplazaba con una sola rueda haciéndolo más veloz. Y una noria que tirada por un burro que daba vueltas sacaba el agua del río. Inventó una bomba de agua, una silla para las almorranas, una cocina de carbón, una cama para cuatro niños, un detector de metales que lo arrancaba todo del suelo a su paso, y un enorme artefacto movido por el viento que a través de varias poleas hacía golpear un mazo inmenso para moler café. Cuando don Augusto se casó con Irina, les fabricó para la cabaña una puerta que se abría en los dos sentidos, pero la quitaron cuando Elías se quedó cocinadito porque producía accidentes más que otra cosa. Pero el gran invento de Elías fue sin duda aquel que luego le costaría la vida. Cuando llegó la Rusa a Baracoa pasaba muchas horas hablando con mi

143

hermanastro, seguramente porque lo encontraba inteligente y cultivado, aunque fuera algo extravagante. Elías, como hacía con los marineros, preguntaba por la ciencia y el progreso en las grandes ciudades, y la Rusa le contaba lo que sabía. Pero cuando le dijo que en su ciudad había lámparas que se encendían por la noche e iluminaban no sólo las habitaciones sino también las calles, Elías ya no pudo dejar de pensar en aquello. Fue la obra de sus dos últimos años. Dejó a un lado todos los inventos y se dedicó exclusivamente a pensar en aquel progreso, y a imaginar las cabañas iluminadas por la noche, el malecón con luz en plena noche, la destilería trabajando día y noche ininterrumpidamente. Mi hermanastro no era un loco, pero su aislamiento acabó con él. Con muchos años de retraso Elías llegó a producir electricidad y a construir un foco de luz incandescente, pero hasta que no llegaron los tendidos eléctricos avanzando desde la sierra no comprendió del todo que Edison había hecho lo mismo, y más perfecto, años atrás.

Cuando Jean Philippe me contaba cosas de su ciudad, yo no podía evitar pensar en Elías. Los puentes, los bulevares y las barcazas atravesando el río me parecían historias fantásticas que el francés inventaba para dejarme boquiabierto. Y sin embargo Elías se lo hubiera creído todo.

A Deudora, cómo no, también le gustaban las historias de Jean Philippe. Las escuchaba escondida entre los árboles o detrás de las puertas. Y aunque creía que nadie la veía, yo sabía que nos estaba observando a cada momento. Lo sabía desde hacía mucho tiempo, casi desde la llegada de Jean Philippe, desde la misma mañana en que se quitó la blusa dejando al descubierto sus pechos oscuros y puntiagudos, y me dijo:

—Anda, dime, Robertico, ¿te parece que soy una mujer hermosa?

Y yo no sabía si aquello era hermoso o no, pero la miré como si mirara una pared, y me encogí de hombros. Deudora me agarró la mano y me la puso sobre un pecho.

—Dime, Robertico, ¿te parece que soy hermosa?

—Deudora, yo soy un niño y no puedo saber de esas cosas.

—No eres un niño, miamol; con tu edad y con ese cuerpo ya no eres ningún niño. Ya he visto cómo te afeitas con la navaja de mi papá y cómo rondas El Mambi olisqueando por todas las ventanas a las hijas de la Nena Chica.

—¿Tú qué sabrás de eso?

—Nada, Robertico. Sólo que ya no eres un niño, aunque no te hayas dado cuenta. ¿No sientes al tocarme como una brasa que te quema entre las piernas? Mira, miamol, cómo se te ha puesto. Eso es que te parezco hermosa, ¿verdad, Robertico? ¿Y tú crees que le pareceré hermosa a tu amigo el pintor?

—¿Por qué no se lo preguntas como has hecho conmigo?

—Porque tú eres mi hermanastro y él no. Estas cosas se pueden preguntar a un hermanastro, pero no a un francés. ¿Querrás hacerlo por mí?

Y yo le dije que sí para que se fuera contenta, por no decirle que cuando hablaba el pintor no le entendía ninguna palabra. Y cada día que pasaba yo sentía la presencia de Deudora espiando entre las sombras. A veces me parecía verla agazapada junto a una palmera, o detrás de unas piedras. Otras, llegaba incluso a oler el pachulí de la mora. Y por eso, cuando Jean Philippe empezó a hablar en mi lengua y yo lo entendía, le pregunté:

—Ya yo sé que tú estás muy cansado, pero quería preguntarte algo: ¿Tú crees que Deudora es una mujer hermosa?

—¿Deudora? Claro que es una mujer hermosa.

—¿Y no te quema aquí abajo cuando la ves, como si tuvieras un carbón encendido? —Jean Philippe se echó a reír—. ¿Verdad que no? —insistí gritando para que Deudora lo escuchara—. Ya yo pensé que no te quemaría.

Y sentí cierto placer al imaginar la cara de Deudora escuchando las palabras de mi amigo no muy lejos de allí. Por eso se burló tanto de Paulino y de mí cuando fuimos a preguntarle todas aquellas cosas que no sabíamos. Y si se quitó la ropa fue para ver cómo nos encendíamos. Bien sabía ella si se hacía por delante o por detrás, pero lo único que pretendía era vengarse. Y acudió entonces a la Santera, todo el día corriendo detrás de la Santera. Acudió al Gato, como última salvación. Acudió a las tretas femeninas, a los celos y a todo cuanto estuvo en sus manos. Empezó a perderse por los barracones de los pescadores, a cruzarse medio desnuda con los obreros del ron y del tabaco cuando iban o venían de Baracoa, a echarse el pachulí de su mamá, a bañarse varias veces al día y a pasar horas enteras alisándose el cabello. Parecía un animal en celo con la boca entreabierta y los dientes tan blancos, con la respiración entrecortada y los ojos encendidos por el deseo. Pero Jean Philippe no se daba cuenta de nada.

La veía pasar por delante de él hasta tres y cuatro veces, y no se daba cuenta de sus intenciones. La veía bailando provocadora delante de su mesa, y él apenas se volvía la cabeza para mirarla. Los ojos de Jean Philippe eran sólo para la pintura, y su bragueta le pertenecía a la hija mayor de la Nena Chica, la más puta. Deudora entonces empezó a llevarse los clientes del local y a revolcarse con ellos sin cobrarles. Se llevaba a tres o cuatro en una sola noche, a veces al mismo tiempo, y la Nena Chica tardó en darse cuenta de lo que ocurría. Hasta que vio que cada día entraban menos pesos en la caja y que la gente se iba a los barracones a tomar en lugar de hacerlo mientras jugaba en El Mambí, oyendo el radio y haciendo cola para acostarse con sus hijas. Entonces empezó a sospechar que había injerencias en su negocio. Husmeó por los barracones, por los embarcaderos y por los lugares oscuros. Hasta que alguien le vino con el cuento y ella dio un puñetazo en la barra y gritó:

—No me gutan la sssinjerencia, ¿tú sabe?

Y el año del Ciclón Apolonia sorprendió a mi hermanastra bañándose desnuda con un pescador, a pesar de que Deudora tomaba precauciones para que nadie la sorprendiera. Pero la Nena Chica la estuvo acechando hasta que la descubrió, la arrastró por los pelos y la sacó del agua gritándole:

—No me gutan la sssinjerencia, muchachica, ya sabe que no me gutan la sssinjerencia.

Y cuando la tuvo en tierra firme empezó a morderle y a arrancarle los cabellos, hasta que apareció mi papá y tuvo que soltarla.

—Esto va de mi cuenta —dijo don Leonardo.

Y le dio de palos a su hija hasta que se cansó. Deudora, sin embargo, no se quitó de la cabeza a Jean Philippe. Luchó durante años por llamar su atención. Acudió al yerbero cuando vio que no conseguía nada, y se lo restregó por la cara al francés como hace una enamorada despechada. Buscó despertar su pasión dándole celos con cualquiera que se cruzara en su camino, pero Jean Philippe la ignoraba, encoñado como estaba con la hija mayor de la Nena Chica, la más puta.

La Nena Chica aprovechó la confusión que se produjo cuando se descubrió el robo del libro de Paulino para enredar a Jean Philippe y llevarlo a su cama con la hija mayor, seguramente la que más cerca tenía en ese momento. Primero probó conmigo para atraerse a Jean Philippe, pero yo escurría el bulto como si fuera un niño, haciéndole ver que no entendía de aquellas cosas. Sin embargo ella veía que sí entendía, porque aunque no decía nada sabía que todas las noches yo acudía a la orilla del río, lejos de las cabañas, para verla bañarse desnuda. Por eso cantaba canciones picantes mientras la luz de la luna hacía brillar su piel negra. Y aunque yo siempre me juraba que aquélla iba a ser la última vez, a la noche siguiente volvía como un condenado para ver aquel espectáculo que tan fascinado me tenía. Y la Nena Chica sabía que yo la miraba, aunque fingiera lo contrario, y por eso durante el día me buscaba en los rincones, me achuchaba y me ponía nervioso, tan nervioso que era capaz de dejarme sin habla. Hasta que un día se soltó la blusa, me puso las tetas delante de las narices, y aunque era a pleno sol, mientras tendía la ropa, me siguieron pareciendo dos lunas enormes.

—Mira, Robertico, lo que te pierde por andá por ahí malgatando el tiempo. Ve eta noche a mi locá cuando se haya ido to el mundo y serán sólo pa ti.

Pero yo ya hacía años que iba todas las noches a su local sin que nadie me viera, y me quedaba rondando y olisqueando a través de las ventas por si veía a Marilín. Casi nunca la veía, y si alguna vez llegué a atisbarla entre las sombras me torturaba tanto verla revolcándose con aquellos babosos, que perdía el sueño para tres o cuatro días. Y la cosa empeoró cuando me presenté con las flores para Marilín. Porque su mamá se dio cuenta de mi debilidad y ya no dejó de hacerme la vida imposible en mucho tiempo. Primero porque quería liar a su pequeña con el francés, que era mi amigo, y segundo porque cuando me veía aparecer en El Mambi decía a voz en grito al primero que tuviera cerca:

—Mira, negro, eta noche no puede sé con mi Marilín poque la tengo ocupá hata tarde, pero vente mañana a primera hora y será todica tuya.

Y yo me retorcía por dentro porque sabía que lo decía para que yo la oyera. Luego volvía a acosarme, y me mandaba recados a todas horas para hacerme entrar en su cuarto. Y unas veces estaba desnuda y otras tumbada sobre la cama mirándome como una enorme ballena negra. Hasta que un día me dijo:

—¿Qué tendrá, cosalinda, que me tiene loquica?

Y yo salí corriendo, como si me hubiera encontrado al diablo, sin tiempo apenas para oírla decir:

—Qué látima que no crezca ma deprisa.

Por eso, cuando vi que Jean Philippe se encoñaba con la hija mayor, descansé tranquilo por Marilín, y hasta le di mi aprobación diciéndole:

149

—Buena chica, viejo. Seguro.

Pero por dentro me parecía la más puta, porque tenía la sangre mala y se burlaba de su hermana pequeña, y fue la que se reía con más fuerza el día que me vio aparecer con el ramo de flores y las botas de mi papá. Y cuando me desmayé y abrí los ojos la vi tirando de su hermana y gritándole:

—Tú eres una zorra, Marilín, una zorra. Una cosa son los negocios y otra las tonterías. Y más con un culicagao como éste.

La Nena Chica aprovechó la confusión de la batida que había organizado mi papá para enredar a Jean Philippe, y mientras todos andábamos buscando el libro de Paulino ella se lo llevó a su propia cama, le dio ron y le puso arroz con frijoles para que tuviera la barriga llena. Y si no hubiera sido porque yo ya lo había soñado antes, habría jurado que la ladrona fue la propia Nena Chica para despistar la atención de todo el mundo y poder dejar a solas a su hija con el francés, jalado y con la barriga llena. Pero yo lo había soñado con los ojos abiertos, aunque al principio tardé un tiempo en acordarme.

Un día de paga se presentó Paulino en El Mambi. Venía nervioso y con el rostro transformado. Me cogió por un brazo y me dijo:

—Ha desaparecido un libro. No lo encuentro por ningún sitio.

El asunto me pareció grave, y sin embargo traté de serenarlo y quitarle importancia.

—Para, chico, para. Lo habrás extraviado. Ahora mismo vamos a buscarlo los dos.

—No, Robertico, no. Llevo toda la tarde buscándolo y no aparece.

—Haz memoria. Lo pondrías en alguna otra parte.

—Lo he revuelto todo y no aparece por ningún sitio.

—No te apures, que verás cómo aparece.

Me fui hasta don Leonardo, que estaba jugando a los aros, y se lo solté así mismo:

—Mire, Paulino tiene un problema: le ha desaparecido un libro.

Pero mi papá me ignoró. Me apartó con la mano y siguió lanzando.

—Ahora no. ¿No ves que estoy ocupado?

Y como no sabía qué hacer me fui a la Nena Chica y se lo conté. A ella también debió de parecerle grave el asunto, como a mí, porque al momento se echó las manos a la cabeza y gritó:

—Tenemo un ladrón, chico. Eso ha sío un ladrón.

Y todo el mundo la miró. Luego se fue hacia mi papá y se lo soltó así:

—Don Leonardo, aquí hace falta su autoridá. Tenemo un ladrón, y a lo mejol está horita aquí entre nosotro.

Mi papá soltó los aros y se fue para Paulino. Lo interrogó. Le hizo las mismas preguntas una y otra vez.

—Es un libro pequeño, con la portada verde. Trata sobre el arte de amar, y es un recuerdo de mi mamá.

Don Leonardo se puso nervioso, muy nervioso. Miró para uno y otro lado sin saber qué decir.

—Aquí hace falta su autoridá —volvió a soltarle la Nena Chica—. Si consentimo que eto suceda, acabaremo como lo animale.

Y los demás corearon a la Nena Chica esperando la reacción de mi papá. Don Leonardo levantó las manos y empezó a dar órdenes como si necesitara demostrar así su autoridad.

—Si alguien se ha apropiado indebidamente del libro de Paulino, que lo diga ahora mismo y no sucederá nada. —Y guardó un rato de silencio en el que sólo se escuchaba el radio al fondo—. Pues bien, en ese caso vamos a organizarnos y a buscarlo por todas partes. Vamos a demostrarnos a nosotros mismos que en el río vive gente civilizada a pesar de lo que diga el matasanos. Nos vamos a dividir y vamos a buscar por todos sitios. No quiero que quede una sola piedra sin remover, ni un rincón, ni un solo hogar sin registrar. Que alguien vaya a buscar antorchas, y los demás vayan dejando el juego hasta que aparezca el libro.

Casi nadie sabía qué cosa era un libro, pero todos respondieron a la llamada de mi papá, y hasta bien entrada la noche batieron la selva y los embarcaderos, las cabañas de los pescadores, los rincones oscuros e incluso las barcas, por si se había ocultado allí el ladrón. La Nena Chica aprovechó la confusión para coger a Jean Philippe del brazo y llevárselo para dentro.

—Tú no, chico, tú no vaya. Eso e para la gente de aquí, que conoce lo rincone. Si te pierde en la oscuridá mañana habría que organizá otra batida pa bucarte, y ya etá bien con una sola degracia.

Jean Philippe se dejó llevar porque andaba un poco bebido y aturdido por el jaleo. La Nena Chica le llenó el vaso una y otra vez, y le dio arroz con frijoles para que tuviera la barriga llena, y luego le metió en la cama a la mayor de sus hijas, la más puta. Le había alquilado a doña Zita un carmín para los labios, zapatos de tacón fino, un pañuelo para el cuello y dos pulseras de nácar. Por eso al principio me pareció que la cosa del robo había partido de la Nena Chica. Sin embargo luego me acordé del sueño que había tenido mucho tiempo atrás, y aunque lo veía claro no me atrevía a decir nada, porque no era más que una imagen muy vaga, y además tenía los ojos abiertos cuando lo soñé. Pero la cosa fue yendo a más, y cuando al amanecer no encontraron nada la gente empezó a echarle la culpa al Gato. Y aunque al principio no lo decían muy alto, poco a poco se fue escuchando más fuerte:

—El Gato, ha sido el Gato. Yo lo vi rondando la casa de don Augusto anoche.

—Yo también lo vi. Y ya me pareció muy sospechoso, pero no dije nada.

Y así se fue corriendo la voz hasta que todos aseguraban que el Gato era el culpable, que lo habían visto con el libro entre las manos debajo de la ceiba gigante, a pesar de que casi nadie sabía qué era un libro. Y cuanto más se oían las voces, más claro veía yo a don Leonardo andando de puntillas por la cabaña de Paulino. Mi amigo dormía en su camastro y no vio a don Leonardo entrar. Lucio estaba echado en el suelo y movía la cabeza de un lado a otro con la boca abierta y los ojos idos. Mi papá pisaba con la punta de las botas. Pasó junto a Paulino y le dio un caramelo a Lucio para que se quedara callado. Don Leonardo empezó a husmear entre los libros, abrió unos cuantos y los miró al derecho y al revés. Los olió como si buscara impregnarse de algo, y finalmente se metió uno por debajo de la ropa, manteniéndolo sujeto con el cinturón. Volvió a pasar junto al camastro

153

de Paulino y salió de la cabaña. Yo lo vi alejarse hacia la destilería, entrar a su cuarto, cerrar la ventana y abrir el libro. Después, cuando comprendió que no conseguía ningún resultado extraordinario, lo metió en el cajón de un mueble y lo cubrió con un paño. De repente abrí los ojos y me encontré sentado en el embarcadero, junto a la Nena Tonta, con los pies colgados sobre el agua. Cuando me terminé de dar cuenta de lo que realmente había ocurrido, la gente ya había empezado a correr hacia la ceiba gigante buscando al Gato y gritando:

—El Gato, ha sido el Gato. Hay que ahorcarlo.

Llegué en cuatro zancadas, pero ya lo tenían con las manos atadas y la soga al cuello. No se había resistido. Estaba tan borracho que ni siquiera intentó desatarse. Reía y abría su bocaza; y, aunque daba miedo verlo y oírlo, la gente no desistía de su empeño, envalentonados por la multitud que jaleaba cada bravuconada.

—Arriba con él —gritó alguien.

Y entonces fue cuando me abrí paso entre la muchedumbre y me coloqué en el centro del corro tirando de los pies del Gato hacia el suelo.

—No ha sido el Gato. Soltadlo. Yo sé dónde está ese libro.

Y eché a correr hacia el cuarto de mi papá. Abrí un cajón y saqué el libro que había oculto debajo de un paño.

—Lo soñé —les dije—. Hace tiempo que lo soñé, pero no me había acordado hasta este momento.

Me miraron sin creer mis palabras. Pero al hijo de don Leonardo no se atrevieron a levantarle la mano. Mi papá me cogió de una oreja y me levantó por el aire. Luego me dijo:

—Ya trataré yo el asunto contigo después.

Sin embargo mi papá no volvió a hablarme jamás de aquello.

Cuando le quitaron las ataduras de las manos y lo soltaron, el Gato se desplomó produciendo un ruido seco en el suelo, como si se hubiera caído la ceiba gigante fulminada por un rayo. La gente que se había amontonado a su alrededor empezó a dar un paso atrás y a hacer cada vez más ancho el corro. Parecía que el Gato estaba ya sereno. No me daba miedo mirarlo, ni estar a su lado, ni me dio miedo tampoco cuando se incorporó apoyándose en mí y me dijo:

—Muchacho, llegaste justico.

Aquel día le perdí el miedo al Gato y empecé a aprender otras cosas que jamás imaginé que existieran.

La única persona que podía preocuparme por lo que pensara del robo era la dulce Marilín. Confiaba en que Paulino no me creyera capaz de robarle un libro, y Jean Philippe había estado tan borracho que no se enteró de lo que había sucedido. Yo tampoco puse mucho interés en darle detalles, pues lo que me interesaba era saber qué había ocurrido con la hija mayor de la Nena Chica. Entonces me enteré casualmente de que la dulce Marilín cumplía doce años, y se me ocurrió llevarle unas flores, lo mismo que había visto hacer al yerbero con Elisenda y que tan buen resultado le estaba dando. Recogí las flores más olorosas y llamativas que encontré, me puse las botas de montar de mi papá, y me fui a casa de la Nena Chica. No entré por El Mambí, sino por la parte de atrás, para no tropezarme con toda la familia. Pero en cuanto empujé la puerta me encontré a las ocho hijas sentadas alrededor de una mesa, y al momento empezaron a gritar como si hubieran visto al diablo. Acudió la Nena Chica, y en lugar de enfadarse, como yo creía, al verme clavado junto a la puerta igual que pasmarote se le dibujó una sonrisa en los labios y me miró de arriba abajo deteniéndose especialmente en las flores.

—Vaya sopresa, mijo. Eso sí que no me lo eperaba.

Y ya se acercaba alargando las manos para coger el ramo, cuando le dije titubeando:

—Son para Marilín... Por su cumpleaños.

Y ponerse seria la Nena Chica y sonreír Marilín fue todo la misma cosa. La mamá se quedó petrificada, sin decir nada, y las hermanas empezaron a dirigirse sonrisitas y a darse pataditas por debajo de la mesa mirando a la más pequeña. La dulce Marilín se había ruborizado, pero sin embargo no dejaba de reír. Fui a acercarme y tropecé con las botas en las tablas del suelo. Todas rieron a carcajadas, menos la Nena Chica, y la que se reía con más fuerza era la mayor. Marilín se acercó, y yo noté que las piernas me fallaban. Cogió el ramo y sentí entonces el temblor en los hombros. Me besó en la mejilla, y el temblor se me pasó a las manos, me subió la temperatura y todo empezó a ponerse oscuro y a dar vueltas, hasta que sentí el golpe del suelo contra mi cabeza. Cuando abrí los ojos estaba sentado en la puerta trasera de la casa, y la mayor de las hijas tiraba de su hermana pequeña y le gritaba:

—Tú eres una zorra, Marilín, una zorra. Una cosa son los negocios y otra las tonterías. Y más con un culicagao como éste.

Cuando Jean Philippe se encoñó con la hija mayor de la Nena Chica, abandonó el hotel de la Rusa y se vino a vivir a una cabaña al recodo del río Miel. Yo seguí acompañando a Jean Philippe de un lado a otro todo el día; le mostraba los caminos, le manejaba el burro, lo llevaba a todas partes, pero al volver al río, tan pronto como aparecía la muchacha, yo desaparecía. No podía soportar los aires de importancia que había empezado a darse desde que se aseguró la cama del francés. Incluso la Nena Chica la apartó del trabajo durante un tiempo hasta que se dio cuenta de que Deudora estaba por medio. La hija mayor se pasaba el día arreglándose, lavándose la ropa y mirándose al espejo hasta la hora de regreso del pintor. Luego se iba para su cabaña a recibirlo, pero en lugar de hacerlo en línea recta iba dando un gran rodeo y pasando delante de todas las vecinas para que vieran lo limpia y guapa que iba a ver a su hombre. Deudora le escupía desde lejos, o le tiraba piedras, o le gritaba lo zorra que era, pero no era capaz de hacer otra cosa. En lugar de plantarle cara acudía a la Santera y pasaba horas y horas repitiendo letanías oscuras, consultando el oráculo de Biaguué o realizando sortilegios para espantar del lado del pintor a la hija mayor de la Nena Chica. Por eso, cuando se cruzó con el yerbero y vio que quería chulearla, no le dijo que no. Y aunque lo veía como a un criminal por lo que le había hecho a Delfina y por lo que estaba empezando a hacerle a su hermanastra Elisenda, lo miró con buenos ojos y se esforzó por verlo guapito y lindo. El yerbero tenía demasiada chulería, pero eso parecía gustarles a algunas mujeres. A Elisenda le gustaba, o al menos no le desagradaba mucho, porque en cuanto el yerbero empezó a rondarla por la tienda de su mamá, en Baracoa, no tardó en seguirlo con el rabillo del ojo, en observarlo detrás de las ventanas mientras él pasaba con su carro por la calle. Se puso pendientes los días de diario, y se echó pachulí. El yerbero, a su vez, la seguía de lejos cuando caminaba por el malecón o hacía las entregas de doña Zita, su mamá, para alguna boda o un funeral. Si Elisenda se quedaba sola en el local de doña Zita, el yerbero aprovechaba para entrar a ver la mercancía.

—¿Qué tienes, guapa, que pueda servirme?

—De todo, negro, de todo. Echa un vistazo, y dime no más lo que te gusta.

El yerbero la miraba de arriba abajo.

—Pues me gusta todo, negra, todico.

Y Elisenda, que tenía desparpajo a pesar de ser un poco fea, se reía sin ruborizarse y le decía:

—Te hablo de la mercancía, chico, de la mercancía no más. Dime lo que quieres, que aquí lo vas a encontrar.

Y el yerbero miraba la mercancía que cubría las paredes del local como si realmente estuviera buscando algo.

—¿Lo que sea?

—Lo que quieras, negro. Tengo de lo que quieras. No te dé pena mirar. Para ti o para tu novia —y Elisenda lo decía sabiendo que el yerbero tenía mucha chulería y había dejado a su amiga Delfina, la hija de Homero, pocos días antes de casarse—. Lo que sea: corbatas, bigotes, floreros, bronces portugueses, sombreros, pestañas postizas, bolitas olorosas, orinales, flores de papel, zapatos de tacón para *leidis*, zapatos de punta para *genleman*, cubos, guantes blancos para ceremonias, abanicos españoles, pelucas, jabón de baño, broches, pajaritas, palanganas, pelucas, tirantes, pañuelos, cintas del pelo, camisones, ropa interior, pulseras, toallas, sábanas bordadas, camisas, colchones en buen estado, cinturones, sortijas, trajes de novia, y trajes de novio.

—Pues a lo mejor voy a necesitar uno.

—¿Un traje de novio?

—Eso mismo.

—Pues es un peso al día más los desperfectos, si lo traes manchado o roto.

—Todavía no, chica, primero tengo que encontrar a la novia.

—Pues de eso no tenemos.

Y el yerbero, que tenía mucho verbo, le decía con picardía:

—¿Quién sabe, cosalinda? A lo mejor resulta que sí.

Cuando doña Zita se enteró de que su hija andaba de pláticas con el yerbero, se puso de uñas. Primero montó en cólera delante de Elisenda, y después le fue con el cuento a don Leonardo, el papá de la muchacha. A don Leonardo tampoco le caía en gracia el yerbero, y mucho menos desde que se enteró de que se dedicaba a la candonga y al trueque. Por eso le dijo a doña Zita:

—Eso lo soluciono yo. Mañana me la mandas a mi casa y allí la voy a tener hasta que se olvide de él.

Y doña Zita hizo lo que le dijo don Leonardo, la mandó al recodo del río Miel. Elisenda se instaló en mi casa, porque Virginia, mi mamá, siempre la había querido como a una hija y también a ella le preocupaban las malas compañías. Cuando le dijeron a Delfina que el yerbero rondaba a Elisenda, no movió el gesto, sino que se quedó mirando la olla, se puso las manos en la cintura y dijo:

—Que se vaya pal carajo.

El yerbero, sin embargo, no se echó atrás por la distancia, y después de mucho tiempo sin poner los pies por el río volvió por allí con su carro oloroso, como si no hubiera ocurrido nada. Como mi papá tenía que pasar muchos meses fuera con el café, el tabaco y la zafra, apenas se enteró de lo que ocurría en su casa. Y cuando vino a descubrir las transformaciones de Elisenda, ya era demasiado tarde. Deudora se aprovechó de la situación en el momento en que se le puso a tiro el yerbero, y aunque vio que quería chulearla no le dijo que no. Se tragó los escrúpulos por lo que le había hecho a Delfina y por lo que estaba empezando a hacerle a su hermanastra Elisenda; lo miró con buenos ojos y se esforzó por verlo guapito y lindo. Todo por refregárselo al francés.

Don Leonardo, mi papá, sólo trataba con doña Zita sobre la educación de su hija. De todo lo demás no quería saber nada. Bastante había hecho ya por ella cuando se le murió el primer esposo. Doña Zita había llegado con su marido a Baracoa para montar un negocio de alquiler. Cuando desembarcaron, lo primero que hizo el marido fue ir a emborracharse y empeñar la mitad de la mercancía. El esposo de doña Zita era un hombre de negocios, pero también un mujeriego. Por eso, al morir, en vez de dejárselo todo a doña Zita, testó a favor de una mulata de dientes blancos y fino talle. Entonces doña Zita acudió a don Leonardo para pedir su ayuda, y mi papá se comprometió a sacarla del atolladero si ella le paría un varón. Y con el cadáver aún caliente hizo que el notario redactara un nuevo testamento a favor de la viuda. Doña Zita a cambio le parió una hembra y le regaló las botas de montar como compensación por el desatino. Pero, como la hembra era fea y no podía casarla, mi papá se fue desentendiendo de ella y cargándosela a doña Zita. Virginia, mi mamá, por el contrario, le fue cogiendo cariño a la muchacha, y seguramente fue la que más sufrió cuando vio aparecer por el recodo del río al yerbero. Ocurrió el año del Ciclón Lucía.

El año del Ciclón Lucía sucedió el accidente de don Augusto, el papá de Paulino, en la destilería de ron. Llegaron al puerto de Baracoa la mujer barbuda, el domador de monos, el recitador de versos, la bailarina, el forzudo, el mago y el encantador de gallinas. Paulino perdió el seso definitivamente por su prima. Se descubrió un extraño artefacto en los almacenes del puerto. La Nena Tonta apareció ahogada en el río. Y yo recé con todas mis fuerzas para que don Antolín, el médico, se muriera.

Don Antolín no se murió. En su lugar se murió Fernanda, la Nena Tonta, sin tener culpa ninguna de lo que había sucedido. Desde que le dieron los ataques fue cambiando poco a poco hasta llegar a la tragedia. Cuando el médico dejó de tratarla, volvió junto a Virginia, mi mamá, que siguió cuidándola hasta el mismo día de su muerte. Pero todos estaban tan entretenidos con la novedad de los cómicos y del cinematógrafo, que sólo yo me di cuenta de la transformación de mi hermana. Primero dejó de sonreír; se pasaba todo el día seria y arisca. Luego dejó de frecuentar el embarcadero; yo echaba en falta su silueta dibujada sobre las aguas del río. Se escondía en los lugares más inverosímiles y aparecía a la hora de acostarse. Hasta el cuerpo le fue cambiando. Perdió el color, le salieron ojeras, apenas comía, y la nariz le

fue engordando. Se quejaba de dolores que yo no podía localizar. Cuando se lo dije a mi mamá apenas prestó
atención, porque después de los ataques cualquier mal le
parecía de poca importancia.

—A la Nena Tonta le duele la barriga —le dije a
Virginia.

Ella la palpó y le quitó importancia.

—Será el dolor miserere.

Antes la gente no se moría por enfermedades, sino
por dolores o por soplos. El médico decía apéndice, y la
gente sabía que era el dolor miserere. Si decía que era un
infarto, enseguida afirmaban que era un soplo. Pero los
dolores de la Nena Tonta eran de otro tipo: la corroían
por dentro y no la dejaban dormir. Hasta que me fui muy
serio a mi mamá y le dije:

—La Nena Tonta está preñada.

Y ella me dio un bofetón y me quitó de en medio.

—¿Qué sabrás tú?

—Me lo dijo ella.

Y tuve que salir corriendo para que Virginia, mi
mamá, no volviera a sacudirme. Cuando se le hinchó el
vientre tuvo que reconocerlo, pero no insistió en averiguar cómo lo sabía yo. La ocultaron en la cabaña y no
la dejaron salir más. La Nena Tonta se fue marchitan-
do como una flor. Don Leonardo, mi papá, se sintió herido
en su honor y empezó a hacer averiguaciones. Indagó,
preguntó por todas partes, pero en todos sitios le respondían lo mismo:

—¿Quién va a ser tan bruto para abusar de una criaturica así, compay?

—Eso quisiera yo saber.

Me fui para mi papá y se lo solté:

—La preñó el matasanos. Él fue quien la forzó.

—¿Tú lo viste?

—No, pero me lo dijo la Nena Tonta. Es decir, yo soñé hace un tiempo que me lo decía, y luego ella me lo dijo.

Y mi papá no hizo ademán de pegarme. Se quedó pensando un rato, luego se fue a donde la Nena Tonta y le preguntó:

—¿Quién fue, hija? Dime quién fue el que te hizo esto.

Pero la Nena Tonta no hacía otra cosa que lamentarse. Cuando vieron que la cosa iba a más y nadie podía pararla, acudieron a la Santera para que pusiera remedio a la desgracia. Parecía como si Fernanda supiera lo que iban a hacer con ella. Tuvieron que atarla para que se estuviera quieta. Y también le taparon la boca, porque sus gritos de horror se escuchaban en toda la selva, e incluso en las haciendas más lejanas. Le arrancaron un feto de cinco meses. Tenía un rabo como el de los puercos, corto y enroscado. Don Leonardo en cuanto lo vio juró que era el diablo. Cogió el feto, lo lió en un trapo y se lo llevó a don Antolín para que lo viera. A mí me parecía que mi papá había creído en mis palabras, pero nunca fue capaz de decirme nada; ni mencionarlo desde aquel día.

Fue poco después cuando llegó hasta nuestra cabaña Severina, la mamá de Deudora, dando gritos y alarmando a todo el mundo. No se le entendía nada, pero yo sabía que algo grave había ocurrido. Enseguida pensé en la Nena Tonta, y adiviné lo que pasaba, igual que si lo hubiera soñado. Luego recordé que lo había soñado hacía tiempo.

—Es Fernanda, tu hija, que se ha tirado al río.

Mi mamá dio un grito y echó a correr hacia los embarcaderos sintiendo que aquello ya lo había vivido antes. Severina seguía dándole explicaciones por el camino:

—Salió corriendo como si la poseyera el diablo. Iba llorando y gritando. La vieron desde el local de la Nena Chica, pero no pudieron hacer nada. Corría tan rápido que no consiguieron llegar a tiempo. Saltó al río y se hundió.

Cuando nos asomamos a los embarcaderos empezó a llover. Los pescadores se habían lanzado al agua y se sumergían una y otra vez volviendo a la superficie con un gesto de impotencia. Mi mamá llamaba a gritos a su hija y lloraba desconsoladamente. Estuvo lloviendo durante una semana. Por eso no pudieron encontrar el cuerpo. Las aguas del río empezaron a bajar crecidas y cada vez más turbias. Don Augusto tuvo que abofetear a mi mamá para que no se arrojara al río. Las mujeres la retuvieron en nuestra cabaña por si se le ocurría hacer alguna locura. A los siete días, siete días sin parar de llover, decidieron llamar al Gato para celebrar el entierro sin el cuerpo de la Nena Tonta. Mi mamá se puso como una loca en cuanto oyó mencionar al Gato. Don Leonardo, mi papá, estaba en la zafra, y aunque le mandaron recado no pudo venir hasta dos meses después, cuando pasaron las lluvias.

También ocurrió el año del Ciclón Lucía que Paulino terminó de perder el seso por su prima, aunque aquello ya lo veía venir desde que pasó el Ciclón Sofía, por los días en que mi papá trajo el radio al Mambí. Cuando el Lucía se alejó del todo y ya apenas quedaban más que sus secuelas, Paulino seguía como aturdido por el viento.

Pero no era el viento. Su voluntad se iba debilitando sin que él pudiera luchar contra eso. Paulino era ya el único que le prestaba atención a Homero. Y no lo hacía porque fuera su tío, que a fin de cuentas era lo más lógico, sino por ser el papá de Delfina. Se pasaba horas oyéndolo recitar. Se sentaba debajo de un árbol y seguía con atención cada una de las palabras y de los gestos de Homero:

—*Jos fáto, Patróklos de fíli epepeicecetaíro, ek dágague klisíes Briséida kalipáreon.*

Y Paulino decía a todo que sí con la cabeza, como si Homero estuviera cuerdo. Después lo acompañaba al Mambí y, mientras el papá de Delfina recitaba delante de todos, él pasaba un sombrero para recoger monedas, y si le echaban plata era más por la admiración que sentían hacia el muchacho que por la gracia que pudiera hacerles ya Homero después de tanto tiempo viéndolo desvariar.

Yo había empezado entontes a imitar los gestos de Jean Philippe. El día en que la dulce Marilín cumplió doce años el francés me regaló dos lápices y una libreta en blanco para compensarme por el mal trago que había pasado delante de la Nena Chica y de sus hijas. Desde ese momento empecé a simular los mismos trazos que mi amigo y trataba de dibujar todo aquello que estaba quieto, fuera planta, animal o piedra. A Jean Philippe le parecía sorprendente que fuera capaz de aprender con tanta rapidez sin haber visto ni hecho antes nada pareci-do en mi vida. A mí también empezaba a parecerme que allí había algo de magia, pero no lo pensaba mucho sino que me dedicaba a seguirlo a todas partes y a intentar re-producir en mi libreta lo que él plasmaba en sus cuadros, aunque nunca se llegó a parecer una cosa a la otra.

Quise dibujar a Paulino, pero no conseguí que se estuviera quieto. Lo até a una columna, pero tampoco así dejó de moverse. Él fue quien se empeñó en que lo dibujara para hacerle un regalo a su prima. Entonces me lo soltó de repente:

—Óyeme, Robertico, ¿ya tú has fornicado alguna vez?

No le dije ni que sí ni que no, porque no sabía bien si era otro de sus muchos desvaríos o si tenía verdadera curiosidad por saberlo.

—No sé, chico, puede que sí o puede que no. No sé qué cosa me estás preguntando, pero si no dejas de moverte esto no se te va a parecer en nada.

—Digo que si tú has follado con una mujer, ¿tú sabes?

—Sí, yo sé. Yo ya veo que tú sí.

—Yo no. ¿Y tú?

—No, chico; follar, follar, no. Vamos, creo que no. Pero no te muevas.

—¿Y tú crees que será cosa fácil?

—Seguro, chico, coser y cantar.

Pero Paulino seguía inquieto, sin parar de moverse, aunque estaba atado a un poste.

—¿Y tú crees que eso se hará por delante o por detrás?

—Yo creo que por delante. Vamos, eso me parece.

—¿Y por qué los perros y los puercos lo hacen por detrás?

—¿Y tu prima no lo sabrá?

—No es cosa de preguntárselo. ¿Y si se ríe?

—Pues le dices que era una broma, que tú ya lo sabías, y que querías ver si ella también.

166

—No, chico, eso no. Seguro que tu hermana lo sabe.

—¿Elisenda?

—No, yo digo Deudora.

Entonces se me ocurrió que podía ayudarle. Nos fuimos a casa de Severina, la mamá de Deudora, y dimos la vuelta por detrás. Algunas tardes, al caer el sol, yo había visto a la mora perderse por allí con pescadores, y luego volvía riéndose y abrochándose la blusa. Por eso le dimos la vuelta a la cabaña. Severina había instalado en la parte de atrás uno de los artefactos que inventó años atrás Elías para no tener que echarse el agua por encima con un bote. Era un depósito alto del que colgaba una cadena, y cuando se tiraba de ella caía toda el agua. Oímos el chapoteo y nos escondimos detrás de los puercos.

—Está desnuda —me dijo Paulino.

Pero yo no podía ver nada.

—Eso sí lo habrás visto antes, chico.

—A oscuras, Robertico, sólo a oscuras.

—Pues fíjate bien, porque eso es lo primero que tienes que aprender.

Deudora terminó el agua y se cubrió con una toalla. Se estiró el pelo y enseguida volvió a rizársele. Cantaba y se estiraba el pelo. Entonces salí y me fui directamente hacia ella. Llevaba dos semanas muy brava conmigo, desde que Zenón Jenaro la seguía a todas partes y la achuchaba en los rincones por mi culpa. Yo pensé que ya había pasado tiempo suficiente para que se le fuera el enfado. Me fui hacia ella y se lo solté así mismo:

—Mira, negra, te andábamos buscando, ¿sabes? Necesitamos tu ayuda.

Paulino salió de su escondite y se quedó a cierta distancia, como si le diera miedo el pelo mojado y el cuerpo casi desnudo de mi hermanastra.

—Tienes que colaborarnos. Tú eres mayor y tienes más experiencia, y por eso Paulino y yo queríamos saber...

—Venga, carilarga, suéltalo ya que no puedo perder toda la tarde.

—¿Se folla por delante o por detrás?

Deudora se quedó muy seria, como si estuviera enfadada. Pero al instante empezó a reírse tan fuerte que tuve que pedirle que se callara para que no acudiera la gente.

—¿Y eso por qué lo queréis saber?

—Porque ya tenemos edad, mujer; sólo por eso.

Deudora fingió muy bien. Al principio daba rodeos, decía que nos fuéramos, que a ella no le viniéramos con esa vaina, pero luego se le notaba que pensaba otra cosa. Soltaba y aflojaba hasta que por fin dijo:

—Es muy fácil. Lo vais a ver enseguida.

Yo pensé que se iba a desnudar allí mismo, pero en lugar de eso se fue para mí, me bajó los pantalones y me agarró el paquetico. Luego llamó a Paulino e hizo lo mismo con él.

—Quítense los pantalones y vengan conmigo.

Paulino y yo nos miramos avergonzados sin atrevernos a decir nada. Pero ya no era momento de echarse atrás. La seguimos hasta el corral de los puercos. Ella abrió la puerta y nos hizo entrar, después la cerró.

—¿No han visto nunca cómo lo hacen los animales?

—Sí —respondió Paulino tímidamente.

—Pues lo mismitico. Apúrense y verán.

Deudora me dijo que cogiera a la puerca por detrás, pero yo me hundía en la mierda y me resbalaba.

—Sujétala fuerte, sujétala —me decía sin parar de reír.

Y, cuando por fin la sujeté y conseguí que se estuviera quieta, mi hermanastra me gritó:

—Ahora arrímale el paquetico.

Y Paulino, que hasta ese momento no había hecho otra cosa más que mirar, empezó a hacer lo mismo con otro puerco, y aunque Deudora le gritaba:

—Ése no, que es macho, ése no.

Paulino seguía agarrándolo, igual que yo, y arrimándole el paquetico. El animal se revolcaba, gritaba, y volvía a quedarse paralizado.

—Muy bien, viejo, muy bien.

Y yo me entusiasmaba al ver que lo hacía mejor que Paulino. Tan enfangado estaba en la mierda y tan abstraído sujetando a la puerca, que no me di cuenta de que Deudora se alejaba de nosotros. Mientras yo animaba a Paulino para que sujetara con más fuerza al animal y me hundía una y otra vez hasta las rodillas, la mora salió hasta el embarcadero y empezó a llamar a los pescadores que en ese momento descargaban las barcas. Y lo hizo con tal picardía y sigilo que ni Paulino ni yo comprendimos lo que sucedía hasta que escuchamos unos gritos que nos jaleaban y se burlaban de nosotros. Y sólo cuando me limpié los ojos vi el corral rodeado por los pescadores. Y vi también a Severina, la mamá de Deudora, gritándonos como una endemoniada; y apareció también Jean Philippe, y la hija mayor de la Nena Chica. Aquello fue lo que más me dolió, ver a la mayor de la Nena Chica riéndose de esa manera, enseñando su dentadura blanca y sin parar de reír. Y lo primero que pensé fue que no tardaría en irle con el cuento a la dulce Marilín. Pero Deudora no aparecía por ninguna parte. Se esfumó después de su fechoría para que nadie la relacionase con aquello. Entonces supe que seguía dolida conmigo, tan dolida que había sido capaz de poner buena cara y tragarse su bravura con tal de vengarse de aquella manera. Y pensé que lo mejor era contarlo todo en ese momento, contar lo de Zenón Jenaro achuchándola en los rincones, incluso contar lo del yerbero. Pero luego me di cuenta de que nadie me creería, ni siquiera Paulino, que me miraba desde el suelo, cubierto el rostro de mierda, confuso y humillado.

Cuando Deudora se me acercó con aquella jarra de agua y empezó a hablarme de aquella manera tan melosa, enseguida supuso que había estado tratando con la Santera. Yo la escuché sin decirle nada ni llevarle la contraria. Ni siquiera le confesé que días atrás había visto a la hija mayor de la Nena Chica platicando con la Santera para hacerle un amarre a Jean Philippe, como si ya no estuviera suficientemente amarrado, que cada día salía menos a pintar. Pero Deudora me vino con una jarra de agua arrastrándose como una serpiente y hablándome con voz muy dulce y fingida.

—Tienes que hacerlo por mí, Robertico, que para eso tienes mi misma sangre. Le das de beber esta agua al francés, y si puedes se la echas en el café.

—Se dará cuenta.

—Si lo haces astutamente, no se dará cuenta.

—Pero sospechará algo.

—Si te cuidas, no sospechará. Y luego le quitas el pañuelo y me lo traes.

—¿Te lo dijo así la Santera?

—Sí, pero no tienes que contárselo a nadie, Robertico.

Aquel amarre ya lo conocía yo, y de cuantos lo habían puesto en práctica no sabía de nadie a quien le hubiera dado resultado. Deudora se había bañado en miel, la miel de Oshún, y ahora quería darle de beber a Jean Philippe el agua que se había pasado por sus partes pudendas, y quitarle el pañuelo.

—No te dará resultado —le aseguré.

—¿Por qué, carilarga?

—Porque esa puta negra lo tiene bien amarrado.

Si lo decía era porque lo sabía bien, porque lo había comprobado con mis propios ojos y porque había visto a la hija de la Nena Chica rondar a la Santera e incluso había escuchado cómo ésta le decía:

—Mira, negra, aunque lo tengas ya bien seguro, tú buscas siete lombrices de tierra, mierda de persona, sangre del periodo y pelos de todas las partes de tu cuerpo, luego lo haces todo polvo y se lo das de comer al hombre. Eso no falla, negra, seguro.

Y por eso le dije a mi hermanastra que no le daría resultado, porque yo sabía lo que se estaba cociendo a sus espaldas. Pero ella se puso brava y me respondió:

—Eso ya lo veremos.

Me llevé la jarra con agua sin asegurarle que lo haría. En realidad ni lo pensé, porque acercarme a Jean Philippe cuando estaba la hija mayor de la Nena Chica iba siendo cada vez más difícil. Me llevé el agua a la cabaña, y cuando Zenón Jenaro me preguntó de qué me reía yo le dije que de nada, que eran cosas mías. Pero me reía porque lo había visto beberse de un trago el agua de la jarra sin replicar. Y en lugar de decirle nada me callé y empecé a reír al imaginar la cara que pondría si le dijera por dónde se la había pasado nuestra hermanastra. Por eso sólo le dije:

—De nada, chico, de nada. Son cosas mías.

A los pocos días Deudora volvió a rondarme como una gata, y esperaba el momento apropiado para acercarse y preguntarme:

—¿Lo hiciste, Robertico? ¿Le diste el agua?

—Claro, hermana, no guardes cuidado.

—¿Se la bebió?

—Todica, hasta la última gota.

—¿Le quitaste el pañuelo?

—¿Cómo no? Claro.

—Pues dámelo, Robertico, que lo necesito para hacerle el amarre.

—Mañana, mora, mañana, que ahora no lo llevo conmigo.

Y como insistía tanto tuve que inventarme una argucia y llevarla hasta mi cabaña. Entré y cogí el primer pañuelo que encontré, un pañuelo de Zenón Jenaro. Y desde ese momento todo empezó a salirse de su sitio. Deudora rondaba día y noche a Jean Philippe esperando que éste se fijara en ella. Se cruzaba con él a cada momento, bailaba cerca del pintor en El Mambí, se colocaba delante de todos los árboles hacia donde él pudiera mirar. Pero el francés seguía como si nada, mirándola detrás de sus espejuelos como quien mira los peces. Y, mientras tanto, a Zenón Jenaro se le desató una fiebre que lo enloqueció. Tan pronto como se levantaba se iba hacia la cabaña de Deudora y la esperaba. La espiaba a cada momento, mientras se bañaba, mientras lavaba la ropa en el río, mientras ella seguía a Jean Philippe; y Deudora ni siquiera se daba cuenta. Hasta que mi hermano empezó a pasar las noches al raso, junto al porche de nuestra hermanastra. Y si la veía entrar o salir la seguía como un perrito. Le ladraba por las noches, y al amanecer aullaba junto a su ventana. Cuando Deudora iba al Mambi, Zenón Jenaro la seguía con la mirada por toda la pieza hasta que ella se detenía, y entonces se le acercaba por detrás y la sujetaba para que no pudiera zafarse ni apartarse mientras bailaban muy prietos.

—Suéltame, chico, ¿no ves que me duelen los pies de tanto moverme?

Y en cuanto Zenón Jenaro aflojaba un poco ella se le escurría y se iba para fuera.

—Espera, mora, no me corras así.

Deudora se detenía y se quedaba con los brazos cruzados esperando a su hermanastro.

—¿Qué quieres? Apúrate que tengo prisa.

—Pues no tengas prisa, que sólo quiero platicar un rato.

—Para pláticas estoy yo, viejo.

—No te dé pena quedarte un rato, que nadie va a pensar mal.

—Por mí, como si piensan. Pero suelta ya lo que te queme.

—He pensado mucho, ¿tú sabes? En ti y en mí, claro.

—¿Y qué has pensado?

173

—Que me voy a establecer por mi cuenta. Vamos, que voy a montar un negocio.

—¿Qué negocio ni qué na?

—Un negocio con lo del piano de la Rusa.

—¿Por qué me cuentas a mí eso? ¿Qué tengo que ver yo con el piano de la Rusa?

—Nada, mora, nada; pero podríamos comer los dos del piano. Ya lo tengo todo aquí, en la inteligencia, y no necesito más que contar contigo.

—Pues haz lo que quieras, pero conmigo no cuentes.

Con el paso de los días Deudora empezó a ver cosas muy raras. A donde quisiera que mirara, allí se cruzaba con la mirada de su hermanastro. Si iba a Baracoa, por el camino se encontraba con Zenón Jenaro. Si lavaba la ropa en el río, allí aparecía él como si pasara casualmente. Y siempre con la misma insistencia, con lo del negocio y con lo de que, aunque tuvieran el mismo papá, la mamá era distinta, y eso era lo determinante. Hasta que a Deudora le vino una idea a la cabeza, y antes de comprobarlo ya casi estaba segura de lo que había ocurrido. De manera que se fue a su cabaña, sacó el pañuelo que yo le había dado para hacerle el amarre al francés, y se fue corriendo a buscar a Zenón Jenaro. Le enseñó el pañuelo y le preguntó:

—¿Conoces este pañuelo?

—Claro, chica, es mío. ¿Dónde lo encontraste?

—Lo arrastró el viento hasta mi cama.

—Será que el viento está a mi favor.

—Pues te equivocas, bobo, que conmigo no vas a conseguir nada. Y antes me tiro al río como la Nena Tonta que montar un negocio contigo, sea el que sea.

Zenón Jenaro se quedó muy apenado, pero fue incapaz de replicarle. Deudora también se calló, pero en lugar de apenada estaba rabiosa. Hizo como si no se hubiera dado cuenta de nada, para que yo no sospechase, y esperó celosa la ocasión de la venganza. Y cuando nos vio a Paulino y a mí con nuestro problema pensó lo que pensó y nos puso en ridículo de aquella manera, aunque, si me dolió de verdad, fue realmente porque sabía que Marilín, la dulce Marilín, terminaría por enterarse, y ya no sería capaz de tenerme en consideración.

Después, Deudora siguió detrás de la Santera un tiempo, intentando amarrar a Jean Philippe de otra manera, pero las cosas no le daban muy buen resultado. Y cuando se enteró de que yo andaba arriba y abajo con el Gato pensó que tal vez de allí pudiera sacar algo en claro ya que lo demás le había fallado todo. Lo que Deudora no sabía era que yo al principio no buscaba un amarre para la dulce Marilín, sino una oración para quitarme de encima a su mamá, la Nena Chica.

Lo de Zenón Jenaro duró más tiempo del que se esperaba, y aunque tuvo que darse capones contra las palmeras cada vez que veía perderse a Deudora con alguno de los pescadores, aún tardó en caer en la cuenta de que allí no tenía nada que hacer, y por eso no dudó un instante en montar aquel absurdo negocio de afinador que jamás podría prosperar.

Con el tiempo me fui dando cuenta de que si deseaba llegar a la dulce Marilín antes tendría que pasar por su mamá, y aquella idea me hacía sufrir mucho. Intentaba por todos los medios tener contenta a la Nena Chica. La miraba de arriba abajo cuando sabía que ella me observaba. Le sonreía continuamente. Volví a espiarla por las noches mientras se bañaba en el río. Y aquello parece que fue lo que más le gustó. Canturreaba por la noche mientras se tumbaba desnuda sobre la hierba, y canturreaba durante el día mientras servía en su local. Pero tuve que hacerle aquella mala faena cuando la mandé con toda su familia a Baracoa, por culpa del yerbero. Parecía que se había propuesto mezclarse con todas las mujeres del recodo del río Miel. Y no le bastaba ya tener embobada a Elisenda y llevarse cuando quería a Deudora, sino que había empezado a tirarles piropos a las mujeres de los pescadores, y se había acostado con casi todas las hijas de la Nena Chica. Y en cuanto me enteré de que iba detrás de la dulce Marilín empecé a sudar, a temblar y a soñar despierto. Y si me enteré no fue porque nadie me lo contara sino porque le escuché con mis propios oídos decirle a la Nena Chica que cuando tuviera libre a la pequeña lo avisara, que él tenía plata como todo el mundo. Y la Nena Chica le daba largas porque conocía bien la fama de mal pagador que tenía el yerbero. Pero como él insistía tanto una noche le dijo:

—Mañana, negro, mañana pásate por aquí y tráete toda tu plata, que eso es lo que te va a costar.

Desde que le oí decirle aquello no dejé de temblar ni de sudar. Pasé toda la noche de una parte a otra hasta que llegué al cementerio y desperté al Gato para contárselo.

—Mira, Gato, necesito que me ayudes en esto. Me lo debes.

—Claro, chico, seguro. Tú sólo dime lo que quieres.

—Necesito que mañana llegue un barco de la marina a Baracoa.

—¿Para qué?

—Lo necesito, viejo, no me mires así.

—Pero yo no puedo ayudarte en eso.

—Seguro que sí.

—¿Para qué quieres un barco? ¿Vas a enrolarte?

—No más que para que se entere la Nena Chica y salga con sus hijas para el puerto a recibirlos. En cuanto se entera de que viene un barco cierra el local, carga el carro y se van para el puerto a trabajar.

—Pero qué listo eres, Robertico. Pero que muy listo.

—¿Me ayudarás?

—Seguro, chico. Ahora vete tranquilo que mañana verás salir a esa negra con su rebaño camino de Baracoa.

—¿De veras?

Y ya no insistí más, porque sabía que si el Gato me daba su palabra la cumpliría.

Al día siguiente no llegó ningún barco a Baracoa, ni tampoco en toda la semana siguiente. Pero a pesar de aquel contratiempo, el Gato cumplió su palabra. Al amanecer la Nena Chica cargó el carro con los colchones, los enseres y sus ocho hijas, y salió para Baracoa. Yo, que había estado toda la noche rondando la casa, la vi salir y corrí a despedirla.

—¿Te vas, Nena Chica?

—Pero vuelvo, Robertico, no desepere.

—¿Adónde vas?

—A Baracoa me voy, aunque no haya carretera —dijo cantando—, a recibí a esa bendición de barco.

Me quedé clavado en el camino saludando con la mano, y la única que me respondió fue la dulce Marilín con sus ojos de sueño y su cara de muñeca.

—¿Cómo lo hiciste, viejo? —le pregunté al Gato cuando llegué al cementerio.

—¿Qué cosa hice?

—Traer el barco.

—¿Ya se fue la Nena Chica?

—Ya, negro; yo mismo acabo de despedirla.

—Pues se va a disgustar cuando vea que el barco no llega.

—¿Cómo lo hiciste?

—Fácil, chico: le hice soñar que iba a venir el barco. Y lo soñó con tanta intensidad que cuando despertó debió de creer que era verdad.

—Ahora necesito un amarre para la hija pequeña y un rezo para quitarme a la mamá de encima.

Y el Gato abrió la boca sin parar de reír.

He recorrido medio mundo buscando, sin saberlo, una paz que estaba aquí, en el recodo del río Miel. Abandoné París tras largos años de una vida tumultuosa, y en ningún sitio encontré este remanso de silencio y paz. Me alejé de París por los problemas de salud de mi esposa y porque creía que en ninguna otra parte del mundo podría encontrar una ciudad tan ruidosa y oscura como aquélla. El mundo, sin embargo, está lleno de ciudades tan ruidosas como París, y mucho más oscuras. He recorrido medio mundo buscando esta paz, seguramente sin saber que la buscaba. Pero ahora conozco por fin qué era lo que me hacía moverme continuamente de una parte a otra. Ni siquiera en el bello transcurrir de la vida en Praga encontré momentos de tanta paz como los que estoy viviendo en los últimos días observando la sucesión del sol y la luna en el recodo del río Miel. Creí haber hallado algo semejante en los callejones de Venecia al amanecer, o en los dulces inviernos de Santa Pola, pero ahora me doy cuenta de que sólo era un espejismo. Buscaba la benignidad del clima para mi esposa, pero sobre todo buscaba lo que he encontrado aquí en los últimos días. Mi memoria va desenterrando poco a poco todo

179

aquello que durante los últimos años ha querido ocultar, y ahora veo las exposiciones, los viajes, los hoteles y las entrevistas como algo mucho más lejano que mi juventud. Hace tiempo que no he tocado un pincel, ni me he puesto delante de un lienzo, pero ahora siento la necesidad de volver a hacerlo, una necesidad primitiva que no tiene nada que ver con lo que me ha impulsado a pintar durante la mayor parte de mi vida. En los últimos días he retomado el lápiz y he realizado algún boceto y dibujos de urgencia que guardo en mi cuaderno. Pero cuando miro a cualquier parte todo lo que veo ya ha sido pintado por mí hace más de cuarenta años. Pienso incluso que hasta el calor y el aire que respiro ya los pinté hace mucho tiempo. Nunca he sabido responder a los periodistas cuando me preguntaban qué era lo que me había movido a plasmar en un cuadro todos aquellos colores y formas. Supongo que inventé una respuesta, más bien una fórmula, para poder salir siempre del paso sin contradecirme. Y sin embargo nunca lo he sabido, o no lo recordaba. Ahora estoy seguro: empecé a dibujar, y luego a pintar, sólo para conquistar el corazón de Marilín, la dulce Marilín, la hija menor de la Nena Chica. Desde el día en que la vi en el cuadro que Jean Philippe tenía en su cuarto del hotel de la Rusa, desnuda, con su cara de ángel y sus pies tan hermosos, pensé con total convencimiento que aquella criatura había nacido para ser pintada. A fin de cuentas eso es lo que he hecho durante la mayor parte de mi vida, aunque a veces la dulce Marilín tomara forma de árbol, de río, de puente o de palacio. Los primeros dibujos los hice para ella; todos los cuadros, creo, los he pintado siempre para ella. Yo veía con dolor cómo

Jean Philippe iba abandonando día a día sus costumbres. Ya apenas dedicaba tiempo para limpiar sus pinceles. Los botes se le secaban. Dejaba los tubos sin tapar. Amontonaba su trabajo descuidadamente. Tiraba los lápices antes de apurarlos al máximo. Yo lo observaba en silencio y sufría. Jean Philippe no veía nada que no fuera el culo de la hija mayor de la Nena Chica, la más puta. Si le desaparecía una paleta, o un pincel, o un tubo con colores, o una libreta, el francés no lo echaba en falta. Por eso yo cada día le iba sisando las paletas, los pinceles, los tubos y las libretas. Y si se daba cuenta no decía nada. Muy de tarde en tarde se sentaba en alguna sombra y se ponía a garabatear, pero casi nunca terminaba lo que empezaba. Al principio yo cogía sus apuntes, o los dibujos que había dejado a medias, y terminaba con mi técnica tan rústica el trabajo del francés. Jean Philippe a veces me sorprendía en la tarea, se me quedaba mirando y me decía:

—Bien, Robertico, muy bien. Vas progresando mucho.

Pero no se daba cuenta de que era el dibujo que él había dejado en cualquier parte tres o cuatro días antes. Luego, con el tiempo, fui empezando yo mismo mis propios dibujos hasta que me atreví a colorearlos. Los hacía pensando en la dulce Marilín, en la cara que pondría cuando viera lo que yo era capaz de hacer. Tardé mucho en terminar tres o cuatro dibujos de los que me sintiera orgulloso. Apenas había color en aquellos primeros años. Elegí uno que me gustaba sobremanera y decidí que ya había llegado el momento de enseñárselo a la dulce Marilín. Era un paisaje con río, vaca, choza, palmeras, guajiro y Baracoa de fondo. Lo enrollé, lo cubrí con un trapo y me fui para El Mambi a buscar a la pequeña de la Nena Chica. No estaba allí, la busqué por todas partes y la encontré sentada en el embarcadero. Me acerqué con temblor de piernas. No me salía la voz. Me quedé callado a su lado. Ella se levantó y se alejó un poco. La llamé, y casi perdí el conocimiento por el nerviosismo. Entonces se detuvo a cierta distancia, se me quedó mirando y me dijo:

—¿Es que te gusta hacer cochinadas con los puerquitos?

Me sentí morir. Se me fueron las pocas fuerzas que me quedaban, y hasta el dibujo se me escurrió de las manos.

—¿Quién te ha dicho eso?

—¿Quién? ¿Quién va a ser? Todo el mundo lo dice.

Y se marchó. Cuando agaché la vista, el dibujo había caído al agua y flotaba como la silueta de una barca insinuándose sobre el río. Me arrodillé sobre las tablas y luego todo se quedó oscuro, como si se hubiera hecho la noche de repente. Me había desmayado otra vez.

Mis comienzos en la pintura fueron muy duros, mucho más que todo lo que tuve que luchar después para exponer en Berlín y en Nueva York. El más exigente de mis críticos, la dulce Marilín, me trataba implacablemente. Y todo por culpa de Deudora, condenada alimaña aunque fuera mi hermanastra. Maldije el instante en que dejé el agua que me había dado la mora abandonada sin mala intención muy cerca de la cama de Zenón Jenaro. Maldije también el instante en que le robé el pañuelo a mi hermano, y el momento en que me reí de todas aquellas correrías que se llevaba detrás de la Santera. Pero ya nada de aquello tenía remedio. Me volqué de lleno en la pintura esperando que las aguas volvieran a su cauce y que pudiera encontrar otra ocasión para enseñarle mi obra a la dulce Marilín. Mientras tanto Jean Philippe pasaba todo el día encerrado en la cabaña, con las ventanas tapadas por una cortina corrida y sin salir más que para hacer sus necesidades o bañarse. La comida y el agua se las traía la hija mayor de la Nena Chica, la más puta, seguramente la que le había ido con el cuento a su hermana pequeña de que al bastardo menor de don Leonardo lo habían sorprendido haciendo cochinadas con los puerquitos. Yo me lo había buscado por llamar a la puerta que no debía. Mucho mejor nos habría ido la cosa a Paulino y a mí si en lugar de acudir a preguntarle a Deudora hubiéramos espiado al francés y a su puta por detrás de las cortinas. Lo descubrí tarde, pero lo descubrí, y tan pronto como me di cuenta de lo que ocurría allí dentro, al otro lado de las cortinas, me fui a donde Paulino y le dije:

—Ya está, compay, ya sé cómo se hace.

—¿Qué cosa sabes cómo se hace?

—Follar, chico, ¿qué cosa va a ser?

Y Paulino se sonrojó, agachó la cabeza y no quiso saber nada:

—Déjalo, chico, ¿qué más da? Ya lo aprenderemos cuando nos toque.

A Paulino, a su manera, también le había dolido mucho lo de los puercos, pero él no se quejaba ni era capaz de hablar mal de la mora de mi hermanastra. Yo, sin embargo, seguí con la espina clavada. Hasta que se me ocurrió mirar un día a través de la cortina y empezaron a correr ideas por mi cabeza. Primero pensé llamar a Deudora como si quisiera congraciarme con ella, y cuando estuviéramos en paz acercarla a la cabaña de Jean Philippe con la excusa de que el francés quería hablarle; pero el francés no iba a querer hablar con ella. Y cuando la tuviera cerca de la ventana yo le diría que se asomara y empezaría a reírme como un diablo, y a revolcarme por los suelos, y a gritar por mi venganza. Después pensé que las cosas ya habían ido demasiado lejos. Además, aquello también podía resultar un agravio contra Jean Philippe, que era mi amigo. Por eso no hice nada al principio y me dediqué a quedarme agazapado detrás de la cortina, al otro lado de la ventana, y observar por un resquicio. Hasta que la mayor de la Nena Chica se levantaba y salía a buscar agua y comida, y entonces yo salía corriendo como si viniera el diablo. Y todo empezó porque cada día Jean Philippe salía menos de la cabaña, y ya apenas lo veía más que cuando tenía que sisarle algún color o algún pincel, que no era muy frecuente pues me gustaba apurarlos. Hacía tiempo que no cruzaba la puerta más que cuando lo encontraba a él solo, pero ya últimamente casi nunca estaba solo, y como la puerta estaba cerrada me asomaba por la ventana y si no veía a su puta entraba. Entonces me asomé un día, y estaba todo tan oscuro que por prudencia no llamé al francés hasta asegurarme de que se encontraba solo. Pero no estaba solo. Parecía una sola persona, pero eran dos: el francés y la hija de la Nena Chica. Parecía una sola persona porque en la sombra sólo podía ver un cuerpo enorme echado sobre el camastro, y sin embargo se oía el resuello de un hombre y de una mujer, y poco después se veían dos cabezas, y se distinguía el cuerpo blanquito de Jean Philippe y la piel oscura de su puta. Estaban pegados como dos árboles que nacen de la misma raíz. Si él se movía, ella se movía también. Si él se daba la vuelta, ella se daba la vuelta también. Luego se separaban y se agarraban por delante, por detrás, por arriba y por abajo. Y su resuello era tan fuerte que parecía que estuvieran agonizando. En ese momento no pensé nada, pero a lo largo de las horas, viéndolos así hasta el anochecer, caí en la cuenta de lo que hacían y se me ocurrió correr a donde Deudora y llamarla. Pero primero tenía que asegurarme de lo que estaba viendo, y por eso en los días siguientes los observé detrás de la cortina, al otro lado de la ventana, hasta asegurarme de que no me estaba equivocando. Una o dos veces al día la hija mayor de la Nena Chica se levantaba y salía a por comida y agua. En ese instante yo corría a esconderme, y una de esas veces se me ocurrió ir a buscar a Paulino y decirle:

—Ya está, compay, ya sé cómo se hace.

Y él me miró extrañado y me preguntó con desconfianza:

—¿Qué cosa sabes cómo se hace?

—Follar, chico, ¿qué cosa va a ser?

Y Paulino se sonrojó, agachó la cabeza y no quiso saber nada:

—Déjalo, chico, ¿qué más da? Ya lo aprenderemos cuando nos toque.

Pero al final pudo más la curiosidad, y Paulino terminó viniéndose conmigo a observar a escondidas a Jean Philippe y a la hija mayor de la Nena Chica. Pasamos días enteros mirando detrás de la cortina, incluso noches enteras, hasta que aquello empezó a hartarme y se lo dije a Paulino. Pero Paulino no se cansaba de mirar. Miraba durante horas y horas, incluso bajo la lluvia, y no decía nada. Por eso me desentendí, porque la curiosidad de mi amigo ya me estaba empezando a parecer enfermiza. Seguí con la pintura, que era realmente lo que me gustaba. Y después resultó que mi primer admirador iba a ser precisamente la persona que más desconfianza me había producido en los últimos tiempos, el yerbero. Al yerbero le sobraba mucha guapería, sobre todo cuando andaba alguna muchachita cerca. Me producía mucho rechazo verlo tan estirado y tan limpito los domingos por la noche en El Mambí. Yo le seguía la conversación, porque me parecía que lo mejor era pasar desapercibido, pero en cuanto le daba la espalda apretaba el paso y escupía lejos para quitarme de encima la saliva que había usado con él. Seguramente todo empezó cuando la barca de Homero se cogió candela y el yerbero dejó a Delfina con el traje de novia puesto, como quien dice. Luego el rechazo fue en aumento cuando vi a Elisenda, tan feíca, ilusionada con las rondas de aquel figurín. Y cuando lo vi detrás de Deudora y de la dulce Marilín le juré odio eterno. Pero las cosas fueron viniendo de tal manera que tuve que dejar el odio para más tarde y ponerle buena cara a aquel sinvergüenza, sonreírle, darle las gracias por sus halagos y pintar para él. Y todo porque el Gato me pedía cosas complicadas, muy complicadas, para conseguir el amor de Marilín. Una mañana, mientras pintaba con los pinceles de Jean Philippe en el camino de Baracoa, escuché su canto a lo lejos y me hice el desentendido. El yerbero venía de Baracoa al río y del río a Baracoa anunciando con un soniquete cansino sus hierbas. Luego entonaba una guaracha y enseguida volvía a las hierbas:

«Anís para el vómito, cañasanta para el asma, ciguaraya para el hígado, romerillo para el reúma, cundeamor para la diabetes, adormidera para las muelas, albahaca para el insomnio». Yo lo oí a lo lejos y no volví siquiera la cabeza para mirarlo. Detuvo su carro muy cerca y empezó a imitar al sinsonte. Lo hacía tan bien el condenado que por un momento creí que se había convertido en pájaro. Por eso me di la vuelta y él me saludó quitándose su sombrero de yarey. Llevaba un tabaco muy grande en una mano, y con la otra manejaba las riendas.

—Sigue, chico, no quería entretenerte.

El yerbero se bajó del carro y con un paso muy lento, sin hacer ruido para no distraerme, se acercó hasta donde yo estaba.

—Mira, chico, tú sí que sabes estar en talla. ¿Cómo aprendiste a hacer eso?

Y ponía tanta admiración en sus palabras y me hacía tantos halagos que tuve que sonreírle por cortesía. Muy a mi pesar se pasó el resto de la mañana sentado a mi lado, sin hablar apenas, abandonando el carro y el burro en mitad del camino. Y aunque salía gente de los caminos para comprarle sus hierbas él las despedía diciendo que aquel día iba de vacío. Aquello me llenó de orgullo y me dio ánimos. Y cuando el Gato me dijo todas las cosas que necesitaba para hacerle el amarre a Marilín, lo primero que pensé fue acudir al yerbero, por mucho odio que le tuviera, pues a fin de cuentas era la única persona que podía ayudarme a reunir todo lo que el Gato me pedía. Luego veía al yerbero tomándole a Elisenda la mano a hurtadillas entre las sombras de la selva, y la sangre se me encendía. Se acercaba al río dos o tres veces en semana. Los

187

domingos por la tarde venía siempre. Se ponía su mejor ropa, se repeinaba y se presentaba en la puerta de mi casa con un gran tabaco en la boca y el sombrero de yarey ladeado sobre la cabeza. Esperaba a que don Leonardo, mi papá, se alejara de la cabaña, y entonces, apoyado en un árbol, desperillaba el tabaco, le daba candela y se ponía a imitar al sinsonte. Lo hacía tan bien, que al momento los pájaros le respondían. Pero Elisenda distinguía muy bien a su sinsonte de todos los demás. En cuando oía al yerbero se ponía a temblar y a levantar la voz muy nerviosa. Salía a grandes zancadas de la cabaña, y haciendo como que no había visto al yerbero se iba con su vestido estampado hacia El Mambi dando un rodeo por el embarcadero y las cabañas de los pescadores. El yerbero enseguida le salía al paso y la abordaba siempre de la misma manera: primero intentaba cogerla de la mano, y ella lo rechazaba; después le robaba un beso y le ponía a la muchacha el sombrero para taparle los ojos. Al final ella cedía, y entre cogiéndose y soltándose, se iban hacia El Mambi a bailar y a escuchar a los bongoseros. Así todos los domingos por la tarde. Cuando El Mambi empezaba a animarse, yo me iba a buscar a Paulino, luego recogíamos a Delfina y nos íbamos los tres juntos a escuchar el radio. Los domingos por la tarde El Mambi estaba más animado que nunca. Hasta de Baracoa venía gente para escuchar a los bongoseros y beber las pócimas de la Nena Chica. Jean Philippe se sentaba en un rincón, y la Nena Chica y su hija mayor le servían como a un rey. Don Leonardo, mi papá, platicaba con todo el mundo y echaba demonios por la boca sobre don Antolín. El yerbero tarareaba en voz alta todas las canciones y bailaba y rondaba a unas y otras, aunque sólo bailara con

Elisenda. Con tanta muchacha linda, a Paulino y a mí se nos hacía difícil pensar qué motivos tenía para ir detrás de mi hermanastra.

—La plata, Robertico, ése va por la plata.

—¿Qué plata, compay?

—La de don Leonardo, ¿qué plata va a ser?

—Antes se salta los ojos que dejar uno solo de sus pesos en manos de ese comemierda.

—Cállate ahora, chico, que por ahí viene Delfina.

Y enseguida nos callábamos, porque nadie hablaba del yerbero cuando Delfina estaba delante. Y eso a pesar de que Delfina no mostraba ningún síntoma de desfallecimiento ante sus chulerías, aunque la mirara de arriba abajo, aunque se apretara contra Elisenda al bailar y empezara con su guasabeo y sus roces. Al contrario, ella sólo miraba a Paulino, su primo; le traía tabaco, le llenaba el vaso y sólo bailaba con él, tantas veces como se lo pidiera aunque fuera no más que con la mirada.

Los domingos por la tarde El Mambi se llenaba de música y humo. Al menos así fue durante mucho tiempo, hasta que descubrieron aquel extraño artefacto inútil en los almacenes del puerto y cambiaron para siempre las costumbres. Los domingos por la tarde, primero con los bongoseros y luego con el radio cuando mi papá lo trajo al local de la Nena Chica, El Mambi recogía a los guajiros, a los pescadores, a los obreros, a los desocupados, a los enamorados y a los charlatanes en un trepidar de música y ron. Los muchachos mirábamos como si todos aquellos fueran el reflejo de lo que algún día llegaríamos a ser nosotros. Los domingos por la tarde se bebía en El Mambi, se jugaba, se bailaba, se discutía, se abrazaban las parejas y se rondaba a las muchachas por todos los rincones. Después, cuando la oscuridad se hacía dueña de la selva, la gente se iba dispersando, unos a sus casas, otros a dormir la borrachera, y los novios a achucharse entre las sombras de las palmeras, las ceibas y las espesuras del cundeamor. Los domingos por la tarde la Nena Chica se sentía satisfecha y feliz de ver a su clientela beber y moverse. Vestía bien a sus ocho hijas, y cuando las parejas se perdían en la selva ella las iba colocando con los desemparejados y los viudos, también con el yerbero, y algún guajiro que bajaba solo de la sierra. Los domingos por la tarde Homero se dejaba caer por El Mambi, se colocaba en el centro, y mientras todos bailaban o platicaban él empezaba con su sonsonete:

—*Jos eipón proíei, craterón depí muzón ételen.*

Luego Delfina, un poco avergonzada, recogía las monedas que le arrojaban y se lo llevaba a casa. Cuando aparecía Homero, el yerbero se desdibujaba. No perdía la sonrisa, pero agarraba a Elisenda de la mano y se la llevaba fuera. Aprovechando las circunstancias la invitaba a pasear y le imitaba al sinsonte o le cantaba dulces sones entre las sombras. Elisenda, semana tras semana, no se dejaba más que coger la mano y besar en la mejilla. Por eso el yerbero, en cuanto veía que el tiempo pasaba, la acompañaba a su cabaña, la despedía con gesto tosco y hacía como si se fuera para Baracoa, pero a donde iba era al Mambi, a seguir con sus miradas, con sus guarachas y sus movimientos de cadera. Miraba a todas las muchachas y todas le sonreían; les ponía el sombrero tapándoles los ojos y ellas se volvían loquicas. Hasta Marilín sonreía cuando el yerbero la sacaba a bailar. Y yo me retorcía en un rincón ardiendo como una tea, y deseaba con todas mis fuerzas hacerme mayor aquella misma noche para llevarme a las muchachas de calle y dejar al yerbero mirando. Aunque tuve que tragarme mi odio y dejarlo para después, porque necesitaba al yerbero, lo necesitaba si quería conseguir el amor de la dulce Marilín. Desde que el Gato me había enseñado aquel amarre no pude dejar que el odio me delatara. El yerbero era el único que podía ayudarme. Hice el propósito firme de fingir, y aprovechando la única debilidad que había encontrado en él me acerqué un domingo por la noche, cuando Elisenda ya se había ido, y le dije:

—Tengo una cosa para ti.

—¿Qué cosa, Robertico?

—La tengo fuera. Vente y te la daré.

El yerbero se vino detrás de mí, y lo llevé hasta los embarcaderos.

—Mira, chico, que no estoy para paseítos.

—Ya está, es aquí mismo.

Saqué una carpeta que había escondido detrás de unas ramas, y le entregué el cuadro que había pintado para él. Lo había ido haciendo durante toda la semana y era realmente malo, pero al yerbero le entusiasmó. Lo miró a la luz de la candela de su tabaco y se echó el sombrero para atrás. Sólo dijo:

—¡Chévere!

Y enseguida supe que le había gustado. Era un dibujo del yerbero montado en su carro, con su sombrero de yarey y un tabaco en la boca.

—Es para ti —le dije.

—¿Para mí?

—Seguro, chico; es tuyo.

El yerbero se quedó sin palabras. Luego me echó la mano por el hombro y empezamos a caminar amarraditos.

—Es bueno que nos llevemos bien —me dijo—, pero esto es mucho para mí.

—No es nada. Tú cógelo, y si alguna vez necesito algo ya te lo diré.

—Claro, Robertico, lo que sea. Tú no tienes más que pedir.

Y mientras caminábamos íbamos hablando como dos compadres, hasta que nos detuvimos en la puerta del Mambi y lo solté:

—Ahora que recuerdo, a lo mejor puedes hacer algo por mí.

—Seguro. Tú no tienes más que pedir.

—No es mucho, pero como yo no entiendo de plantas, a lo mejor tú me lo puedes conseguir. Necesito azahar, romero y benjuí; también flores de embeleso, nomeolvides y pensamiento; y hojas de duérmeteputa y de adormidera.

El yerbero se me quedó mirando como si acabara de escuchar la voz del diablo, pero no supo negarse:

—Repítemelo despacio para que lo recuerde.

Volví a decírselo todo y él lo repitió.

—¿Podrás conseguírmelo?

—Seguro, Robertico; ya te lo he dicho. Pero... ¿no andarás de tratos con el diablo?

—Tú estás jalao, chico. No quiero nada con el diablo.

—¿Ni con el Gato?

Y es que el yerbero no era tonto: en cuanto me oyó lo que le pedía se olió que el Gato estaba por medio.

Pero yo no le dije nada. Él cumplió su palabra, y yo pude reunir todo lo que el Gato me dijo que necesitaría para conquistar el corazón de la dulce Marilín. Aunque las cosas no me salieron como yo pensaba.

Después del vacío que me había hecho Marilín por lo de los puercos pensé que jamás sería capaz de conquistar su amor por mis propios medios. Empecé a sudar y a tener pesadillas porque pensaba que me pasaría el resto de mi vida igual que Deudora, que perseguía obsesivamente a Jean Philippe. Me parecía tan patética la estampa de mi hermanastra siguiendo al pintor como si fuera su sombra, que la sola idea de verme así detrás de Marilín me producía ganas de morir. Por eso acudí al Gato y le dije lo que necesitaba, un amarre para una muchachica. Los amarres de la Santera habrían estado en boca de todos en pocos días. Decidí que lo mejor era la discreción del Gato, que sólo se lo iba a contar a Satanás.

—Mira, Robertico —me dijo—. Esto es una cosa muy seria, mucho más de lo que todos piensan. Si haces lo que te voy a decir, conseguirás lo que quieras, pero si te lo tomas como un juego, el diablo será el que se divierta contigo.

—Nada de juegos, Gato; ya sé que es una cosa muy seria. En ello me va la vida.

—Pues entonces sigue al pie de la letra todo lo que te voy a decir. Lo repites todito mientras me escuchas para recordarlo. No te olvides de nada.

—No me olvidaré, seguro.

—Pues en un botellón metes canela, anís, limón, azahar, romero, benjuí, agua bendita, yefá de Orula, corteza de sándalo, babosas, aguardiente. Después le añades flores de embeleso, de nomeolvides, de vesedá y de pensamiento. También echas hoja de yamo, de paramí, de amansa, de sensitiva, de duérmeteputa y de adormidera. Polvos de palo vencedor y los orines de una perra en celo. Cuando el botellón lo tenga todo, lo pones al pie de los Santos. Después reza tres veces esta oración. —Y me la rezó muy despacio—. Depositas el frasco tres días junto a Elleguá. Impregnas muy bien un pañuelo con el líquido y te lo das por el cuerpo como si fuera el pachulí de tu mamá. ¿Me has entendido bien?

Le dije que sí, pero estaba totalmente confundido.

—¿Lo recordarás?

Y afirmé con la cabeza, pero ya no recordaba casi nada.

Fui siguiendo, sin embargo, todos los pasos con la ayuda del Gato. El yerbero cumplió su palabra y me fue de gran utilidad. Pero cuando ya lo tenía todo hecho empecé a dudar cada vez más de haber seguido los pasos del Gato. Conforme pasaba el tiempo me sentía más inseguro, hasta que olí aquel líquido y me convencí de que me había equivocado. Olía tan mal que solamente con ponérmelo cerca de la nariz empezaba a revolvérseme el estómago y a sentir ganas de echar el arroz con frijoles. A pesar de todo decidí seguir adelante, porque tanto trabajo no podía tirarse por la borda sin más. Me impregné de aquel brebaje y tuve el valor de presentarme ante Marilín en la misma puerta de su casa. Mientras la dulce Marilín tendía la ropa, me acerqué y me quedé a sólo unos pasos. No sabía qué decirle, y por eso me quedé allí como un pasmarote. La muchacha me miraba y agachaba la vista, me volvía a mirar y fruncía el ceño.

—¿Qué te pasa, chico? ¿Has tomado mucho el sol?

—No.

—¿Entonces?

—Nada.

Y empezó a mover la nariz como si oliera a mierda.

—¡Qué peste! ¿Has estado otra vez con los puerquitos?

Y se marchó tapándose la nariz y dejándose la ropa sin terminar de tender. Me sentí tan desolado que eché a correr hacia el río para sumergirme en el agua. Y mientras me bañaba con los pantalones y todo, pensaba si no sería mejor meter la cabeza y quedarme allí sin moverme hasta que me diera sueño y alguien encontrara mi cuerpo ahogado. Pero cuando estaba un rato debajo del agua sentí tal ahogo, que pensé que era preferible vivir, aunque fuera como Deudora detrás de Jean Philippe, que morir debajo del agua.

Cuanto más fría y distante se mostraba la dulce Marilín conmigo, más pegajosa y caliente estaba su mamá. Me eché varias veces aquel brebaje. Todas ellas tuve que salir corriendo y lanzarme al río con los pantalones para no vomitar el arroz con frijoles. Tan pronto como Marilín me veía a lo lejos, se tapaba la nariz y salía despavorida. Me sentí tan avergonzado que ni siquiera fui capaz de decirle al Gato lo que realmente estaba sucediendo con su amarre. Parecía más bien que surtiera efecto con la mamá en vez de con la hija, pues en cuanto la Nena Chica estaba cerca me ponía las tetas sobre los hombros y me hablaba muy bajito al oído:

—Mira, miamol, cuídate de las muchachicas, que son como lagarto. Tú lo que necesita e una mujer de verdá, cosalinda.

Y no me decía más, pero yo sabía muy bien adónde quería llegar. A los muchachos de mi edad ya hacía tiempo que los andaba tentando con sus hijas para sacarles la plata. Quería estrenarlos con sus niñas y cobrárselo a buen precio. Insistía día y noche hasta que los muchachos, alterada la sangre con tanta tentación, perdían la cabeza y se obsesionaban con las hijas de la Nena Chica. Y ponía tanto empeño que al final buscaban donde fuera la plata, o bien la robaban a sus papás o bien se endeudaban pidiéndola en préstamo, para correr a estrenarse con las muchachas. Y ya se sabía que después de la primera vez uno se convertía en cliente fijo hasta que se casara. Sin embargo la Nena Chica no me tentaba nunca con sus hijas. Ni mencionarlas. Ni hablar de plata. Ni preguntar cuántos pesos era capaz de reunir. Yo pensaba que la Nena Chica me consideraba aún un culicagao, cuando en realidad lo que hacía era reservarme sólo para ella. Por eso corrí al Gato, y del mismo modo que antes le había pedido un amarre para la hija, ahora le pedí una fórmula para quitarme a la mamá de encima.

Cuando la Nena Chica me agarraba el paquetico, lo hacía como lo hacen las mamás a los bebés, y yo procuraba mirarla como un bebé, pero sentía que la entrepierna me quemaba y necesitaba restregarme contra algo. Entonces salía corriendo y me echaba sobre la hierba, con los pantalones bajados, mientras la figura de la Nena Chica crecía en mi mente y se me aceleraba el corazón. Pero en cuanto me sentía mojado perdía todas las fuerzas y enseguida me daba asco el cuerpo grandote de la mamá de Marilín. Hasta que una noche en que la observaba escondido junto al río mientras ella se bañaba desnuda, me ocurrió algo que entonces me pareció inexplicable. Me frotaba contra la hierba con el culo hacia arriba mientras la Nena Chica se bañaba. Ya tenía tanta práctica que no necesitaba verla desnuda para que la entrepierna se me convirtiera en un ascua. Sólo con oírla cantar, aunque no mirase entre los huecos de las plantas, podía ver su enorme cuerpo brillando por la luna al reflejarse en las gotas de agua. Lo hacía con tanta inercia y de una manera tan monótona, que no me di cuenta de que la Nena Chica había dejado de cantar y de chapotear. Debió de caminar muy despacio y sin dejar caer todo el peso sobre las piernas, porque no la oí acercarse hasta que la tuve encima. Su sombra me cubrió por completo. Me volví aterrado y me encontré con sus dientes sonrientes, tan sonrientes y tan blancos que brillaban más que la luna. En lugar de decirme nada, se despatarró encima de mí, me arrancó los pantalones de un zarpazo y se fue sentando muy despacio sobre mis caderas. Me pareció que me atrapaba el miembro con un cepo de cazar alimañas. Y ella, sin decir nada, se movía como una fiera en la pelea. Y reía. Reía tanto que apagó los sonidos de la selva. Hacía un ruidito muy fino que iba creciendo en intensidad hasta convertirse en una carcajada tan fuerte que pensé que no sólo iba a espantar a las alimañas, sino que alertaría a todos los habitantes del río. Pero nadie la oyó. Yo también me puse a gritar, ya fuera por dolor o porque me contagiaba del entusiasmo de la mujer. La Nena Chica subía y bajaba encima de mí como si de repente fuera más ligera que una pluma. Y yo me hundía cada vez más entre la hierba y entre las carnes de la negra, hasta que ya casi apenas podía asomar la cabeza para respirar. De repente la Nena Chica dio un grito seco, un respingo, y se dejó caer con todo el peso contra el suelo. Yo emergí a la superficie y tomé el aire que me había faltado. La Nena Chica esta tumbada boca arriba con la respiración entrecortada y una sonrisa enorme. Me subí los pantalones y salí corriendo todo lo deprisa que me lo permitía la flojedad. Desde aquella noche, cuando los barracones de los pescadores y las cabañas se quedaban a oscuras y en silencio, yo me escurría por las sombras y me colaba hasta la cama de la Nena Chica. Ella me esperaba con un cabo de vela encendido, y en cuanto me oía arrastrarme desde la puerta la apagaba y me decía:

—Sube aquí y no haga ruido, miamol, no vayamo a depertá a alguna muchacha.

Las hijas de la Nena Chica dormían en la misma habitación y únicamente nos separaba de ellas una cortina colgada de dos extremos. El sentirlas tan cerca, ajenas a lo que su mamá y yo estábamos haciendo, me aumentaba la excitación y el deseo de volver cada noche a aquel cuartucho. Pero tan pronto como terminábamos me asaltaban siniestros pensamientos que me obligaban a incorporarme y salir corriendo de allí con la ropa en las manos. Y aunque me hacía el firme propósito de no volver, no pasaban más de dos noches sin que terminara arrastrándome desde la puerta hasta el camastro y me hundiera entre tanta carne y tanto deseo. Siempre decía que iba a ser la última noche, y hasta que no apareció aquel extraño artefacto en los almacenes del puerto no rompí con esa rutina que me había tenido entretenido durante varios meses. Ni siquiera las fórmulas del Gato me resultaron de gran ayuda. Me fui a él y le dije:

—Mira, Gato, ahora necesito una oración para espantar a una mujer.

Y el Gato me miró, abrió su bocaza y empezó a reírse tan fuerte que pensé que se estaba burlando de mí.

—Las mujeres van a volverte loco, Robertico. Primero quieres conquistarlas y ahora ya estás harto y quieres librarte de ellas.

—No es la misma mujer, viejo. Además, aunque te lo explicara no ibas a entenderlo.

Y el Gato se reía sin parar. Pero intentó ayudarme. Me dio una fórmula con piel de rumbo, ceniza, cascarilla, cebadilla. Lo reduje todo a polvo y recé la oración: «Luna Nueva, Cuatro Vientos, Santo Tomás, ver y creer, según el viento se lleva esto así se lleve a la Nena Chica». Y soplé tan fuerte que el polvo se levantó como una nube y espantó a las auras que invadían el cementerio. Pero la Nena Chica no modificó su comportamiento. El que también se seguía comportando igual era yo, que acudía todas las noches hasta su local, lo rodeaba, arañaba la puerta y entraba arrastrándome hasta el camastro de la negra que me aguardaba desnuda, sonriente y abanicándose. Dejé de creer entonces en las fórmulas, hasta que me enteré por la Santera de que la Nena Chica me había hecho un amarre y por eso no podía dejar de ir hasta su lecho todas las noches. Por eso volví a tener fe y a esperar. Y tuve que esperar un poco, pero al fin sucedió el milagro, y ya no volví a visitar a la Nena Chica. No porque no lo deseara, pues cada noche tenía más ansia que la anterior, sino porque don Leonardo, mi papá, me buscó una ocupación de la que no pude zafarme. Fue el año del Ciclón Lucía, el mismo año que el yerbero empezó a ser novio de Elisenda, que murieron don Augusto y la Nena Tonta, que llegaron los cómicos a Baracoa, Paulino perdió el seso por su prima Delfina y yo recé con todas mis fuerzas para que don Antolín pasara a mejor vida. El año del Ciclón Lucía apareció un artefacto embalado en los almacenes del puerto y nadie sabía qué cosa era aquello. Como los descargadores no pudieron encontrarle dueño, llamaron a don Antolín, que era el alcalde, y decidieron abrir aquel enorme cajón, cerrado como si nadie tuviera que abrirlo ya nunca. Y en cuanto vieron lo que contenía todos se quedaron boquiabiertos ante el amasijo de hierros, patas y mecanismos que formaban aquella máquina. Don Antolín quiso ocultar su ignorancia y se le ocurrió decir:

—Esto es una máquina para moler café.

—¿Tan grande, don Antolín?

Y don Antolín no supo ya qué responder. Cuando se propagó la noticia del descubrimiento, los rumores no tardaron en llegar al recodo del río Miel. Y en cuanto mi papá se enteró, lo primero que pensó fue que si nadie sabía precisar lo que era aquello sin duda sería porque lo había inventado su Elías poco antes de morir.

—Eso es cosa del pobre Elías, que en paz descanse. De manera que es aquí donde tiene que estar y no en los almacenes del puerto ni en la casa de ese matasanos.

—¿Y si alguien lo reclama?

—Nadie lo reclamará, puesto que su dueño está muerto y no puede hacerlo, así que le pertenece a sus herederos, es decir a mí mismo. Sin duda ése fue el último invento del desdichado Elías.

—¿Y no fue la luz su último invento?

Don Leonardo, mi papá, no respondió, porque no podía dar más explicaciones o porque no le interesaba. Pero todos los que lo conocían sabían que el último invento de Elías, el que más tiempo le había tenido ocupado, había sido la luz. En cuanto la Rusa, al poco de llegar a Baracoa, le contó a mi hermanastro que en las ciudades donde ella había vivido las calles estaban iluminadas por la electricidad y las casas también, empezó a trabajar en su mayor invento. Durante meses Elías se encerró en el almacén del ron y de todas partes sacaba trozos de cuerda, latones, tablas y cosas aparentemente inservibles hasta que, próximo ya a la locura, siguiendo a su manera las indicaciones de su instinto y de las historias de la Rusa, fabricó un gran artefacto de enormes aspas que giraban como las de los pozos, pero en lugar de moverlas con el viento lo hizo metiéndolas en el río y aprovechando la corriente. Tardó más de dos años, pero después de numerosos intentos y con la ayuda de todos los voluntarios que lo rodeaban en los ratos de ocio consiguió que aquella rueda girara, moviera unas poleas y que finalmente ardieran unos alambres hasta ponerse al rojo vivo ante la sorpresa de todos. Dicen que después consiguió iluminar una habitación, pero yo no he podido averiguar si fue cierto, porque el invento se quedó tan pronto anticuado que en cuanto Elías comprendió su inutilidad le dio candela y lo redujo a cenizas mientras lloraba sin consuelo. Y todo fue porque después del gran esfuerzo que había realizado, cuando por fin consiguió que las gentes del río y de Baracoa supieran lo que era la luz, un buen día se oyeron las hachas en la sierra y aparecieron unos obreros plantando enormes postes y echando cables que iban de un poste a otro hasta llegar al mismo centro de Baracoa. Y en pocas semanas el hotel de la Rusa estaba iluminado por lámparas que hacían que el salón estuviera en mitad de la noche igual que en mitad del día. Y Elías miraba los postes y los cables con incredulidad, sin poder creer que lo que a él le había costado tanto tiempo y casi la locura pudiera resolverse en tan pocos días. Y por eso dejó de comer, dejó de hablar, de relacionarse con su familia. Pasaba los días y las noches andando de un poste a otro como si al estar tan cerca pudiera comprender más fácilmente el misterio. Pero el misterio no cabía en su cabeza, y por eso quiso ver más de cerca aquellos cables que iban de un poste a otro. Trepó hasta lo más alto, se dejó colgar de los cables y se quedó cocinadito. Negro como un pollo quemado, sin pelo, con la ropa pegada a la piel. Aquél, todo el mundo lo sabía, fue el último invento de Elías, pero don Leonardo, mi papá, hizo como si no lo supiera o no le interesara saberlo, y por eso le reclamó a don Antolín el artefacto que había aparecido abandonado en los almacenes del puerto. Y como don Antolín se quejó, aduciendo razones de seguridad y progreso, don Leonardo tuvo que ir a medianoche como un bandido, acompañado de los obreros del ron, y robarle el artefacto a don Antolín. Lo llevaron en un carro hasta el recodo del río Miel y allí le construyeron un timbiriche para guardarlo. Y como mi papá sabía que don Antolín no era manco ni se estaría quieto, montó guardia noche y día junto al artefacto para que nadie pudiera robarlo. Aquello fue lo que me alejó de la Nena Chica y me acercó a la dulce Marilín, y no las oraciones y amarres del Gato, por mucho que con otros surtieran efecto. Desde la noche

en que trajeron al recodo del río Miel el artefacto robado, mi papá me puso un camastro al lado del aparato y
allí pasaba días y noches enteras sin moverme, vigilando
para dar la voz de alarma en cuanto viera aparecer a don
Antolín o alguno de sus sicarios. No se presentó ninguno, pero yo seguí pasando allí los días y las noches como
si estuviera sufriendo un castigo, sin alejarme más que
unos pasos. Y como tenía prohibido moverme del sitio,
no podía acercarme a la Nena Chica, aunque cada vez lo
deseaba más. Don Leonardo, desconfiado, no se separaba mucho al principio. Y por más que miraba el aparato
y lo remiraba, por más que le daba vueltas en los dos
sentidos, no terminaba de comprender para qué servía
aquello.

—Esto es una máquina de moler café —dijo desde
el primer momento.

Pero ni él mismo sabía lo que decía, sino que se
dejaba llevar por las apreciaciones de don Antolín, aunque no quisiera reconocerlo. Y como a pesar de todo no
pudo descubrir el funcionamiento de la máquina, decidió sacarle provecho como fuera y empezó a cobrar unas
monedas a todo el que tuviera curiosidad por verla. De
manera que los primeros días, cuando estaba abandonada, nadie le hacía caso ni se acercaba a echar una simple
ojeada; y sin embargo, en cuanto don Leonardo empezó a cobrar, todo el mundo hacía cola para verla. Yo me
ponía con un bote oxidado en la puerta del timbiriche
para recoger las monedas y dejaba entrar a la gente de
dos en dos, porque allí no cabía nadie más. Se formaban
colas muy largas y cada uno aguardaba pacientemente su
turno. Incluso bajaban guajiros de las montañas para ver

aquel extraño artefacto. Cada uno daba su opinión, pero nadie sabía realmente lo que era. Me quedé tan aislado del mundo que decidí regalarle mi amarre a Deudora para que lo utilizara con Jean Philippe. Lo primero que pensé sería en la cara del francés cuando oliera a mi hermanastra con aquel mejunje, y solamente de imaginarlo empezaba a reírme solo, sin poder parar. Por eso le di el tarro y le dije:

—Mira, mora, si de verdad quieres conseguir a ese hombre, deja ya de correr detrás de la Santera y del Gato. Esto es lo que necesitas. Apréndete esta oración y recítala. —Y se la dije muy despacio para que la aprendiera—: *Mi mariposa hermosa evocó tres almas de tres ahorcados, tres almas de tres quemados, para que pongan en el corazón del que amo la angustia que sintieron en su agonía. ¡Que sin verme se angustie! ¡Que se ahogue en su ansiedad! ¡Que se queme en su desesperación! ¡Que se sienta como ahorcado al no verme! Y que yo sea en su vida el único alivio a esas sensaciones para siempre, amén.*

Yo esperaba con ansiedad el momento en que Deudora se empapara con la pócima. Desde mi puesto de información, mientras echaba las monedas en el bote y le enseñaba el artefacto a los curiosos, veía todos los rincones. De un momento a otro el francés iba a salir en estampida tapándose las narices, y Deudora tendría que correr y arrojarse al río para quitarse la peste de encima. Pero los días pasaban y nada de aquello sucedía. Muy al contrario. De vez en cuando veía a mi hermanastra de una cabaña a otra, y cada vez estaba más hermosa y caminaba con más gracia. Su pelo brillaba más que el de cualquier muchacha. Y Jean Philippe parecía más atormentado. Ya no pasaba noche y día encerrado en su cabaña, sino que empezó a salir para buscar él mismo la comida. Luego sus salidas fueron más largas, y mientras la hija mayor de la Nena Chica se quedaba dentro de la cabaña, el francés daba cortos paseos, y si se dirigía a alguna parte nunca lo hacía en línea recta sino dando un rodeo para pasar lo más cerca de la cabaña de Deudora. Por último empezó a estar más tiempo fuera que dentro de su hogar. Y su puta, que se dio cuenta enseguida, acudió a su mamá, la Nena Chica, para contarle lo que sucedía. Entonces madre e hija iban de un sitio para otro, como si estuvieran resolviendo algo, olisqueando aquí y allá para averiguar lo que ocurría. Pero nada pudieron averiguar, porque lo único que veían era al francés sentado en la puerta de su cabaña, con los ojos perdidos en el infinito y haciéndose aire con el sombrero. Y Deudora, cada vez más guapa y tentadora, que cuando pasaba cerca de Jean Philippe a éste los ojos se le abrían como platos y la seguía con la mirada como si quisiera meterse dentro de ella. Y hasta el yerbero debió de oler a mi hermanastra, porque también se le veía seguirla oliéndola como si fuera una perra en celo. Y ya no estaba tan zalamero con Elisenda, sino que cada vez la llevaba menos al Mambi y apenas se perdía entre las sombras agarrándole la mano a hurtadillas y robándole algún beso. En vez de eso, olía por donde pisaba Deudora, la seguía como si fuera su sombra y se atascaba cuando intentaba hablarle. El francés, por su parte, la espiaba a todas horas. La rondaba por las noches cuando suponía que estaba durmiendo. Miraba como un chiquillo cuando pasaba por su ventana de madrugada, y enseguida aligeraba el paso, avergonzado, para que nadie pudiera reconocerlo. Y Deudora no dormía esperando escuchar en la oscuridad de la noche los pasos del pintor, sigilosos como los de un gato. Mientras tanto el desdichado Zenón Jenaro se daba cuenta de todo y sufría en silencio. Se miraba en el río desde el embarcadero, hacía como si fuera a arrojarse al agua y luego se tiraba de los cabellos hasta arrancárselos. Sufría terriblemente el desdén de su hermanastra y la persecución de los pretendientes. Y yo lo veía todo desde el timbiriche, tumbado en el camastro que mi papá me había puesto para que vigilara. Noche y día vigilando y viendo la transformación que se producía en todos los que vivían a mi alrededor. Incluso en Marilín. Porque la dulce Marilín también empezó a cambiar. Una mañana, mientras echaba las monedas al bote y les enseñaba el artefacto a los curiosos, la vi sentada a la sombra de una ceiba. Y, aunque parecía ajena a todo, no paraba de mirar hacia el timbiriche. A partir de aquel día, la vi sentada en el mismo sitio en muchas ocasiones. Y en lugar de alegrarme sentía vergüenza pensando en lo de los puercos y en lo del amarre del Gato. Hasta que un día se quedó de pie a unos pasos, clavada bajo el sol. Y en vez de agachar la cabeza y mirar para otro lado moví el bote con las monedas y le dije:

—¿Quieres ver el invento de Elías?

Y ella al principio no me contestó, se retiró a la sombra y se quedó sentada. Pero luego vino hasta mí y me dijo:

—No tengo plata.

Y su voz era tan dulce, y su gesto tan hermoso, y su piel tan reluciente, que empezaron a temblarme las piernas y apenas atiné a decirle:

—Para ti es gratis, cosalinda.

Y no torció el gesto como otras veces, sino me sonrió y a punto estuve de desmayarme de nuevo. Le enseñé el artefacto. Ella me hacía preguntas y yo le respondía, y cuando no sabía las respuestas me las inventaba ante su cara de sorpresa.

—Esto sirve para moler el café, pero no todo el mundo sabe que también transforma el agua en vino con sabor a tamarindo, y el ron lo convierte en guarapo. Pero lo más importante es que convierte las piedras en arroz con frijoles.

Cuando Zenón Jenaro comprendió que el mundo seguía su curso ajeno a los padecimientos que a él lo atormentaban, decidió abandonarnos. No tenía valor para arrojarse al río ni para quitar de en medio a sus rivales. Por eso una mañana robó las herramientas del pobre Elías, hizo un hatillo, y sin despedirse de nadie cogió el camino de Baracoa cabizbajo y sin volver la vista. Se presentó ante la Rusa en su hotel y le dijo:

—Voy a montar un negocio de afinador de pianos. Servicio a cualquier hora del día o de la noche.

La Rusa lo miró detrás de sus gafas de pasta y se lo agradeció con una sonrisa. Hacía más de dos años que Zenón Jenaro se había presentado a la Rusa para afinarle el piano. La mujer estaba tan desesperada con el sonido y necesitaba tanto un afinador, que no le preguntó de dónde había salido, ni dónde había aprendido el oficio, sino que sin mediar palabra lo llevó del brazo hasta el gran salón y lo puso delante del piano.

—Ahí lo tienes. ¿Podrás afinarlo?

—Seguro, madán, ¿cómo no?

Y sin que nadie pudiera explicárselo, cuando Zenón Jenaro se quedó solo, empezó a mirar de arriba abajo el piano y a estudiar su mecanismo, hasta que se decidió a abrirlo y a trastearlo. Tal era su oído y su ingenio que en pocos días hizo que el piano volviera a sonar como antes. Y la Rusa, que ya había perdido la esperanza de volver a oírlo afinado, le pagó a Zenón Jenaro tan generosamente como jamás hubiera podido soñar.

Mi hermano, después de que Deudora lo despreció, alquiló un cuartucho muy pequeño de una primera planta, y allí dormía y tenía todas las herramientas. Y para que todo el mundo supiera su oficio salía de vez en cuando a la puerta a vocear:

—¡Zenón Jenaro, afinador de pianos!

Y aunque no había más piano en Baracoa que el de la Rusa, la gente celebró la iniciativa del bastardo de don Leonardo, y todos lo felicitaron por su idea, excepto don Antolín, el médico. Durante años la Rusa fue el único cliente de Zenón Jenaro, pero necesitaba tanto a mi hermano que con el dinero que le pagaba tenía suficiente para ir subsistiendo y manteniendo el negocio. De vez en cuando Zenón Jenaro salía a la puerta y voceaba anunciando sus servicios, sin perder la esperanza de ampliar el negocio, pero jamás tuvo otro cliente que no fuera la Rusa. Así intentó olvidar a Deudora, más por la distancia que por la ocupación que le daba su trabajo, pues pasaba los días tumbado en el cuartucho que había alquilado esperando que entrara algún cliente. Y sólo de mes en mes alguien del hotel le llegaba con el aviso de que la Rusa requería sus servicios. Pero entre mes y mes era inevitable que alguien del recodo del río Miel se acercara por

Baracoa y fuera a visitar a Zenón Jenaro, pues al fin y al cabo era hijo de don Leonardo, aunque bastardo. Y unas veces porque no podía resistirse a preguntar, y otras porque le daban las noticias por hablar de algo, Zenón Jenaro se fue enterando de que el francés ya andaba en tratos con su hermanastra Deudora, que la llevaba los domingos al Mambi, que se perdían por las sombras de la selva y que él besaba donde ella pisaba.

También aquel año, el año del Ciclón Lucía, se produjo un acontecimiento que alteró la vida en Baracoa y en el recodo del río Miel: la llegada de los cómicos. Al principio todos creíamos que aquellos personajes estaban locos, como Homero, pero poco a poco fueron despertando simpatías entre la gente. Yo empecé a dibujar monos como si estuviera poseído, y así cada vez me sentía más cerca del corazón de la dulce Marilín. Un buen día apareció un barco de pasajeros anclado a unas millas del puerto. Estuvo casi una semana sin moverse, con las máquinas paradas. Pero al cabo del tiempo echaron los botes al mar y acercaron hasta tierra a los personajes más extraños que nunca se habían visto en aquellos parajes. En el puerto decían que el barco había sufrido un motín y que el capitán había tomado la determinación de expulsar a los rebeldes. Pero aquellos seres tan estrafalarios no tenían aspecto de amotinados, sino más bien de chalados. Desembarcaron en el puerto con cara de hambre, dejaron los animales y los enseres en un almacén, y enseguida se lanzaron a las calles de Baracoa a mendigar un poco de arroz y un trozo de pan. La gente cerraba las ventanas y los niños echaban a correr cuando veían acercarse al encantador de gallinas, al mago, al forzudo, a la bailarina, al recitador de versos, al domador de monos y a la mujer barbuda. Sólo cuando llegaron al recodo del río y don Leonardo, mi papá, aseguró delante de todos que eran gente de bien, les dieron algo de comer. Y, cuando entraron al Mambi un domingo por la tarde mientras todos bailaban, dejaron de ser unos extraños. El yerbero perdió el seso en cuanto vio a la mujer barbuda, y la dulce Marilín se convirtió en un ser angelical que parecía quedarse encantada viendo a los monos. Y yo, entretanto, los dibujaba y le regalaba los retratos de los orangutanes como si le diera un bebedizo o uno de los amarres del Gato. Tan grande y sorprendente fue el influjo de aquellos seres en la vida de los habitantes del río, que podría decir ahora, cuarenta años después, que el año del Ciclón Lucía fue el principio de algo que nos llevaría muy lejos para siempre, hacia el oeste, donde terminaría nuestra niñez.

También resultó como un cataclismo en las costumbres de todos nosotros el enamoramiento de Jean Philippe y Deudora. O bien porque el amarre del Gato había tenido éxito, o bien porque el francés se había hartado de la hija mayor de la Nena Chica, la más puta, el caso es que en pocas semanas el francés y mi hermanastra se miraban acaramelados, se hablaban a todas horas y pasaban tardes enteras sentados en el embarcadero contemplando en el agua su reflejo. Hasta tal punto que don Leonardo, mi papá, ya no podía disimular su satisfacción, y en lugar de poner inconvenientes a la pareja, como la mayoría de los papás, hacía la vista gorda cuando los veía cogidos de la mano, o cuando el francés le robaba un beso a Deudora delante de todo el mundo. Por eso, el mayor acontecimiento en el recodo del río después de la llegada de los cómicos fue la petición de mano que Jean Philippe le hizo a don Leonardo. Se creó tal expectación que la Nena Chica y su hija mayor fueron las únicas que no estuvieron ese día pendientes de los pasos de Jean Philippe esperando el momento en que se dirigiría a la cabaña de don Leonardo para cumplir el formalismo. Ya se había encargado Deudora en los días previos de ir anunciando por todas partes que el francés pretendía casarse con ella como Dios manda, y no como si fuera una jinetera. Y en cuanto Jean Philippe puso el pie en la cabaña, los habitantes del río fueron a reunirse en la puerta para esperar el resultado. Sólo Jean Philippe y don Leonardo supieron lo que pasó allí dentro. Pero, cuando salieron, mi papá sonreía como un alcalde, y Jean Philippe miraba a todos sorprendido por tanta expectación. Mi papá, para demostrarle al francés su buena disposición, decidió llevarlo al timbiriche donde nos tenía encerrados al artefacto de Elías y a mí. Y resultó que ni era tal artefacto ni lo había inventado Elías. Y aquello sí que pude verlo, porque me encontraba a presente. Don Leonardo entró acompañado del francés, le enseñó el artefacto y le explicó para lo que servía, inventando, igual que yo, detalles de su funcionamiento y de su utilidad. El francés miraba todo el tiempo por encima de las gafas sin decir nada. Hasta que mi papá le dijo:

—¿Te gusta, hijo?

Y Jean Philippe, que hasta ese momento no había ido a ver el artefacto por considerarlo de poco interés, se quitó el sombrero sin decir nada, recogió las piezas sueltas que habíamos dejado en el suelo porque no sabíamos dónde colocarlas, las fue montando una a una, ajustándolas y dándole una nueva dimensión al cachivache. Mi papá lo miraba con los ojos abiertos, sin atreverse a abrir la boca, hasta que venció el miedo al ridículo y le preguntó tímidamente:

—¿Tú has molido alguna vez café con algo parecido?

—Nunca, don Leonardo. Con esta máquina no ha molido nadie café nunca. Esto es un cinematógrafo.

—¿Qué cosa dices?

—Un cinematógrafo es una máquina para proyectar películas.

Y don Leonardo no se atrevió ya a preguntar qué cosa era una película. Ni yo tampoco.

Cuando don Leonardo, mi papá, dejó preñada a Virginia, mi mamá, ella tenía la misma edad que la dulce Marilín el año del Ciclón Lucía, doce años. Elías, fruto de anteriores devaneos amorosos de don Leonardo, era mayor que mi mamá. Deudora y Virginia tenían casi la misma edad. Las relaciones entre las mujeres de don Leonardo y sus hijos bastardos siempre fueron muy peculiares. Mientras mi mamá y sus rivales se tiraban de los pelos cuando surgía el menor contratiempo, los hijos sin embargo parecían pertenecerles por igual a todas las mujeres de don Leonardo. Cuando Virginia hablaba de Elías, lo hacía como si fuera su propio hijo, aunque lo tratara de usted, en vida de mi hermanastro, por ser mayor que ella. Elisenda y Deudora eran para Virginia como sus propias hijas, y se preocupaba tanto por ellas como lo habían hecho Severina y doña Zita por la Nena Tonta antes de que desapareciera en el río. Por eso Virginia, mi mamá, se apenó tanto cuando vio al yerbero rondando a Elisenda, y se alegró cuando supo que el francés quería casarse como Dios manda con Deudora. Mi mamá a los doce años era un ser angelical, según me contaron la Santera y, poco antes de morir, don Augusto.

Después de haber sembrado don Leonardo el recodo del río y la sierra de hijos bastardos, un día vio en Baracoa a una muchachita de linda mirada que jugaba a realizar las tareas de la casa: barría el suelo, regaba la calle, echaba de comer a las gallinas y tendía la ropa. A don Leonardo le hizo gracia la muchachita, y se quedó mirándola con una sonrisa tierna. Cuando tuvo que marchar, para despedirse de la niña la saludó y le dijo:

—¿Te gusta jugar a ser mayor?

Y Virginia, con mirada de cansancio, le respondió:

—No me gusta jugar a ser mayor. Me gusta jugar a ser niña, pero tengo que barrer, regar y echar de comer a los animales porque mi mamá se está muriendo, y si no lo hago yo no lo va a hacer nadie.

Y don Leonardo se quedó tan sorprendido, que cuando se fue de allí siguió viendo la carita cansada de la niña y escuchando sus palabras. Después vino el insomnio, la pérdida de apetito, la obsesión y la locura. Las mujeres de don Leonardo, cuando lo vieron comprar caramelos a una niña y pasear con ella, pensaron que había perdido el juicio, pero ninguna se atrevió a contradecirlo, aunque por dentro les hirviera la sangre. Sólo Severina, la mamá de Deudora, que era quien entonces compartía su lecho, le auguró los problemas que aquellos devaneos podrían acarrearle. Y sobre todo lo previno contra el daño que estaba sufriendo su reputación con las habladurías de la gente. Pero a don Leonardo las habladurías le parecían poca cosa comparadas con el insomnio, la pérdida de apetito, la obsesión y la locura. Don Leonardo se llevó a Virginia al recodo del río, abandonó a Severina y se instaló en una cabaña con mi mamá. Pero el escándalo no fue tanto por irse con la chiquilla como porque al poco tiempo resultó que estaba preñada. Con doce años le parió, en mitad de un ciclón, una niña de salud enfermiza con la muerte dibujada en el rostro. Mi mamá lloró durante muchos meses, no porque la niña fuera retrasada, sino porque hasta ese momento no se había imaginado siquiera cómo nacían los niños. Don Leonardo le puso de nombre Fernanda, y la tuvo acostada los cinco primeros años esperando que la niña se muriera un día u otro. Pero la niña no se murió. Virginia le parió después un varón, y le pusieron Zenón Jenaro, un niño sano. Y cuando Irina tuvo los mellizos y uno fue creciendo cada vez más fuerte y listo, y el otro se fue apagando y retrocediendo, comprendieron que había otros niños así, y eso no significaba que fueran a morirse. Virginia, mi mamá, y Deudora, mi hermanastra, descubrieron la vida casi al mismo tiempo. Siempre andaban juntas trajinando y con secretos. Cuando don Leonardo no estaba cerca, jugaban a las muñecas, y una hacía de marido y la otra de mujer. Se servían de Fernanda como de una muñeca, y la mecían, la cambiaban de ropa y le daban de comer como si formara parte del juego. Por eso Virginia, mi mamá, se alegró tanto al enterarse de que Deudora se iba a casar con el extranjero. Las hijas bastardas de don Leonardo nunca habían tenido mucha suerte con los hombres, lo mismo Deudora que Elisenda, porque la Nena Tonta no cuenta, que no tuvo suerte con nada. A Deudora no la tomaban los hombres en serio porque la veían descarada e inaccesible. Otros pensaban que quien consiguiera el amor de una mujer como Deudora tendría que estar siempre luchando para preservarlo de los extraños, pues era mala, traidora y mezquina. Cuando a ella le gustaba un hombre se lo llevaba detrás de las cabañas de los pescadores, al río, o a la selva sin titubear, pero si alguien iba detrás de la mora ella lo despreciaba y se burlaba de él. Sus burlas podían ser tan hirientes, que con el tiempo cada vez eran menos los muchachos que se esforzaban por demostrarle su atracción. Elisenda, por el contrario, no tenía suerte porque era poca cosa. Buena y honrada, pero poca cosa para los hombres. Era más bien blanquita y bastante feíca. El primer hombre que la miró y le dijo algo fue el yerbero, y por eso se ilusionó tanto y decidió que ya no esperaría a ningún otro. Pero el yerbero no era lluvia buena, y si no hubiera sido por la luna hubiera terminado deshonrando a mi hermanastra, burlándose de ella y dejándola en el altar vestida de blanco, como había hecho con Delfina, la hija de Homero. Pero la luna hizo su papel y las cosas fueron propicias para Elisenda y desfavorables para el yerbero.

Elisenda empezó a sentirse rara en noches de luna llena el año del Ciclón Lucía, el mismo en que llegaron los cómicos a Baracoa y se descubrió un cinematógrafo en los almacenes del puerto. Desde aquel año, y ya para siempre, el recodo del río Miel fue quedándose cada vez más desierto los domingos, hasta que la Nena Chica decidió cerrar El Mambí el último día de la semana. Ya nunca más sonó la música del radio en El Mambí los domingos por la tarde, ni se llenó el local de humo. Los bongoseros se trasladaron a Baracoa. No acudieron más los guajiros, ni los pescadores, ni los obreros, ni los desocupados, ni los enamorados, ni los charlatanes. No se bebió más en El Mambí los domingos por la tarde, ni se jugó, ni se bailó mientras las parejas se abrazaban y se rondaba a las muchachas por todos los rincones. Y todo desde que don Leonardo, mi papá, para demostrarle al francés su buena disposición, decidió llevarlo al timbiriche donde nos tenía encerrados al molinillo de café de Elías y a mí. Y resultó que ni era una máquina de moler, ni lo había inventado Elías, sino que era un cinematógrafo, aunque nadie hubiera oído hablar nunca de cosa semejante.

Cuando don Leonardo, mi papá, supo que aquel cacharro de hierros enormes y piezas inútiles no servía para moler café ni lo había inventado Elías, deshizo el timbiriche, trasladó el cinematógrafo a la destilería de ron y lo dejó abandonado en un rincón para que el tiempo lo cubriera de polvo y olvido. Pero no fue así. La Rusa se enteró por Jean Philippe de que don Leonardo tenía un cinematógrafo abandonado en su destilería, y enseguida se acercó hasta el recodo del río Miel con su sombrilla de volantes y sus botines de tacón para verlo. A don Leonardo se le transformó el rostro cuando la vio llegar preguntando por el artefacto, pero ya no se atrevió a cobrarle por enseñárselo. Así que la llevó a donde lo había guardado y se lo mostró. La Rusa sacó una bolsita con monedas, se la puso a mi papá en las manos y le dijo:

—Se lo compro.

Don Leonardo no dijo ni que sí ni que no. Se quedó con la boca abierta mientras la Rusa daba instrucciones para que lo cargaran con mucho cuidado en el carro. Luego mi papá se guardó la bolsa sin atreverse a contar las monedas delante de la Rusa, y de esta manera ella entendió que estaba de acuerdo en venderlo. Entre Zenón Jenaro y el francés instalaron el cinematógrafo en el salón del hotel. Tardaron varios días en colocar cada pieza en su sitio y en sustituir con el ingenio las que faltaban. Pero Jean Philippe no paraba de decir que aquello funcionaría, que tenía película y eso era lo importante. Zenón Jenaro no sabía lo que era tener película, pero apretaba tornillos y aflojaba tuercas allí donde el francés le decía. Hasta que un día el aparato estuvo listo. A la inauguración, un domingo por la tarde, sólo asistieron veinte personas, pero fue tal la impresión que produjo la proyección de aquella película, y tanto el impacto al que se vieron sometidos los espectadores, que cuando salieron de allí fueron corriendo a todas partes a contar lo que habían visto y a explicar con palabras imprecisas y ambiguas lo que según su opinión había sucedido en el hotel de la Rusa aquel domingo por la tarde. Desde ese día, y durante años, fueron muchos los que aguardaban con impaciencia el domingo para encaminarse al hotel de la Rusa y entrar por una ventana que los llevaba a una ciudad lejana y mágica en donde sucedían cosas como las que contaban los marineros al desembarcar en Baracoa, o como las que me habían relatado tantas veces el Gato y Jean Philippe en ratos perdidos.

Entretanto, yo pasaba las noches haciendo el orangután delante de la ventana de la dulce Marilín. En cuanto se hacía de noche me encaminaba hacia la casa de la Nena Chica y esperaba a que todos se fueran acostando. Cuando ya no se veía ninguna luz ni se escuchaban voces, me acercaba, imitaba con la garganta a un orangután y me retiraba bajo las sombras de los árboles para que nadie me sorprendiera en tan ridícula tarea. Luego volvía, repetía la operación y me escondía otra vez. A veces tenía

218

que esperar largas y tediosas horas hasta ver el rostro de mi Marilín asomarse a la ventana; otras, no aparecía nunca, y tenía que volver a mi casa triste y compungido por el poco éxito de mi esfuerzo. Pero cuando veía aparecer su rostro se desvanecían todos los pesares y se recompensaba la espera de tantas horas y tantas noches haciendo el orangután ante la ventana de mi amada. A la dulce Marilín le parecía lo más gracioso del mundo verme saltar, hacer palmas, revolcarme y gritar como los monos de los cómicos. Primero los dibujé para ella, y le fui regalando todo lo que salía de mis pinceles. Cada dibujo era una sonrisa, y cada sonrisa era mi felicidad. Pero como tenía tantos dibujos y ya me resultaba tan monótono repetir los mismos trazos, las mismas acrobacias y los mismos colores, me propuse imitarlos y dar los saltos que daban los orangutanes, hacer sus gracias y tener sus reacciones. Lo hice durante tanto tiempo que hasta los andares y los gestos me fueron cambiando, y en vez de caminar como las personas a veces me sorprendía a mí mismo caminando con las manos apoyadas en el suelo y las piernas abiertas. Virginia, mi mamá, empezó a preocuparse porque creía que estaba empezando a padecer una enfermedad en los huesos. Por eso, cuando me veía caminar así, primero me reprendía, pero con el tiempo me abrazaba y le saltaban unas lágrimas de compasión por mí. Entonces se lo contó a don Leonardo, mi papá, y éste me siguió un día que yo estaba distraído, y cuando vio que su hijo era un payaso me dio un bofetón y me hizo rodar por los suelos. Pero a la dulce Marilín le gustaba verme hacer el orangután, y eso era suficiente para que no volviera a caminar como las personas normales durante el resto de mi vida.

La dulce Marilín, igual que nos ocurrió a Paulino, a mí y a casi todos, sufrió una profunda transformación tras la llegada de los cómicos a Baracoa y la instalación del cinematógrafo en el hotel de la Rusa. Bien fuera porque yo me hice más hombre o ella más mujer, el caso es que me miraba con otros ojos, y ya no me hablaba como a un cu-licagao o a un bastardo. Incluso me hacía preguntas y se interesaba por cosas de mi vida por las que nadie hasta entonces había mostrado el mínimo interés. Cuando bailaba la dulce Marilín, el mundo se deshacía bajo mis pies. Primero los ojos se me iban detrás de su carita y de su cintura; luego todo el entorno se desdibujaba y sólo veía el movimiento de sus piernas, su vestido rojo, sus cabellos negros y rizados, los zapatitos, los brazos arriba y abajo. Después ya no veía nada. Cerraba los ojos, y los pies me llevaban a ella, directo a ella, aunque hubiera mesas, botellas y gente por medio. Yo pasaba como volando. Y cuando abría los ojos la tenía tan cerca que su respiración me hacía cosqui-llas y me movía el cabello. Me sonreía como una mujer lo hace a un enamorado. Y yo tenía que hacer esfuerzos para desdibujar un rato la sonrisa, para no parecer un boberas con la boca abierta y la baba en la comisura de los labios. Y, si la dulce Marilín decía que estaba cansada, yo corría a apartar a todo el mundo para que ella pudiera pasar hasta la puerta y tomar el aire. Así era mi dulce Marilín, tan be-lla y graciosa como la Orisha Oshún. La Nena Chica me miraba a cada momento desde el otro lado de la barra, y cuando me iba del Mambi con su hija pequeña el cuello se le estiraba sobre los hombros intentando seguirnos con la mirada. Enseguida salía y llamaba a Marilín para que la ayudara en el local. Yo me marchaba corriendo por no tropezarme con ella, pero a veces no podía evitar verle la cara larga y seria, como de duelo, y aunque no decía nada yo sabía muy bien lo que pensaba, y temía que antes o después se desatara el ciclón que llevaba dentro.

La noche en que Marilín se enteró de lo del cinematógrafo saltó por la ventana mientras yo le hacía el orangután y me llevó hasta los embarcaderos.

—¿No quieres que te haga el mono?

—Esta noche no, otro día.

—¿Entonces qué quieres que te haga?

—Nada, no quiero que me hagas nada. Sólo quiero que me cuentes.

Y yo la miré sin poder adivinar qué podía contarle a aquel ser angelical que a pesar de la diferencia de edad era mucho más espabilada, lista y sabia que yo.

—¿Tú sabes bien lo que es el cinematógrafo?

—Seguro, chica. No es una máquina de moler café.

—Eso ya lo sé.

—¿Entonces?

—¿Es verdad lo que dice la gente?, ¿que se ven ciudades y calles de otros países?

—Claro. Se ve París.

Y no era cierto, pero a la dulce Marilín le gustaba oír hablar de París. Desde hacía tiempo Jean Philippe me contaba cosas de París, de sus calles, de los automóviles, de los bulevares, de las farolas, del río y los puentes. Me los dibujaba y me hablaba de ellos. Yo le enseñaba los dibujos a Marilín y le contaba las mismas cosas que oía del francés.

—Los novios caminan agarraditos de la mano por los jardines, beben ron en las terrazas y echan de comer a las palomas.

221

—¿Y los automóviles? Háblame de los automóviles.

—Pues los automóviles caminan por las calles y llevan a la gente de una parte a otra de la ciudad. Porque París es muy grande, ¿tú sabes?

—¿Cómo de grande?

—Como la selva, seguro.

—¿Y los tranvías?

—Los tranvías caminan sobre unas barras de acero y cruzan la ciudad una y otra vez desde el amanecer hasta que se hace de noche.

—¿Y la gente no tiene miedo?

—¡Qué cosas dices! ¿Por qué iban a tener miedo?

—¿No sé? ¿A ti no te da miedo?

—Miedo no, chica, claro que no. Además, si estuvieras conmigo yo no permitiría que te sucediera nada.

—¿De veras?

—Seguro.

Luego le contaba cosas sorprendentes de otras ciudades, cosas que me contaba el Gato cuando volvía en sí después de estar varios días tumbado boca arriba en su camastro con los ojos abiertos y como ido. Pero yo no podía decirle a Marilín que todas aquellas cosas me las había contado el Gato, porque en cuanto me oía nombrarlo torcía el gesto y parecía enfadada de imaginarme en compañía de aquel negro tan grandote. El Gato en sus vidas anteriores había recorrido muchas ciudades y selvas. De vez en cuando se echaba en el camastro y viajaba palante y patrás. Luego regresaba y hablaba de todo lo que había vivido. A mí aquello me parecía algo natural, pero al contarlo en público la gente se santiguaba y me hacía callar. Luego, cuando lo del cinematógrafo,

222

resultó que muchas de las cosas que me contaba existían de verdad.

—Yo quiero ver el cinematógrafo —me dijo la dulce Marilín.

Y si había sido capaz de aprender a dibujar, de aprender a no desmayarme en su presencia, de aprender a comportarme como un hombre y a hacer el mono, aquello no podía ser ningún obstáculo.

—Seguro, chica, el domingo próximo te llevo.

—¿Y a mi mamá?

—A tu mamá también.

—¿Y a mis hermanas? —Y como me quedara con los ojos abiertos, tuvo que insistir para que le respondiera—. Les hace tanta ilusión...

—A tus hermanas, también, seguro —le dije, aunque yo sabía que aquello me iba a costar un disgusto.

Desde que se hizo la primera proyección un domingo por la tarde, se corrió la noticia del aparato que había en el hotel de la Rusa. Al domingo siguiente, las veinte personas que habían acudido el primer día se multiplicaron por tres, y así sucesivamente en los domingos posteriores. En pocas semanas había tanta gente esperando a las puertas del hotel de la Rusa, que fue necesario proyectar cuatro veces la misma película. Durante años siempre se vio la misma película los domingos por la tarde. La gente iba a verla una y otra vez. Hacían cola desde bien temprano y cogían sitio para verla. Reían, saltaban sobre los asientos o sobre el suelo, silbaban cuando aparecía el malo, o cuando los enamorados se besaban; gritaban cuando había una explosión o se abría una puerta de improviso; avisaban a los actores de que algo iba a sucederles, les hablaban como si pudieran oírlos; cuando había una persecución, la seguían con el corazón en un puño y lanzaban exclamaciones si los coches chocaban o pasaban muy cerca el uno del otro. La Rusa tocaba el piano y daba animación a las imágenes creando un clima de intriga, de amor, de tensión o de comicidad según lo requiriese la trama. Cuando aparecían los diálogos de los actores escritos en la pantalla todos se volvían a Paulino para que los leyera, y éste se achicaba en su asiento porque no podía entender aquel idioma extranjero. Luego, fue cogiendo soltura con el tiempo, y se inventaba las frases, de tal manera que en cada proyección decía una cosa distinta, puesto que no podía acordarse siempre de todo; pero la gente no se daba cuenta, o bien consideraba normal aquella anomalía. Con el paso del tiempo, las colas para ver la película en lugar de menguar se fueron haciendo más largas, y aunque ya no había nadie que no la hubiera visto al menos una docena de veces, la gente seguía acudiendo domingo tras domingo al hotel de la Rusa para ver otra vez las mismas imágenes, las mismas persecuciones, las mismas caídas, y escuchar la misma música, aunque los diálogos de Paulino fueran distintos cada semana.

Cuando la dulce Marilín me dijo que quería ver el cinematógrafo no pude dormir en varias noches sabiendo lo que aquello me iba a costar. El domingo me levanté al amanecer y me fui a Baracoa. Todavía no se había levantado la gente en el hotel, pero yo me puse en la puerta para guardar la cola. Pasé allí toda la mañana bajo el sol, haciéndome visera con las manos para que no se me cayeran las pestañas. Estuve horas enteras sin comer mientras iba llegando gente del pueblo, del recodo del río y de la sierra para coger sitio en la cola. Las familias venían con la comida y las sillas. Esperaban pacientemente mientras hacían bajo el sol la misma vida que en sus casas. Y allí estaba yo, el primero, sin comer ni beber hasta que empezaron a retirar las mesas del salón y a prepararlo todo para la película. Entré antes que nadie para coger los asientos de la primera fila, y como no podía abarcarlos todos tuve que tumbarme sobre las sillas ocupando el mayor espacio posible. Conforme iba llegando gente para sentarse yo explicaba que aquellos sitios ya estaban ocupados, pero nadie se quedaba conforme sino que me discutían y me insultaban como a un culicagao. Yo me ponía a la defensiva y lanzaba todo tipo de improperios y patadas a las espinillas para defenderme. Hasta que llegaron los más gallitos, y allí no tenía manos suficientes para lanzar puñetazos y cubrirme de los bofetones que se me venían encima. Y todavía faltaban más de dos horas para que empezara la película. Cuando llegó la Nena Chica con su prole, no había podido conseguir más que cuatro asientos. La negra grandota me miró con frialdad y se aposentó como una gallina sobre el huevo. Se sentaron unas sobre otras ocupando las cuatro sillas, y yo tuve que quedarme en el suelo, como la mayoría de la gente. Puesto que ya había visto la película unas veinte veces, me pasé todo el tiempo mirando de reojo a la dulce Marilín, sentada sobre su mamá. Ella no se atrevía a mirar, pero yo veía su rabillo del ojo que iba de un sitio a otro buscando las sombras. Aquel día hubo cuatro pases de la película, y la Nena Chica y sus ocho hijas la vieron cuatro veces. Cuando salieron no me dirigieron la palabra; se montaron en el carro riendo sin parar y emprendieron el camino de regreso hacia el recodo del río. Yo tuve que volver a pie, como todos, pero al ver alejarse la silueta del carro me fijé en que la dulce Marilín se echaba la mano a los labios y me lanzaba un beso. Habían merecido la pena las magulladuras, las heridas y el ojo hinchado.

A partir de aquel día El Mambí no volvió a abrir los domingos por la tarde. En vez de eso, la Nena Chica se adaptó a los nuevos tiempos que corrían, y poco antes del mediodía cargaba a las hijas y las bebidas en el carro, y montaba su timbiriche en el malecón, junto al hotel de la Rusa. Con su voz de hombre anunciaba la bebida y los frijoles para los que venían desde lo más profundo de la sierra a ver la misma película domingo tras domingo. Aunque nada volviera a ser para ella como antes, nunca puso una mala cara, ni se lamentó del cambio de los tiempos. Desde entonces yo sólo guardaba un asiento para la dulce Marilín, lo más alejado de la pantalla, y mientras ella miraba con los ojos como soles las persecuciones, los besos, las caídas y los golpes, yo le acariciaba la mano domingo tras domingo hasta que ella me la cogió en la oscuridad un día y ya no me la volvió a soltar en muchos domingos. Después del cine, la Rusa animaba el ambiente en el salón del hotel, los bongoseros tocaban en el malecón, y por todas partes sonaba música y había baile. Los cómicos invadían las calles haciendo saltar a los monos, retorciéndose, exhibiendo su fuerza, haciendo magia y encantando gallinas. Los hombres acosaban por los rincones a la mujer barbuda. Todos, excepto la pobre Elisenda, celebraban el progreso y el avance del cinematógrafo.

Desde que Deudora se había prometido a Jean Philippe, la desdichada Elisenda se había ido apocando y hablaba cada vez menos, hasta llegar al punto de que apenas salía, y ni siquiera iba de vez en cuando a Baracoa a ver a doña Zita, su mamá. A Elisenda le gustaba ver a través de la ventana a su hermanastra cogida de la mano del francés, verlos pasear hasta el embarcadero y del embarcadero al Mambi, así una y otra vez hasta la hora de recogerse. Pero cuando Deudora y el francés se iban los domingos al cine se quedaba sola, pues incluso Virginia, mi mamá, se iba al hotel de la Rusa para ver domingo tras domingo la misma película. Si alguien le preguntaba:

—¿No vas tampoco este domingo a ver el cinematógrafo?

Ella respondía:

—Mira, chica, hoy no puedo, porque mi hombre tiene trabajo, ¿tú sabes?

Y ya estaba todo dicho. Pero el yerbero ni tenía trabajo ni tenía nada, únicamente mucha guapería. El yerbero iba todos los domingos a ver el cinematógrafo, y luego buscaba a los cómicos como un poseso para poder ver a la mujer barbuda, igual que Zenón Jenaro, igual que don Leonardo e incluso don Augusto. El yerbero dejó de visitar a Elisenda los domingos. En lugar de eso de vez en cuando, al pasar por el río con su cargamento, rondaba la cabaña, imitaba al sinsonte y antes de que Elisenda pudiera asomarse a la puerta volvía hacia Baracoa. Y la pobre Elisenda sufría. Hasta que empezó a sentir que la sangre le hervía en las noches de luna llena, y se asustó, pero no se lo contó a nadie. En noches de luna llena Elisenda notaba una tea quemándole las entrañas y un hormigueo que le corría de los pies a la cabeza. El corazón se le aceleraba, le latía el pulso con fuerza en las sienes, y si miraba la luna su desasosiego crecía. Elisenda tenía junto a su cama un espejo que había traído de la tienda de su mamá para vestir a las novias, y a partir de la primera noche de luna llena empezó a tener miedo de mirarse en él, pero no podía parar de hacerlo. En noches de luna llena su imagen en el espejo no le parecía la misma. Iluminada por la luz que entraba a su espalda por la ventana, no podía reconocer su cabello, ni sus hombros, ni los rasgos de su cara. Sus pechos le parecían tentadores y sus piernas más esbeltas que nunca. Cuando nadie podía verla, dejaba que la luz de la luna iluminara su rostro y luego se miraba al espejo. Su cara le parecía entonces hermosa, se la tapaba con las manos, cerraba los ojos, y al abrirlos veía un cuerpo distinto. Sus cabellos brillaban como los de Deudora y sus labios eran carnosos y provocadores, como nunca lo habían sido. Después venía la tea encendida en el estómago y el hormigueo de los pies a la cabeza. Elisenda temía que aquello fuera cosa del Gato o de la Santera, pero de ninguna de las maneras podía creerlo. Según iba subiendo la luna y apareciendo más brillante, Elisenda se sentía confusa, sorprendida, admirada, temerosa, ardiente, incrédula, dubitativa, perpleja, excitada y finalmente alegre. Conforme la luna iba iluminándole los hombros por detrás, los veía más erguidos, brillantes y hermosos. Si se soltaba el cabello, le caía como una cascada haciéndola estremecerse por el roce. Su triste nariz de pajarraco adquiría un perfil gracioso, y sus ojos hundidos y mustios como dos espejuelos adquirían un brillo que la hacían sonreír y desconfiar al mismo tiempo. A Elisenda le quemaban las ropas, y por eso se las iba dejando caer hasta los pies sin temor a que alguien la observara por la ventana. Se ponía entonces el carmín que alquilaba su mamá para las novias y las difuntas, y ya no era capaz de reconocerse. La primera noche de luna llena Elisenda estuvo mirándose en el espejo hasta el amanecer, y en cuanto pensó que aquello podía ser cosa del Gato o de la Santera se echó a la cama y empezó a llorar porque no sabía lo que le estaba sucediendo. Por la mañana, salió a la calle y todo el mundo la miraba como siempre, o más bien no la miraba, porque Elisenda era muy buena muchacha, pero muy poca cosa y más bien feíca. Cuando Deudora la vio llorar le preguntó lo que le sucedía y ella no se atrevió a contarlo como lo recordaba. Sólo dijo:

—¿Tú crees que soy guapa?

—Mucho.

—¿Pero como siempre o más?

Y Deudora adivinó que algo le sucedía a su hermanastra, pero no pudo sacarle nada ni responder a una pregunta tan extraña.

En la segunda luna llena Elisenda ya se había olvidado de todo, o al menos no había vuelto a pensar en ello. Pero esta vez, tumbada en el lecho y sin mirarse al espejo, empezó a sentirse confusa, sorprendida, admirada, temerosa, ardiente, incrédula, dubitativa, perpleja, excitada y finalmente alegre. Se levantó de un salto y se acercó a la ventana. La luna estaba empezando a ascender con su enorme estela roja, y ella sintió otra vez la tea en las entrañas y el hormigueo de los pies a la cabeza. Se miró al espejo y se vio tan hermosa que se echó a llorar. Pero al día siguiente nadie la miraba ni le decía nada si no era para saludarla o preguntarle por el yerbero con ironía. Se avergonzó de las cosas que pasaban por su cabeza por las noches, y ni siquiera se atrevió a hablar con su hermanastra ni con Virginia. Pero en la tercera luna llena el fuego fue tan intenso y el temblor tan grande mientras se miraba desnuda en el espejo, que salió corriendo a la calle para buscar a Deudora. Hasta que se dio cuenta de que iba como su madre la trajo al mundo y tuvo que volver a ponerse algo. Para que su hermanastra no pensara que eran alucinaciones suyas, se puso las ropas del negocio de su mamá que tenía para alquilar, unos zapatos de novia, un bolso, se echó el carmín de las novias y las difuntas. Deudora no estaba en su cabaña, y no se atrevió a buscarla en la de Jean Philippe. Junto al embarcadero se encontró con un grupo de pescadores que platicaban, mientras fumaban y bebían ron. Aunque los conocía a todos, sintió reparo en saludarlos, y por eso desanduvo el camino. Pero en el trayecto hacia su cabaña se dio cuenta que no la habían reconocido. Se sintió impresionada y se dirigió al Mambi. Aún había gente en el interior. Cuando la vio aparecer don Leonardo, se bajó los espejuelos y se echó el sombrero para atrás. Se había puesto rojo y Elisenda no supo qué decir. Todos se quedaron callados, hasta que la Nena Chica dijo:

—Perdidica la veo a uté, señorita. ¿Buca uté a alguien?

Y al volverse Elisenda vio el rostro de su papá mirándola por encima de los espejuelos y poniendo atención a sus palabras.

—Busco a un señor que vive por aquí cerca.

—Pues si vive por aquí cerca seguro que lo conocemos todos. ¿Cómo se llama? —intervino don Leonardo.

—Pues verá usted, ahora mismo no podría precisarle. Sólo quedé aquí con él, y ya veo que no está.

—Seguramente no tardará —dijo Perfecto, el pescador—. Tratándose de una señora como usted no puede tardar mucho. Vamos, yo no tardaría ni esto.

Y Elisenda iba sorprendiéndose cada vez más de que aquellos que la saludaban todos los días no fueran capaces de reconocerla en ese momento.

La cuarta vez que Elisenda se sintió confusa, sorprendida, admirada, temerosa, ardiente, incrédula, dubitativa, perpleja, excitada y finalmente alegre, era domingo, festividad de la Virgen de la Caridad del Cobre, y hacía más de seis meses que, sin dar ni una explicación, el yerbero no había pasado a recogerla. Por eso lo primero que hizo sin titubear fue mirarse al espejo y ponerse unos zapatos de novia, un bolso, y echarse el carmín de las novias y las difuntas. Después salió a la calle. Los domingos todo el mundo se iba a Baracoa, excepto Elisenda, y enseguida cogió el camino hacia el pueblo cruzando la selva sin encontrarse con nadie. La vida de Baracoa giraba alrededor del hotel de la Rusa. La Nena Chica vendía ron y a sus hijas, los cómicos se repartían por las calles, y los bongoseros actuaban en el malecón. Elisenda, que no se esperaba tanto jolgorio, se metió en el salón del hotel para ver bailar a las parejas. En cuanto don Leonardo la vio, la siguió con la mirada, luego la siguió don Antolín, después la mujer barbuda y el yerbero, que andaban perdidos por las esquinas. Cuando los muchachos le decían algo, Elisenda respondía a todo que sí, y no se ruborizaba.

Bailó con el primero que se lo pidió, y su cuerpo echaba tanto fuego que el muchacho tuvo que salir a la playa para refrescarse. Luego aguantaron otros dos durante un rato, pero al final Elisenda cambiaba de pareja y no se detenía en ninguna parte. Hasta que llegó el yerbero con su guapería y empezaron a cambiar las cosas. Cuando el yerbero vio entrar a aquella muchacha en el hotel de la Rusa, sintió vergüenza de ir corriendo toda la noche detrás de la mujer barbuda. Se recompuso la figura, se peinó y fue tras ella. Al verlo venir, Elisenda temió que la reconociera, y por eso no se atrevió a hablar.

—Si baila usted conmigo, cosalinda, le aseguro que no tendrá más dolores en su vida.

Y ella, sin decir nada.

—Vamos, eso si a usted le gusta el baile como a las muchachas guapas.

Y ella, sin replicarle.

—Aunque a lo mejor lo que usted necesita es alguien que le aparte a tanto chulo y tanto ignorante que no hacen más que comérsela con la mirada.

Y como no decía nada, el yerbero se achicó un poco y le preguntó:

—¿Es-us-ted-ex-tran-je-ra?

—No, pero tengo mucho calor.

—¡Ah! Ya me parecía a mí.

El yerbero la trató como a una reina, la invitó a dátiles y agua. La paseó por la plaza y el malecón. La acompañó a la procesión de la Virgen. Le cogió conchas y un ojo de buey de la playa. Le cantó sones y la endulzó con guarachas. Y Elisenda tenía los labios tan ardientes y los ojos tan brillantes que cuanto más hablaba más hacía que le temblaran las piernas al muchacho. Y los demás lo contemplaban a los lejos con rabia, porque siempre el mismo tipo se llevaba el primero a las mujeres, y cuando no las quería las dejaba para los demás. Los veían a lo lejos, playa arriba playa abajo, mientras la luna iba haciendo su trabajo y el corazón del yerbero se perdía para siempre. Hasta que desaparecieron entre las sombras y ya no se supo más de la pareja. Elisenda perdió el bolso y los dos zapatos, pero al día siguiente no vino ningún príncipe a probárselo en su pie. Por la mañana, el yerbero pregonaba sus mercancías por las calles de Baracoa y fumaba un gran tabaco mientras los jóvenes lo miraban con envidia. Entretanto, Elisenda lloraba su desgracia sobre el camastro después de verse en el espejo sin el carmín, los cabellos enmarañados y las piernas escocidas. Aún faltaba mucho para la próxima luna llena.

Baracoa se convirtió aquel año en una torre de Babel. Los niños, de tanto andar con los cómicos, iban empezando a chapurrear el francés, el alemán y el ruso. Cuando Marilín me oyó hablar en francés con la mujer barbuda, se quedó atónita y empezó a comportarse como si acabara de conocerme en ese instante. Después quiso que hablara en ruso con el domador de monos, que la tenía maravillada, y como no era capaz de hablarlo ni podía hacerme entender de ninguna manera empecé a imitarle al orangután y así me fui ganando su confianza. El encantador de gallinas llevaba unos espejuelos como los de Jean Philippe y hablaba todas las lenguas del mundo. Pintaba rayas blancas en el suelo y dejaba a los animales como muertos, hasta que les soplaba en el pico y las revivía. El mago hacía aparecer y desaparecer objetos, sacaba fuego de un sombrero y miraba a las estrellas como si su fuerza viniera del cielo. La bailarina era débil, fea y de carácter melancólico. Cuando no estaba actuando, suspiraba y se echaba las manos al corazón. Deshojaba flores, y al hablar parecía que fuera a romper a llorar. El forzudo era grande y musculoso. Levantaba cualquier objeto del suelo y lo lanzaba tan lejos que era difícil encontrarlo. Cogía un niño con cada mano y los hacía volar, pero a pesar de su fuerza, en cuanto veía acercarse al Gato, se acobardaba, ponía cara de susto y desaparecía como si hubiera visto al diablo. La mujer barbuda hablaba francés y tenía locos a los hombres, incluido don Leonardo. Ni siquiera Paulino podía resistirse a tan terrible atracción. Cuando la dulce Marilín me vio hablar con la mujer barbuda en francés, enseguida quiso que le hablara también a ella, aunque no entendía nada. Yo le hablaba en francés y le hacía el orangután. El yerbero perdió el seso por la mujer barbuda. Mi papá, cuando no estaba el yerbero cerca, la achuchaba en las esquinas y le compraba caramelos como si fuera una niña. A Paulino le temblaban las piernas cuando estaba cerca la mujer barbuda, hasta que vio a don Augusto, su papá, hablando con ella, y se dio cuenta de la locura que lo estaba poseyendo. Cuando le conté al Gato lo de la mujer barbuda soltó una risotada que espantó a las auras que se posaban en el cementerio. Los cómicos habían montado su campamento en el camino de Baracoa al río, muy cerca del cementerio. El Gato se acercaba a visitarlos borracho y ellos lo invitaban a sentarse; entonces el forzudo salía corriendo. El Gato no perseguía a la mujer barbuda, pero en cuanto yo se la nombraba empezaba a reírse y ya no podía parar. Luego yo le dije a Paulino lo que me había mostrado el Gato en el campamento de los cómicos, y mi amigo empezó a ruborizarse y se le atrancaba la lengua. Después ya no volvió a mirar más a la mujer barbuda, y en cuanto la veía aparecer a lo lejos salía huyendo como el forzudo cuando veía al Gato.

A Paulino, de repente, le entraron las prisas por marcharse:

—Yo me voy, Robertico; en cuanto pasen las lluvias me voy.

—¿Y adónde vas a ir?

—A donde sea. Agarro camino palante y en cuanto encuentre a un cura me caso con Delfina.

—¿Y por qué no te casas aquí?

—¿Aquí? Tú estás loco, chico. ¿No ves la cara que pone la gente cuando me ve con mi prima? La moralidad, viejo, eso debe de ser la moralidad.

Pero aunque cada día se atormentaba más, nunca terminaba de decidirse. Me decía:

—Ya está. Ya lo tenemos todo pensado Delfina y yo. En cuanto atraque un barco nos escondemos en la bodega y nos vamos lejos.

Pero los barcos atracaban y Paulino iba aplazando la partida para la siguiente ocasión, o bien porque el barco estaba muy vigilado, o porque no iba demasiado lejos. Además pensaba en don Augusto, en Homero y en el pobre Lucio, y siempre se echaba atrás en el último momento.

Desde el año del Ciclón Lucía yo esperaba con anhelo la llegada del domingo. La semana se me hacía larga y tediosa. Apenas podía acercarme a la dulce Marilín,

235

porque la Nena Chica la tenía ocupada a todas horas. A veces, cuando acudía a hacerle el mono por las noches, la chiquilla estaba tan cansada que ni siquiera me oía desde el otro lado de la ventana, y en lugar de ver aparecer su rostro angelical me encontraba con el de alguna de las hermanas, y tenía que salir corriendo. Durante la mayor parte de la semana los cómicos abandonaban el campamento para recorrer las haciendas, las cabañas de los guajiros desperdigadas por la sierra y las partes más alejadas de la selva. El Gato cada vez pasaba más días tumbado sobre su camastro, con la vista perdida en el techo y apenas sin respirar. Se levantaba sólo para los entierros, y cuando lo hacía bebía tanto ron que muchas veces no podía entenderle lo que me decía. Por eso yo esperaba con anhelo la llegada de los domingos. Tan pronto como el sol llegaba a lo más alto, cogía el camino de Baracoa y me ponía a hacer cola delante del hotel de la Rusa. En cuanto abrían el salón, corría el primero y guardaba dos sillas, una para mí y otra para la dulce Marilín. Pero ya no lo hacía junto a la pantalla, sino en la última fila, donde nadie quería sentarse. Así estaba seguro de tener lejos a las hermanas de Marilín. Yo la miraba en la oscuridad y le hacía el mono al oído. Había visto ya tantas veces la película, que sólo con escuchar el piano, aunque tuviera los ojos cerrados, era capaz de saber lo que estaba sucediendo en cada momento. Después paseaba con la dulce Marilín junto al mar y le hablaba en francés, le contaba cosas de París y me inventaba cómo era el mundo. Ella me preguntaba:

—¿Cómo son los novios de París?

Y yo le decía lo que me había contado Jean Philippe, y lo demás me lo imaginaba.

—¿Y los automóviles?

Y yo le contaba una vez más todo lo que sabía de los automóviles, añadiendo alguna cosa cada día.

—Dibújame un automóvil, Robertico.

Y yo le dibujaba un automóvil, y luego un tranvía. Y después empezaba a hacer el mono y a hablarle en francés. Hasta que un domingo, el día de la Virgen de la Caridad del Cobre, mientras hacía piruetas y saltaba como los monos sobre la arena de la playa, la dulce Marilín me sujetó de las dos manos sin parar de reír, y luego se puso seria. Le brillaban los ojos, y su corazón palpitaba tan rápido como el mío. Entonces me besó; pero no fue un beso como los de Virginia, mi mamá, sino como los de Deudora y Jean Philippe, o como los de Paulino y su prima. Y el corazón, en vez de ir cada vez más deprisa, empezó a ir más despacio:

—Espera, Marilín.

—¿Qué tengo que esperar?

—Voy a desmayarme.

Y me desmayé. Y al abrir los ojos la dulce Marilín seguía sentada a mi lado, sin asustarse, pues ya conocía bien mis desfallecimientos. Y le dije:

—Ya puedes seguir.

—¿Seguro?

—Seguro, chica. Ya no voy a desmayarme dos veces. Y siguió besándome hasta que se le secó la saliva y empezaron a crujirle las tripas.

—Mira, miamol, yo voy a casarme contigo, ¿tú sabes? —le dije.

Y ella reía.

—Ya yo sé que tú no me crees, pero voy a casarme. Mañana mismo hablo con tu mamá y se lo digo.

Pero Marilín se puso seria y me dijo que no con la cabeza. Entonces volví a besarla y se me olvidó todo.

Un domingo por la noche, al volver ya muy tarde de Baracoa, me aparté del camino para hacer mis necesidades. Estaba muy oscuro y el cementerio quedaba cerca. Mientras las hierbas me hacían cosquillas en los muslos me pareció escuchar voces. Presté más atención, y más que voces eran sollozos. Luego otra vez murmullos, y por último pensé que estaban matando a alguien. Me acerqué pegándome al tronco de los árboles. Un poco más lejos se veían las luces del campamento de los cómicos; pero allí mismo, a unos pasos, estaban tiradas en el suelo dos personas que luchaban por alguna razón. Después, cuando apareció ligeramente la luna entre las nubes, vi claramente que no estaban luchando sino todo lo contrario. De repente me di cuenta de que eran la mujer barbuda y el yerbero, que me miraba aterrorizado desde el suelo. Sentí tanto apuro de que me viera, como seguramente él sintió al verse sorprendido, y por eso eché a correr hacia el camino con la esperanza de que no me hubiera reconocido. Pero el yerbero no sólo me había reconocido, sino que ahora lo oía correr detrás llamándome por mi nombre. Aceleré la carrera, y el yerbero no paraba de correr y de llamarme. Hasta que el susto me hizo detenerme y hacerle frente.

—Mira, viejo, déjame. Yo no sabía que estabais ahí.

Y, cuando creí que iba a abofetearme y a insultarme, me dejó sorprendido con sus palabras:

—Nada, compay, no es nada. No sabía que eras tú, Robertico.

Y empezó a hablarme con zalamerías, como cada vez que deseaba algo de mí.

—Bueno, me voy, viejo. Ya no me puedo demorar más.

—Vale, chico. Muy bien. Eres chévere. Pero esto no se lo contarás a nadie, ¿verdad?

—¿Por qué iba a hacerlo?

—Tú no, Robertico, porque eres un buen amigo. Pero seguro que otro saldría ahora mismo con el cuento. ¿Me juras que no hablarás con nadie de esto?

—Con nadie. Eso es cosa tuya, y no les incumbe a los demás.

—¿Me lo juras?

Y ante su insistencia, cedí:

—Te lo juro. De esta boca no sale nada.

Me pareció tan extraño y divertido que el yerbero, que había zorreado con la mitad de las chicas de Baracoa, se pusiera tan nervioso en aquella ocasión, que enseguida se me olvidó el juramento. Por eso, en cuanto me tropecé con el Gato debajo de la ceiba gigante, se lo conté exagerando todo lo que había visto, y el Gato empezó a reír y a espantar las auras al enseñar sus dientes blancos y torcidos.

—Mira, Robertico, qué gracioso eres.

Y como yo no entendía nada de lo que me decía entre risas, a la semana siguiente me llevó al campamento de los cómicos. El forzudo salió corriendo como si hubiera visto al diablo, pero la mujer barbuda vino a saludarnos en francés, muy contenta al vernos. Así, tan cerca de aquella cara llena de pelos, yo no podía entender qué encanto le encontraban don Leonardo o don Augusto a aquella mujer, y mucho menos lo que podía haber pasado por la cabeza de Paulino. El Gato hablaba por señas con la mujer barbuda, pero se entendían muy bien. Entonces me dijo:

—Ahora presta mucha atención.

Sacó una moneda de las que solían aparecer en los galeones hundidos de los gallegos. Se la dio a la mujer barbuda. Ella lo miró, sonrió con amabilidad. Se la guardó en el vestido. Se levantó la falda, y colgando entre las piernas caía un enorme pene fláccido, casi morado, que le llegaba hasta las rodillas. Yo me tapé los ojos, luego la boca, y me quedé mirando aquel miembro sin poder apartar la vista de allí. El Gato reía y reía sin parar; reía con tanta fuerza, que todas las auras de la selva alzaron el vuelo al mismo tiempo oscureciendo de repente el cielo.

Esta mañana he vuelto al cementerio, seguramente por última vez. En la ciudad ya no encuentro nada de la Baracoa de hace cuarenta años. El recodo del río Miel también ha cambiado mucho, y quien no lo hubiera conocido entonces no podría imaginar ahora que allí dejaron pasar la vida tantos seres que ya no son más que sombras entre las sombras. Casi a diario, he cogido este camino durante la última semana sin necesidad de pensar adónde quería encaminar mis pasos. Todo lo que no puedo reconocer de Baracoa me aparece sin embargo junto al río tan sólo con cerrar los ojos y llenar mis pulmones de aire. No tendría sentido esperar la muerte entre la sombra de esos árboles, porque adondequiera que vaya ahora tendré siempre presente su recuerdo, y morir en cualquier parte del mundo será como morir junto al río y quedar enterrado entre los que tanto tiempo me han esperado aquí. Por eso esta mañana he vuelto al cementerio, seguramente por última vez antes de despedirme para siempre de esta tierra. Se me hace difícil pensar que la tumba de la Nena Tonta siga vacía; igual que me cuesta creer que los huesos de don Leonardo estén bajo su nombre. He paseado por última vez entre las tumbas, y aunque intentaba escuchar las voces ocultas que pudieran salir de la tierra todo ha sido en vano. El único ruido era el de mis pasos sobre las hojas muertas y el canto del sinsonte. Ni siquiera se oía el aleteo de las auras, que casi nunca se alejaban del cementerio. He buscado al joven enterrador como si fuera la única posibilidad de saber algo más sobre el final de aquellos que durante años formaron parte de mi vida. He encontrado otros nombres conocidos que no vi el primer día, y hubiera querido saber cómo se llamó el último ciclón que asoló el río antes de que murieran todos, o quién sobrevivió a la última epidemia de dengue. No he encontrado al enterrador por ningún sitio. En su lugar he visto a una criatura que me recordaba a muchos de los que conocí, o a mí mismo, cuando el paso de los días no significaba nada. Era un niño muy moreno de piel y con el pelo aclarado por el sol. Llevaba un pantalón corto que apenas se le sostenía en la cintura por su delgadez. Caminaba descalzo entre las tumbas buscando los nidos más bajos. A cierta distancia le he preguntado cómo se llamaba, y el niño se ha quedado quieto sin saber si responder o echar a correr:

—Me llamo Leandro —me ha dicho finalmente, sin terminar de confiar en mí.

—¿Y no vas a la escuela?

—No hay escuela. Hay vacaciones.

Y ha sonreído enseñándome una mella entre los labios.

—Vaya, chico, qué bueno. Yo tampoco tengo escuela.

Y Leandro, al verme encorvado y tan viejo, se ha reído de mi ocurrencia.

—¿Dónde vives, Leandro?

—Aquí.

—¿Aquí?, ¿con los muertos?

Y me ha dicho que sí con la cabeza, sin parar de reír.

—¿Y no has visto al enterrador?

—No.

—Estará en la escuela. Seguro.

—No hay escuela. Hay vacaciones.

Sentado en el embarcadero una noche, hace más de cuarenta años, me pareció ver la cara de Fernanda dibujada sobre el agua. Primero vi poco a poco la luna subir entre las ramas de los árboles, y después apareció su silueta blanca y redonda reflejada en el agua. Me quedé mirando fijamente, sin parpadear, y poco a poco en la cara de la luna se fueron dibujando los rasgos de Fernanda. La veía tan nítida que no quería cerrar los ojos para no perderla. Estaba en mitad del río, con la boca abierta y su sonrisa de bobera. La llamé, pero ella sólo me sonreía. Después cerré los ojos, y en la oscuridad la seguía viendo. Sentí que la masa del río iba a tragarme, me dio miedo y me retiré unos pasos como un chiquillo. La imagen de Fernanda seguía dibujada en mi retina. Entonces oí un chapoteo en la orilla y una tos que me resultaba conocida. Pregunté quién era, pero no me respondió nadie. El chapoteo continuaba y de vez en cuando dejaba de oírse, como si alguien se hubiera hundido. Enseguida volvía a la superficie y seguía con su combate contra el agua. Me acerqué temeroso por ver qué estaba sucediendo, y cuando vi a Fernanda casi me caí del susto. Luchaba contra el agua, golpeaba con los brazos en la superficie, se hundía, salía tosiendo y volvía a hundirse.

—No sufras, Fernanda, que yo te salvaré.

Y me metí en el agua. La muchacha estaba tan cerca de la orilla que ni siquiera perdí los pies del fondo. La cogí por los brazos y la arrastré hasta la hierba. Me quedé decepcionado al ver su rostro a la luz de la luna. Era Elisenda, morada por el agua que había tragado. Casi no podía respirar. Y, cuando abrió los ojos, en lugar de sentirse agradecida por lo que acababa de hacer por ella, rompió a llorar tapándose el rostro y bajándose la falda para que no le viera las rodillas.

—¡Ay, Robertico, miamol! ¿Por qué has hecho eso?

—¿Qué cosa dices?

—Salvarme, Robertico. ¿Por qué me has salvado?

—Anda, chica. Se te secó la inteligencia. Porque si no te saco te ahogas, seguro.

A la mañana siguiente, tan pronto como abrí los ojos, me apareció de nuevo la imagen de Fernanda dibujada en el río. Me levanté de un salto y salí de la cabaña como si me empujara el diablo. Pero tan pronto como di unos pasos escuché la voz del Gato que me llamaba desde la ceiba gigante.

—No corras, Robertico, que te estaba esperando para verte. Tengo un mensaje para ti.

—¿De quién?

—De tu hermana Fernanda.

A veces pensaba que el Gato era capaz de leerme el pensamiento, aunque no estuviera cerca de mí.

—No me engañes, Gato, que yo no soy como los demás.

—Soy viejo, Robertico, pero no un mentiroso. Tu hermana te manda un saludo y te dice que no sufras.

—¿Y cómo sabe ella que sufro?

—Mira, chico, eso habría que preguntárselo. Dice que no te atormentes, que la dueña de las aguas la cuida. Dice que prefiere estar bajo el agua que bajo tierra.

Me quedé pensando en lo que me había dicho, y enseguida el pensamiento se me fue a otra parte. Me senté a su lado, bajo la ceiba.

—Si se casan dos hermanos y tienen niños, ¿nacerán tontos?

—¿Quieres que le pregunte eso a Fernanda?

—Claro que no, negro, te lo pregunto a ti.

—Puede que sí, puede que no. Pero hasta que no te cases con tu hermana y tengas niños no podrás saberlo. ¿Estás pensando en casarte con tu hermana, Robertico?

—No hago más que pensarlo, ¿tú sabes? Y cuanto más lo pienso, más desconfío de todos.

La quinta luna llena volvió a sorprender a Elisenda en su camastro, muy cerca del espejo de alquiler. Pero esta vez no se sintió confusa, sorprendida, admirada, temerosa, ardiente, incrédula, dubitativa, perpleja, excitada ni alegre, sino con el estómago removido y ganas de llorar. Conforme iba subiendo la luna en el marco de la ventana, ella se iba sintiendo más hundida en el colchón, como si un enorme peso la aplastara y no la dejara respirar. Se levantó, se puso frente al espejo y se vio despeinada, sucia y desesperada. Sus pechos no se sostenían bajo la ropa, ni los ojos le brillaban como otras veces. Se cubrió el rostro y empezó a llorar. Cuando Virginia, mi mamá, la oyó, acudió a su lado y trató de consolarla, aunque Elisenda no sabía explicar qué le ocurría. Sólo decía:

—¿Tú crees que soy hermosa?

—Claro que eres hermosa. Muy hermosa.

—¿Y le gustaré alguna vez a los hombres?

Elisenda esperó con ansiedad la sexta luna llena. Pero esta vez sintió una angustia que le oprimía el estómago y unas ansias irreprimibles de llorar. Se miró al espejo, escudriñando a través de los dedos que cubrían su rostro. Dio un respingo. Salió fuera. Sin hablar con nadie se encaminó al río, y al llegar a la orilla siguió caminando mientras se iba hundiendo en el agua y en el fango. Y cuando le faltaba el aire le faltaba también el valor, y entonces volvía a salir a la superficie, respiraba y se hundía otra vez hasta que no podía aguantar más. Yo la escuché chapotear y creí que era Fernanda. Por eso me lancé al agua como si fuera a salvar a un fantasma. La cogí por los brazos y la arrastré hasta la hierba. Cuando la luna llena iluminó su rostro me di cuenta de que era mi hermanastra.

—¡Ay, Robertico, miamol! ¿Por qué has hecho eso?

Corrí a llamar a don Leonardo, y al verla con el rostro morado, tosiendo y llorando sin parar, la tomó en brazos, la llevó a la cabaña y llamó a las mujeres para que la cuidaran. Virginia, Severina y Deudora estuvieron a su lado durante toda la noche, mientras lloraba y suspiraba sin cesar. Pero nadie era capaz de sacarle ninguna explicación. Hasta que al amanecer don Leonardo mandó razón a la Santera. Y en cuanto la Santera la vio, sin terminar de acercarse siquiera a su lecho, dijo:

—Esta muchacha está preñada.

—¿Preñada? —dijo don Leonardo—. Eso ya lo veremos.

Y cuando Elisenda vio a su papá montar en cólera rompió a llorar con más fuerza, y enseguida vomitó la bilis sobre el colchón. Deudora, Virginia y Severina se santiguaron al mismo tiempo.

—Pobrecilla.

Don Leonardo levantó los brazos, dio un grito primitivo y cogió el machete blandiéndolo como una espada.

—Por la sangre que corre por mis venas que esto no ha de quedar así. Dime ahora mismo quién ha sido el canalla, hija.

Y Elisenda lloraba desconsolada ahogándose en su vómito.

—Dime quién ha sido si no quieres que te clave la mocha y luego me degüelle aquí mismo para lavar la ofensa con mi propia sangre.

Pero Elisenda siguió todavía llorando hasta que el sol estuvo en lo más alto. Después, fatigada por la insistencia de don Leonardo, sólo atinó a decir con un hilillo de voz:

—Ha sido el yerbero.

Y la noticia corrió tan veloz como el viento, silbando en los troncos de los árboles, deteniéndose en los cruces de caminos, multiplicándose y llegando a Baracoa más rápida que cualquiera que hubiera salido hacia allí desde el río en ese mismo instante. Por eso, cuando don Leonardo entró en Baracoa acompañado por el francés, por don Augusto, por mí y por todos los que se nos habían ido uniendo en el camino, el yerbero ya había huido dejando el carro abandonado en mitad de la calle y las hierbas secándose bajo el sol. Ni en su casa, ni en el puerto, ni en ninguna parte pudieron encontrarlo. En cuanto se enteró de que don Leonardo venía en su busca con la mocha en la mano y gritando como un poseso, dejó el carro donde le sorprendió la noticia y echó a correr selva adentro hasta ser tragado por la vegetación. Mi papá mandó recado a todas las haciendas y casas desperdigadas por la selva para que nadie le diera alimento ni bebida al yerbero si lo veía aparecer. Después reunió grupos de obreros y voluntarios, y dio varias batidas con perros buscando algún rastro del muchacho. Como la persecución no daba resultado, finalmente don Leonardo decidió esperar ante nuestra cabaña con el machete en la mano mientras escuchaba como un susurro el lloriqueo de Elisenda. Una buena mañana, cuando menos se esperaba, apareció el yerbero como un fugitivo que escupiera la selva. Llevaba la ropa tan rota y tan sucia que no se sabía lo que era tela y lo que era piel. Traía los pies ensangrentados y las uñas arrancadas de trepar a los árboles. Se acercó caminando, pero cuando llegó a la altura de don Leonardo ya no podía apenas más que arrastrarse. De todas las cabañas salió la gente para ver el espectáculo. Don Leonardo, mi papá, mandó llamar a Elisenda, y la muchacha apareció empapada en lágrimas; dos semanas llevaba sin parar de llorar. Y en cuanto vio al yerbero tirado y de aquella manera arreció su llanto.

—Levántate, criminal —le gritó don Leonardo—, y mira a la cara a esta pobre desgraciada de cuya honra has abusado tan vilmente. Mezquino.

El yerbero levantó la mirada, pero no pudo levantar el cuerpo.

—Mire, don Leonardo, que yo le juro a usted que yo a su hija no la he tocado nunca. Pero nunca, nunca. Que lo diga ella si no me cree a mí; que de tan santa que es no se dejó besar ni como una hermana.

Don Leonardo levantó la mano como si fuera a abofetearlo con el reverso, en un gesto estudiado, pero la detuvo en el aire, como todos esperaban.

—No me enciendas la sangre, hijo de Satanás, que tú tienes mucha chulería. Y ahora no me vas a contar sonsonetes.

—Pregúntele a su hija, don Leonardo.

Y Elisenda, sin esperar a que su papá le preguntara nada, se adelantó y dijo:

—Fue él, don Leonardo, se lo juro por la gloria de Elías. Fue él quien me engatusó y me llevó entre los árboles. Me dijo que si bailaba con él nunca me dolería nada más en la vida. Me llevó a comer dátiles, a la procesión de la Virgencita de la Caridad, me cogió conchas en la playa y un ojo de buey. Luego me llevó a lo oscuro y me dijo que no tuviera miedo, que él estaba allí para defenderme. Se bajó los pantalones y...

—Ya vale, hija, es suficiente.

Al yerbero se le abrieron los ojos como si hubiera visto un espíritu. Se puso en pie de un salto, y de nuevo cayó al suelo abatido por el cansancio. Miraba al cielo, miraba a la tierra y repetía:

—No puede ser, por Changó. No puede ser.

—¿Lo niegas, criminal?

—No puede ser, por Changó. No puede ser.

El yerbero se casó con Elisenda invocando a Changó y repitiendo incesantemente: «No puede ser». Incluso mucho tiempo después, cuando me cruzaba con él, lo oía decir: «No puede ser».

La boda de Deudora y Jean Philippe fue solemne y muy sonada. La del yerbero con Elisenda, a los pocos días, se celebró casi en secreto y sin invitados. Mi hermanastra se casó con el francés un domingo a mediodía. Las campanas sonaron a gloria, y de todas partes acudieron invitados que agasajaban a los novios y les daban sus parabienes. Don Leonardo, mi papá, se mostraba satisfecho y regalaba tabaco y sonrisas a todo el mundo. Deudora alquiló un traje a doña Zita, y Jean Philippe se quitó por primera vez en muchos años el sombrero. El yerbero y mi hermanastra, por el contrario, se casaron un lunes al amanecer, y todo eran caras largas entre el novio, el cura y los padrinos. Después Elisenda se encerró en su casa y no salió en mucho tiempo esperando que la gente olvidara su deshonra.

Nunca he visto una novia más radiante que Deudora. Aquel día estaba hermosa de veras. No se soltaba de la mano de su marido, y sin que los invitados lo pidieran, lo besaba a cada momento y le hacía arrumacos. Jean Philippe sonreía como el hombre más feliz del mundo. A partir de aquel día no volví a oírlo jamás hablar de pintura. Me regaló los pocos cacharros que le quedaban, e incluso vendió el burro en el que transportaba los lienzos y los caballetes. La dulce Marilín asistió a la boda, y yo me puse zapatos durante casi todo el día. Empezaba una nueva época para todos. Después de la boda, como tenía que ganarse el sustento, Jean Philippe, con el consentimiento de su suegro y la inestimable ayuda de Paulino abrió la primera escuela del recodo del río Miel.

Aquello era el progreso. La magia de Paulino, poco a poco, fue dejando de ser un misterio para todos, y cada mañana una veintena de chiquillos acudía a la escuela con sus pizarrines y su cara limpia. La Rusa tuvo mucho que ver en aquella empresa. Hizo traer una enorme pizarra del otro lado del mar, compró pizarrines para los niños y mandó construir pupitres. Debajo de un gran sombraje, poco antes de que empezara a calentar el sol, el francés y Paulino empezaban sus lecciones de lenguaje, matemáticas, geografía y francés. Yo ya había crecido demasiado para ir a la escuela, y cuando le dije a don Leonardo que quería asistir a las clases me miró de arriba abajo por encima de los espejuelos y me dijo:

—Tú, a hacerte un hombre trabajando. Y no me seas tan flojo, muchachico, que pareces un culicagao.

Por eso no podía hacer otra cosa que mirar a los chiquillos con envidia, escaparme de la destilería a ratos perdidos y observar a escondidas las lecciones de Paulino, que enseñaba a los más pequeños, y de Jean Philippe, que se encargaba de los de más edad. Pero mi mayor goce fue ver a la dulce Marilín asistir a la escuela. Lo hacía con entusiasmo, como si quisiera huir así del Mambi y de toda la escoria que hasta allí le llevaba su mamá. Luego, por la noche, yo corría a su ventana y me contaba lo que había aprendido aquel día. Aprendió las primeras palabras en francés, y cuando yo le enseñaba algo nuevo ella me besaba y me apretaba muy fuerte clavándome las uñas en el brazo. A los pocos meses le dieron un lápiz y un papel, porque sus progresos eran muy grandes. El día en que escribió mi nombre en el suelo, se me humedecieron los ojos y sólo atiné a decirle:

—Mira, miamol, yo voy a casarme contigo, ¿tú sabes?
Y ella reía.

—Ya yo sé que tú no me crees, pero voy a casarme.
Mañana mismo hablo con tu mamá y se lo digo.

Pero Marilín se puso seria y me dijo que no con la
cabeza.

Después de la muerte de don Augusto, Paulino empezó a insistir mucho con que se quería ir lejos, muy lejos. Tan pronto como llegaba un barco a Baracoa me venía con la cantinela de que lo había pensado y se iba con
Delfina para casarse al otro lado del mar. Yo le decía:

—Cásate, Paulino. Cásate primero y luego piensa lo
que sea mejor.

Pero a Paulino ya no había nada que lo atara al recodo
del río, excepto su hermano Lucio. Homero desapareció
un buen día y jamás se supo nada de él. Cuando Delfina
lo echó en falta no salió a buscarlo, porque ya sabía que
era inútil. Luego Paulino preguntó por todas partes y en
ningún sitio supieron darle razón. Delfina sufría, pero su
primo la consolaba diciendo:

—No te preocupes, mujer, que quien lo encuentre
le dará de comer, y en cuanto le pille de paso lo traerá
aquí. Ya tú sabes que todo el mundo lo aprecia y nadie le
haría daño.

Pero fueron pasando los meses y Homero no apareció. Hasta que todos, excepto Delfina y Paulino, se olvi-
daron de él. Después vino la desgracia de don Augusto, y
desde entonces Paulino no hacía más que pensar en marcharse lejos. Y si algo lo retenía era su hermano Lucio.

A don Augusto lo llevaron un día a media mañana hasta su cabaña y lo dejaron sobre el camastro viendo cómo apenas respiraba bajo las costillas rotas. Yo me fui a avisar a Paulino.

—Tu papá está muy enfermo. Si no llamamos al médico, se muere.

—¿Qué le sucede, Robertico?

—Un accidente, chico; cosas que pasan.

A don Augusto lo llevaron a su cama, moribundo, desde la destilería de ron. Cayó desde la pila más alta de toneles. Los que estaban allí dicen que lo oyeron gritar que se caía, y al mirar al techo lo vieron suspendido en el aire, agitando los brazos y moviéndose como un gorrión. Se sostuvo unos segundos en el vacío, y al caer se rompió las costillas y dejó el suelo lleno de plumas. Agonizó durante unas horas antes de que llegara don Antolín desde Baracoa. Cuando lo enterró el Gato, los gorriones estuvieron callados durante todo el día. Por eso Paulino quería irse, porque ya nada lo retenía en aquella tierra. Hablaba con los marineros para ocultarse en la bodega del barco, se ponía de acuerdo con Delfina para huir una noche, y al día siguiente acudía a las clases como si nada. Así año tras año, sin encontrar el día para marcharse.

Cuando casó a Elisenda con el yerbero, don Leonardo, mi papá, empezó a perseguir a la mujer barbuda sin ocultarse como había hecho hasta entonces. Don Leonardo empezó a descuidar los negocios por culpa de la mujer barbuda. Aquel año no acudió a la zafra, y pasó la temporada de lluvias entre nuestra cabaña y el campamento de los cómicos. Una mañana se levantó muy temprano y se despidió de Virginia, mi mamá, para siempre.

—Me voy con otra —dijo sin más explicaciones.

Don Leonardo, mi papá, se fue a vivir con la mujer barbuda. Levantó una choza apartada de la nuestra y allí se la llevó a vivir. Cuando yo veía a mi papá con la mujer barbuda, un repelús me recorría el cuerpo y me hacía estremecer. Don Leonardo hizo que se afeitara la barba y le compró un vestido nuevo en Baracoa. La mujer barbuda, bien afeitada, no era fea del todo. Pero cada vez que me acordaba del pene fláccido y morado que le colgaba hasta las rodillas, se me arrugaba la frente y me ponía muy triste. Jamás conté a nadie cosa alguna sobre el día en que el Gato me llevó al campamento de los cómicos y la mujer barbuda se levantó la falda. A veces pensaba si aquello no sería un sueño, y cuanto más lo pensaba más se disipaban mis dudas. Nadie en el recodo del río Miel vio con buenos ojos que don Leonardo abandonara a mi mamá para irse con la mujer barbuda, pero en presencia de mi papá no se atrevieron jamás a manifestarlo. Virginia se quedó desconsolada, aunque yo intentaba animarla contándole los progresos que iba haciendo con la lectura y la escritura. Mientras Paulino se debatía entre quedarse en el río o marcharse con Delfina para siempre yo iba dejándome aleccionar por la dulce Marilín cada tarde. Marilín iba a la escuela por la mañana, y después del mediodía corríamos a ocultarnos entre los árboles, y ella me enseñaba todo lo que había aprendido. Me enseñó las letras y los números. La primera vez que fui capaz de escribir seguido su nombre y el mío me sentí tan feliz y tan seguro, que decidí firmemente que me iría lejos de allí con la dulce Marilín. Yo siempre le decía que deseaba casarme con ella, y aunque tenía la seguridad de que la única respuesta que obtendría sería ver su cara seria, seguía insistiendo para averiguar si la dulce Marilín sabía algo de lo que su mamá me había descubierto tan cruelmente. Pero Marilín no sabía nada, absolutamente nada, y ya me guardé yo muy bien de decírselo en el resto de su vida.

Cuando fui capaz de reunir el suficiente valor para hablar con la Nena Chica, me fui al Mambi y me encaré con ella como lo hubiera hecho un hombre:

—Mira, Nena Chica, vengo a pedirte la mano de tu Marilín. Queremos casarnos, y me parece que estas cosas hay que hacerlas como es debido y hablar con los papás.

La Nena Chica se quedó seria, tan seria que no me sentí capaz de decir nada más. Luego llenó los pulmones de aire con tanta fuerza que me pareció que todo su cuerpo se iba hinchando y podía estallar de un momento a otro. Los agujeros de la nariz se le hicieron grandes y redondos como dos simas. Y cuando ya estaba a punto de salir huyendo para escapar a su cólera la negra grandota soltó una enorme risotada que casi me tira al suelo. Reía sin descanso, y de vez en cuando parecía que fuera a ahogarse. Después, más calmada, me dijo:

—¿Y ya le dijite eto a tu papá, niño?

—Todavía, no, Nena Chica, pero se lo diré pronto.

—Pue corre, corre a ve lo que te dice. Y luego tú viene y me lo cuenta pa que me ría, chico, mira tú.

Saqué la valentía para enfrentarme con la negra de donde no la tenía, y le dije:

—Tú ríe, negra, ríe cuanto quieras. Pero sea con tu consentimiento o sin él nos vamos a casar, aunque tengamos que largarnos muy lejos.

Y la Nena Chica se puso ahora seria, muy seria, y me dijo las palabras más crueles que jamás nadie me había dirigido:

—Tú ere un niño de mielda, po mu grande que te haya hecho, ¿me oye? Y a ve si te entera de que mi Marilín se casará con cualquié persona en el mundo meno contigo, batardo de mielda. ¿E que no te da cuenta que lleváí la mima sangre?

—Tú estás jalá, vieja, y no sabes lo que dices.

—¿No voy a sabé lo que digo? Ya lo creo que lo sé. Pregúntale a tu papá, mijo, y verá cómo se le queda la cara. Mi Marilín e hija de don Leonardo, como tú, batardo de mielda, a ve si te mete eto en la cabeza. ¿No voy a sabé yo quién e el papá de mi Marilín? Pregúntale y verá cómo se le queda la cara.

Salí corriendo y me tapé los oídos para no escuchar las palabras de la Nena Chica, que tanto daño me hacían. Pero cuanto más me alejaba de ella más claro la oía, igual que si corriera detrás de mí gritándomelo. Después, cuando estaba cerca de la dulce Marilín, me olvidaba de la voz de su mamá, y si de vez en cuando me acordaba pensaba que todo era una mentira de la negra para alejarme de su hija. Con el tiempo, me acostumbré a aquella idea, y lo único que ya me preocupaba era que los hijos de los hermanos nacieran tontos. También empecé a temer que la dulce Marilín lo supiera, o que su mamá, viéndonos tan juntitos a cada momento, se lo dijera para apartarla de mí. Por eso yo le decía:

—Mira, miamol, yo voy a casarme contigo, ¿tú sabes?

Y ella reía.

—Ya yo sé que tú no me crees, pero voy a casarme. Mañana mismo hablo con tu mamá y se lo digo.

Y aunque ya había hablado con su mamá, yo seguía repitiéndole lo mismo por ver si podía intuir en su respuesta lo que su mamá pudiera haberle contado. Hasta que un día me dijo:

—Bueno, Robertico, habla con mi mamá.

Y entonces me di cuenta de que no sabía nada, y decidí que no sería yo quien se lo contara.

—¿Y si tu mamá no quiere que nos casemos?

—Pues nos escapamos.

Desde entonces la idea de la huida no dejó de rondarme la cabeza día y noche. Pensaba en los caminos que podríamos tomar, o en la plata que costaría el barco si no quería llevar a la dulce Marilín de polizón. Hasta que las cosas se resolvieron de repente, cuando ya estaba desesperado de no encontrar una salida.

Cuando mi papá se fue a vivir con la mujer barbuda, comenzó a tratar muy mal al resto de los cómicos y a hablar mal de ellos en todas partes, como si quisiera alejarlos de Baracoa. Lo que mi papá decía en el río era palabra de santo, y muy pronto la gente dejó de darles comida y soltarles monedas cuando los veían actuar. Hasta tal punto llegó su penuria que ya apenas encontraban un poco de arroz para echarse a la boca. Luego se desató la epidemia de dengue y aquello aceleró su partida. La dulce Marilín y yo subimos a un barco cuando empezaron a aparecer los primeros enfermos. Le robé la plata a mi papá y embarcamos con los cómicos. Lo que faltaba para pagar los dos pasajes lo pagó el capitán a cambio de todos los cuadros que yo había pintado en los últimos años. Aquel día empecé a vivir de la pintura. Salimos del puerto, hacia el oeste, en mitad de una tormenta de primavera. Nadie se enteró de nuestra partida, ni siquiera Paulino, que aquel día tendría que suspender las clases por la lluvia y no echaría de menos a la dulce Marilín. Hace de eso poco más de cuarenta años.

Esta noche he cenado temprano para poder retirarme pronto a mi habitación. El comedor del hotel estaba aún vacío de turistas. Cuando tengo que viajar duermo poco. Nunca me han gustado los viajes. Me pongo nervioso con los preparativos. Tengo por costumbre hacer el equipaje dos días antes y comprobar con obsesión que todo está en su sitio y no olvido nada. Necesito saber que por la mañana voy a encontrarlo todo preparado para cogerlo y partir enseguida. Duermo poco, muy poco, antes de un viaje. Toda la vida ha sido así. Por eso no me gusta viajar. Pero esta noche ha ocurrido algo imprevisto. Cuando tenía la maleta casi hecha y sólo me faltaba guardar este cuaderno, han llamado a la puerta. Uno de los empleados me ha comunicado que alguien preguntaba por mí en la carpeta del hotel. Al principio he pensado que sería un error. Nadie me conoce aquí. Sin embargo, he acudido a la puerta principal. Allí me esperaba alguien a quien había conocido una semana antes, el enterrador. Nos hemos saludado con cordialidad, como si nos conociéramos de siempre.

—Ya me han dicho que se va usted mañana.

—Así es.

—No quería molestarle. Es sólo que mi hijo me ha dicho que esta mañana ha estado usted en el cementerio y no me ha encontrado.

—¿Leandro es su hijo?

—Claro, ¿no se lo dijo?

—Tiene usted un hijo muy lindo.

—Gracias.

—En realidad no lo buscaba a usted por nada en concreto. Solamente fui a dar un paseo, y como mañana me voy quería ver el cementerio por última vez.

—Ya entiendo. Bueno, pero a mí me hubiera gustado poderlo ver esta mañana, por no tener que venir a molestarlo a usted al hotel. Es por un mensaje que tenía que haberle dado hace días.

—¿Un mensaje?

—Sí, de don Leonardo. Usted lo conoce. Está enterrado entre cuatro mujeres.

—Ya lo sé. Era mi papá.

—Exacto. Pues dice don Leonardo que dónde ha estado usted durante tantos años. Pregunta también si aquella niñita tan linda se fue con usted o sólo fue coincidencia que desaparecieran justo en la epidemia del dengue.

—Dígale a don Leonardo que no fue coincidencia. Nos fuimos juntos hacia el oeste, hasta que terminó la niñez y nos casamos. Dígale también que murió hace menos de un año sin saber quién era su papá.

Después he vuelto a mi habitación y he pasado la noche en vela, tumbado sobre la cama, con la mirada perdida en el techo, hasta que he sentido en los ojos las primeras luces de la mañana. Entonces he buscado el cuaderno con los bocetos y apuntes de estos días y los he roto todos, excepto un paisaje con el río y Baracoa de fondo. Y ahora sólo me queda guardar el cuaderno, cruzar el patio, bajar la larga fila de escaleras, montar en la guagua y marcharme para siempre hacia el oeste, donde hace tiempo terminó mi niñez y murieron las rosas.

LUIS LEANTE
Mira si yo
te querré

Premio Alfaguara
de Novela 2007

Ni el tiempo ni el desierto pueden frenar al amor.

El hallazgo inesperado de una vieja fotografía hará que Montse Cambra, una doctora de cuarenta y cuatro años, abandone su Barcelona natal para partir en busca de su primer amor. Su viaje la llevará hasta el Sáhara, donde el instinto de supervivencia y las ganas de vivir de un pueblo olvidado marcarán su destino para siempre.

Mira si yo te querré es una historia de amor que se alarga en el tiempo, el retrato de dos épocas y de dos culturas unidas por un secreto, la aventura de una mujer que se redescubre en la soledad del desierto.

«Una novela que atrapa desde las primeras líneas.»
MARIO VARGAS LLOSA

La precaria situación económica de un estudiante de filología
clásica lo obliga a buscar trabajo desesperadamente. La Academia
Europa, aunque poco rentable, es una solución provisional. El joven
estudiante, poeta en ciernes, descubrirá que hay algo entre aquellas paredes que atrapa para siempre a quien las habita. En su interior el mundo se contempla como desde una caverna. Perdido
en el laberinto de pasillos y aulas que siempre conducen al mismo
sitio, el protagonista hará un gran descubrimiento: Ariadna, la esposa
del anciano director. Desde ese momento su vida se verá sacudida
por una tremenda pasión. Pero el protagonista deberá sortear
numerosos obstáculos: entre ellos, la hija de Ariadna, moderna
Lolita. Como telón de fondo, los profesores de la academia parecen
el coro de una tragedia griega. Y entre la trama aparece la sombra
del mito del Minotauro, la caverna de Platón y el eterno retorno.

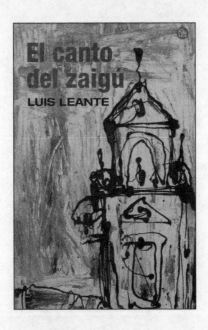

El canto del zaigú mezcla lo mágico con la intriga y el humor, y nos sitúa en un pueblo leonés, Valderas, en donde se escucha el canto estremecedor de un extraño pájaro que para unos es una realidad y para otros sólo una leyenda. Crímenes, hechos inexplicables, un policía alcohólico, un alcalde visionario, el descendiente del indiano que trajo la primera pareja de zaigús, un tonto, un loco y un joven llamado Jesucristo, que es hijo del sacristán... Con la llegada al pueblo de una maestra joven, tras el fallecimiento de don Justo, la vida monótona de la gente se verá alterada por una serie de fenómenos extraordinarios que nadie tiene demasiado interés en investigar.

Luis Leante
La Luna Roja